AVENTURES

D'UN

GAMIN DE PARIS

A TRAVERS L'OCÉANIE

PAR

LOUIS BOUSSENARD

Édition illustrée de 8 dessins par J. FÉRAT

PARIS

E. DENTU, ÉDITEUR

Libraire de la Société des Gens de Lettres

PALAIS-ROYAL, 17 ET 19, GALERIE D'ORLÉANS

Tous droits réservés,

LES GRANDES AVENTURES

AVENTURES

D'UN GAMIN DE PARIS

A TRAVERS L'OCÉANIE

F. Aureau. — Imp. de Lagny

LES GRANDES AVENTURES

AVENTURES

D'UN

GAMIN DE PARIS

A TRAVERS L'OCÉANIE

PAR

LOUIS BOUSSENARD

PARIS

E. DENTU, ÉDITEUR

LIBRAIRE DE LA SOCIÉTÉ DES GENS DE LETTRES

PALAIS-ROYAL, 17 ET 19, GALERIE D'ORLÉANS

AVENTURES

D'UN GAMIN DE PARIS

A TRAVERS L'OCÉANIE

CHAPITRE PREMIER

Prologue asiatique d'aventures océaniennes. — Le Parisien Friquet et son matelot Pierre le Gall. — Mauvaises raisons d'une Excellence décavée. — Le Monte-Carlo de l'Extrême-Orient. — Grande exhibition de magots. — Ce qu'on appelle le « Macao ». — Joueurs de toutes couleurs uniformément volés. — Un banquier sexagénaire et d'aspect vénérable que ne gênent aucunement ses ongles démesurés pour faire sauter la coupe. — Rixe dans un tripot.— Les marchands d'hommes et la traite des jaunes. — Ce qu'on entend par « *Barracon* ».— Singulier navire que le « *Lao-Tseu* ». — Equipage bigarré et officiers sans préjugés.— Fausse route. — Deux Français dans la Fosse-aux-Lions.

— Ainsi, voilà qui est bien entendu. Vous refusez de me payer?

— Non, senhor, je ne refuse pas. Agréez mes

1

excuses. Je ne suis pas en fonds..... pour le moment.

— Cela revient pour moi absolument au même.

— Vous savez, senhor, qu'ici, comme dans votre glorieux pays, les dettes de jeu sont sacrées.

— Hum !... sacrées... cela dépend comme ici du monde où l'on se trouve... et votre société me paraît passablement mélangée.

— Vous avez la parole de don Bartholomeo do Monte... Personne ne doute à Macao de la parole de don Bartholomeo do Monte...

— Peuh !... un marchand d'hommes...

— Votre Excellence veut dire un agent d'émigration, autorisé par Sa Très Gracieuse Majesté.

— Mon Excellence veut dire ce qui lui convient. Quitte à ne pas être d'accord avec la vôtre.

« Si mes paroles vous déplaisent, j'en suis bien fâché. Je commence à perdre patience, depuis quinze jours que je me morfonds dans votre enfer de traitants...

— Mais, senhor...

— La paix, s'il vous plaît. J'ai assez de vos formules mielleuses de politesse papelarde, de votre charabia exotique, de vos Excellences râpées.

« Vous êtes un vulgaire filou. Je vous ai parfaitement vu, tout-à-l'heure, « étouffer » plusieurs poignées de quadruples et de doublons, et les faire passer à un de vos acolytes qui a lestement pris la porte.

— ...Un filou ! Votre Excellence a dit un filou...

— Oui, un filou. L'enjeu et le bénéfice m'importent peu. Je ne suis pas joueur. Mais je ne veux pas qu'un vilain pantin de chocolat déteint comme vous, ait l'air de se moquer de moi.

— Je pardonnerais volontiers à votre jeunesse et à votre inexpérience cette épithète de filou lancée à la légère... Mais les derniers mots qui tendraient à jeter un discrédit sur mes avantages physiques, demandent une réparation. Je vous tuerai demain, senhor, dans un duel loyal. Demain, au point du jour vous sentirez le poids de la colère de don Bartholomeo do Monte.

« Que le sang de votre Excellence retombe sur sa propre tête.

Un vaste éclat de rire s'échappa en saccades heurtées de la bouche du premier interlocuteur et coupa net ce dialogue formulé, d'une part, en vrai français de Paris et d'autre part en un méli-mélo bizarre, quoique suffisamment intelligible, de portugais, d'espagnol et de français.

Quand son rire fut calmé, il reprit tout en comprimant de son mieux les joyeuses bouffées qui s'envolaient malgré lui :

— Ma parole, il est à mettre dans une chocola-

tière... Et dire que si je prenais son cartel au sérieux, je n'aurais qu'à me présenter demain au
rendez-vous, avec un bambou de cinq pieds, pour
le mettre en fuite, lui et ses seconds.

— C'est vrai, murmura une voix en anglais, à
moins qu'il ne vous fasse assassiner ce soir.

Le jeune homme, — nous savons que c'est un
jeune homme, tressaillit légèrement, et darda sur
son adversaire toujours impassible un regard aigu.

— Si je savais...j'aurais bientôt fait de lui casser
une patte... Mais, bah! Il n'oserait pas, termina-
t-il avec une insouciance toute française.

— N'oubliez pas, reprit la voix, que nous sommes
à Macao, au milieu d'une population sans préjugés,
de marchands de chair humaine, auxquels l'existence d'un homme est aussi indifférente que celle
d'un canard domestique.

— Monsieur, répondit avec déférence le jeune
homme, permettez-moi de vous offrir mes remer-
cîments. Quoi qu'il arrive, comptez sur ma gra-
titude. Je me tiendrai pour averti.

Puis, se tournant vers son débiteur insolvable,
il riposta de son accent gouailleur:

— C'est entendu. Mon Excellence aura l'honneur
de se couper la gorge avec la vôtre... pas avec la
gorge, avec l'Excellence. Bon, voilà que je m'em-

brouille. Soyons digne, si faire se peut, comme cet hidalgo en basane.

Ce dernier, pendant tout le colloque, était resté amarré à une colichemarde immense, un de ces glorieux débris des temps héroïques, tels qu'on en trouve encore dans nos musées. Il s'inclina cérémonieusement et s'apprêta à regagner une table de jeu.

— A propos, dit fort irrévérencieusement le jeune Français, c'est avec cet outil-là que vous prétendez trancher le fil de mes jours ?

« Il est de taille, votre glaive...

— La noble épée du grand Camoëns...

— Comment, encore une... On a déjà voulu m'en vendre une demi-douzaine ayant la même provenance... Après tout, nous avons chez nous la canne de Monsieur de Voltaire.

— C'est bien, senhor. On tâchera de trouver une lardoire du gabarit de la vôtre.

Le Français resta un moment pensif, en voyant clopiner son interlocuteur qui s'éloignait, traînant sa rapière monstre avec un grand bruit de ferraille.

C'était un tout jeune homme que l'on eût pris pour un enfant, n'eût été l'expression audacieuse de ses yeux gris d'acier, qui trouaient de deux lueurs flamboyantes sa face pâle, à l'expression mobile, à la bouche souriante toujours, parfois moqueuse. Il n'avait guère plus de vingt ans.

Sa taille pouvait bien atteindre un mètre soixante centimètres, bonne mesure, quoi qu'il essayât de n'en pas perdre un pouce, en cambrant en avant sa poitrine et en se dressant comme un jeune coq sur ses jambes qui flottaient dans son large pantalon de matelot. Proprement vêtu d'un veston de flanelle bleu-marine, coiffé d'une casquette américaine en cuir verni, de dessous laquelle s'échappaient les mèches folles de sa chevelure blonde, il était difficile de lui attribuer une position sociale quelconque. Nul parmi les allants et venants ne semblait d'ailleurs s'en soucier. Quant à lui, c'est d'un air absolument satisfait qu'il tordait en virgule son soupçon de moustache; et qu'il dégrafait le col de sa chemise de laine, pour se donner de l'air, mettant à nu un cou d'athlète maigre, sur lequel saillaient, jusqu'à la difformité, des muscles énormes.

Ce petit homme-là, qui ne semblait pas peser plus de cent livres, devait être un rude gaillard.

Il souriait encore au souvenir de son altercation avec don Barthlomeo do Monte, quand une lourde main s'abattit sur son épaule, avec une délicatesse qu'eût enviée un pachyderme.

— A quoi penses-tu, matelot? demanda une grosse voix réjouie.

— Tiens, c'est toi, mon vieux Pierre.

— Moi-même, mon fi.

— Comment diable as-tu pu me dénicher ici?

— Simple comme bonjour. Quand je t'ai vu mettre le cap sur c'te damnée cambuse, je me suis dit : Friquet n'a jamais fichu le pied chez ces magots à fanfreluches de soie et à ventres de phoques. Il connaît à peine ces mauvais mulâtres portugais qui s'entendent avec eux comme pirates en foire. Pour lors, dans la crainte qu'il n'arrive quelque avarie à ta coque, j'ai pris la chasse toutes voiles dehors. Après avoir tiré quelques bordées à travers ces ruelles, aussi étroites mais plus raides que l'échelle du poste, je suis venu m'ancrer dans ce taudis bariolé qui empoisonne le bouc ni plus ni moins que la cale d'un négrier.

— Mon brave Pierre! reprit Friquet d'une voix émue, tu es toujours le même. De près comme de loin, tu veilles toujours sur moi, ta vieille amitié...

— Des bêtises, matelot. Je suis ton obligé, cré nom! Pas une fois, mais dix! Sans compter le jour où nous fîmes connaissance, là-bas sous l'équateur, en Afrique, entre des gueules de caïmans, et des mâchoires d'anthropophages.

« Tu sais, mon fi, je suis ton matelot. C'est entre nous à la vie à la mort, depuis que mon dé-

funt matelot, le pauvre Yvon, a eu celui de boire à
la grande tasse... une vraie mort de marin, quoi !

« Pour lors, s'il vente en tempête, et s'il grêle des
coups, attrape à border la grand'voile ! à prendre
un ris au hunier, et, s'il le faut, à courir à sec de
toile... Le branle-bas sonné, les pièces de chasse en
batterie... Feu à volonté !... A couler bas !... on est
mieux à deux que tout seul, v'là mon opinion.

Le jeune homme souriait et restait songeur.

— Ça te fait rire, mon fi. Je sais bien que tu es
gréé et ficelé comme un croiseur de deuxième rang,
que ton torse en tôle d'acier, est solide comme
une pièce de vingt-neuf, et que tu te soucies de
tous ces cabillauds-là comme une baleine d'un
épissoir.

Friquet souriait toujours.

— Et dire, continua Pierre, avec cette loqua-
cité particulière aux marins, ordinairement sobres
de paroles, et qui une fois lancés ne s'arrêtent
plus, dire que ce crapaud-là vaut dix hommes à
lui tout seul, et qu'il me coulerait d'un coup de
taille-mer, un vieux cachalot comme moi, Pierre le
Gall, né natif du Conquet, comme tout le monde.

Pierre le Gall se calomniait, vraiment. Il était
impossible de rêver pareille vigueur à celle dont
le digne mathurin semblait possesseur. A peine
plus grand que Friquet, mais aussi large que haut,

les épaules carrées, la poitrine faisant éclater les
boutons de son « surouët », les poings gros comme
la tête d'un enfant, les jambes arquées, énormes,
tout concourait à faire du nouvel arrivant un
redoutable compagnon d'aventures qu'il valait
mieux avoir pour ami que pour ennemi.

Mais, quelle bonne face rude et loyale, sur ce
torse de bison ! Une de ces vraies têtes de matelot,
aux yeux clairs, surmontés de sourcils circonflexes,
aux joues tannées par les embruns de tous les
océans et les soleils des deux hémisphères et bien
encadrées dans cette épaisse broussaille de barbe
en collier, si chère aux gens de mer ; bref Pierre le
Gall, avec son dandinement caractéristique, avec
son chic exquis de marin à terre, semblait tout
d'abord et avec raison, un matelot fini. Et depuis
longtemps, car le digne homme côtoyait le second
versant de la quarantaine.

— Mais, tu ne dis toujours rien, mon fi, demanda-
t-il à son jeune compagnon.

Celui-ci le mit en deux mots au courant de son
aventure et ajouta :

— Je pensais que nous, qui avons vu un peu de
tous les pays, bourlingué sur terre et sur mer, en
bateau, à pied, à cheval, à éléphant ou en palanquin, nous avons ici un spectacle aussi curieux
qu'inattendu.

1.

« Tu vois cet avorton auquel j'ai eu affaire tout à l'heure. Eh bien ! ça descend d'une race grande et puissante ! Ce chiffon de pain d'épice, aux jambes de basset, à la face charbonnée qui disparaît dans ce faux-col grotesque, ce pantin prétentieux, ce croisement de Portugais et de Chinois, mélangé depuis de Noir, d'Indien ou de Malais, a pour ancêtres, des héros comme d'Albuquerque, Barthelemi Diaz, ou Vasco de Gama. Ça végète comme une plante malsaine dans cette atmosphère doublement viciée par les Asiatiques et les Européens, ça adore des Bouddahs à quatre têtes et à huit bras que ça appelle San Hieronimo ou San João, ça honore ensuite le diable sous toutes ses incarnations, et enfin, ça vend des hommes ! Superstition, traîtrise, lâcheté, maquignonnage, voilà en quatre mots le signalement moral de la plupart des Bartholomeo do Monte de Macao.

Le matelot écoutait bouche béante la boutade de son compagnon. L'admiration semblait lui avoir littéralement coupé la parole.

— Sais-tu bien, matelot, dit-il enfin, avec une sorte de respect qui par son excessive conviction atteignait presque au comique, sais-tu que tu es devenu savant, pendant les deux ans que tu es resté à terre... Savant comme un médecin de

première classe, oui-dà. Tonnerre à la toile !...
v'là ton entendement proprement élingué.

— Que veux-tu, mon vieux matelot, j'ai travaillé... j'ai bûché tant que j'ai pu. Ah ! si la ruine
ne fût pas venue s'abattre sur monsieur André !

— Un rude homme, encore, celui-là, et un crâne
matelot.

— Notre maître à tous, Pierre le Gall, ajouta
respectueusement Friquet. Aussi vrai que tu es
mon matelot, et que je t'aime comme mon frère,
sans ce coup dur à la soute aux écus, je travaille-
rais à m'instruire, au lieu de venir chercher ici
dans une mauvaise péniche des coulies pour notre
exploitation.

— Ceux-là, du moins, une fois arrachés aux
griffes des marchands de chair jaune, seront heureux avec nous.

— Sans doute. Tu connais la consigne des *Planteurs-Voyageurs* de Sumatra : prendre ici ces pauvres diables que les traitants assimilent à un bétail
humain, les emmener là-bas, en faire des auxi-
liaires, non des esclaves, les traiter en hommes,
les payer largement, et les intéresser aux bénéfices.

— S'ils savaient le sort qui les attend chez
nous, ils ne rechigneraient pas tant pour partir,
pas vrai?

— C'est que, hélas! la plupart connaissent, au

moins par ouï-dire, l'enfer des mines de guano et les odieux traitements auxquels sont soumis les émigrants. Pour une dizaine qui reviennent de temps en temps avec un petit pécule, combien ne rentrent-ils qu'enfermés dans leur cercueil, et portés sur les « vaisseaux des morts[1]. »

— Enfin, tout est arrangé et paré à prendre la mer.

— Nous partons demain matin..... aussitôt mon affaire terminée avec mon bonhomme en chocolat.

— Tu n'as plus rien à faire dans ce tripot, si nous dérapions.

— Deux mots seulement à un de ces enragés joueurs, auquel je dois remettre les espèces au moment du départ et je suis à toi.

Le jeune homme fendit le flot des assistants et laissa son ami en contemplation devant un spectacle aussi original qu'inattendu. Sous une folle profusion de ces jolies lanternes omnicolores, accro-

---

[1] Une clause de l'engagement des coulies chinois stipule que l'engagiste doit les rapatrier *vivants ou morts*. Le « celestial », comme disent les Anglais, veut reposer dans la terre de ses pères. De temps en temps, des navires prennent sur les lieux d'immigration les cercueils de ces malheureuses victimes d'un travail inhumain, et les ramènent en Chine. Cette coutume a souvent donné lieu à une contrebande très active. Nombre de cercueils contenaient des matières soumises aux tarifs douaniers, et passaient sans encombre devant les autorités qui croyaient naturellement qu'ils renfermaient leur lugubre chargement.

chées au plancher et formant de bizarres entrela-
cements, s'agitaient une foule de magots de toute
nuance, de tout âge, et de toute grosseur. Tous
ces échappés de paravent, uniformément ficelés
dans des douillettes de soie luisantes, parfois grais-
seuses, quittaient les tables où l'on mangeait dans
une infinité de récipients microscopiques, les produits invraisemblables de la cuisine chinoise, et s'en
allaient dolents, la queue battant les reins, avec
des rires d'idiots abêtis par l'opium, ranger leurs
ventres le long des tables de jeu.

On jouait un « *Macao* » d'enfer. Le Macao, un
jeu bien connu en France, se joue entre un banquier et un nombre indéfini de pontes, avec un ou
plusieurs jeux entiers. Le banquier distribue à
chaque joueur une carte que nul ne doit voir. Puis,
chaque ponte dit : « je m'y tiens », ou : « carte s'il
vous plaît », suivant que sa carte se rapproche plus
ou moins du point *neuf*. Cette carte et une seconde
si besoin est, sont données à découvert. Si le
ponte reçoit une figure, ou s'il fait plus de neuf,
il « crève », jette ses cartes et remet sa mise au
banquier. Celui-ci parle le dernier. Il est libre de
s'y tenir ou de prendre des cartes. S'il « crève »,
il paie à chaque joueur qui n'a pas « crevé » une
somme égale à l'enjeu de celui-ci, et reçoit au contraire l'enjeu de chaque ponte dont le point est in-

férieur au sien. Si un joueur a neuf du premier coup, ce qu'on appelle un *neuf d'emblée*, il abat son jeu et le banquier lui paie trois fois la mise. Un *huit* et un *sept d'emblée* se paient deux fois ou une fois la mise.

De riches négociants, originaires de la Chine méridionale, de l'île de Haï-nan, du Kuan-Tung, du Fu-Kian, et même du Kian-Si, du Yu-Nan, et du Keï-Yang, venaient dans l'enfer portugais satisfaire leur proverbiale passion pour le jeu. Macao est en effet le Monte-Carlo de l'extrême Orient, et le seul point où les jeux soient tolérés ; car le Fils du Ciel a pris soin de les proscrire rigoureusement de ses États, par des ordonnances qui n'ont rien de platonique, au contraire !

Au milieu de l'élément celestial qui dominait, évoluaient, grotesquement affublés à l'européenne, charbonnés comme des traîtres de mélodrame, et uniformément accrochés à l'immense épée de l'auteur des Lusiades, deux ou trois douzaines de dons Bartholomeo do Monte, puis, quelques vrais Portugais d'Europe, en brillant uniforme et attachés au gouvernement, enfin plusieurs Américains, à la barbe de bouc, aux épaules carrées, à la voix rude, éraillée par le wisky, la plupart officiers des navires préposés au transport des coulies.

Un banquier sexagénaire, à queue blanche, à

lunettes énormes, à lèvres tombantes, à barbiche formée de six brins de balai, aux ongles invraisemblablement longs, distribuait d'une main agile pourtant, les cartes, bientôt grasses comme un collet d'habit d'huissier. Dodelinant de droite à gauche, de gauche à droite et de haut en bas sa tête de potiche, il dardait à travers ses deux hublots des regards aiguisés de convoitise sur les paquets de bancknotes, les piles de livres sterling ou de dollars, sans même dédaigner les taëls et les humbles sapèques valant la pièce : 0 cent. 183 m.

Tout entier à sa fonction, le bonhomme, sans perdre un atôme de sa gravité caricaturale, lançait d'une main l'enjeu doublé ou triplé des pontes heureux, et ramenait de l'autre avec son râteau d'ivoire les mises que lui attribuait le hasard. Imperturbable au milieu du vacarme produit par les organes nasillards des celestials émettant des sons heurtés, et produisant comme un carillon affolé de cloches fêlées, il entassait avidement avec un bonheur insolent. Tellement insolent, qu'un capitaine américain, voyant sa vaste escarcelle vidée jusqu'à siccité, finit par où il aurait dû commencer et surveilla attentivement les manœuvres du partriarcal croupier. Après une demi-heure d'examen attentif, le compatriote de Bas-de-Cuir était fixé. Il manœuvra doucement, sans hâte, sans éclat, comme sur une piste de bison à travers le Far-West, et finit par se placer derrière le banquier.

— Galérien !... faussaire !... chien !... voleur !... s'écria-t-il d'une voix tonnante qui fit taire effarés tous les carillons. Puis, saisissant d'une main endurcie au contact des manœuvres goudronnées la queue de cheveux du banquier, il donna une secousse qui arracha brutalement celui-ci de son siège, et le culbuta les quatre fers en l'air. Sans s'arrêter à ses hurlements désespérés, l'Américain tira son bowie-knife, et fendit du haut en bas les trois ou quatre tuniques superposées qui enveloppaient les membres capitonnés de graisse du celestial.

O prodige ! des centaines de sept, de huit et de neuf s'échappèrent en cascades serrées des étoffes criant sous l'acier, et jonchèrent le sol, au grand scandale des joueurs, qui jusqu'alors avaient octroyé au vieillard un imprescriptible brevet de probité.

Cet acte de sommaire et tardive justice fut bientôt suivi d'un tumulte dont on conçoit sans peine l'intensité, et dont profitèrent, séance tenante, tous les Bartholomeo do Monte pour se ruer impudemment sur les enjeux. Tous, sauf un, le type de l'espèce, car Friquet, qui contemplait en amateur ce salmis de potiches incassables, sentit une douleur aiguë à l'épaule droite. Il se retourna brusquement, et se trouva face à face avec son adversaire qui, le couteau levé, cherchait une place pour frapper de nouveau.

Le poignet du drôle vint s'emboîter dans les cinq doigts du jeune homme, qui le tenaillèrent comme un garrot. Le mulâtre sentant ses articulations crier sous cette irrésistible étreinte, se mit à hurler.

— Grâce!... Senhor!... Caraï! vous me broyez le bras...

— Coquin, gronda Friquet, cela ne suffit pas de m'avoir volé quand tu tenais tout à l'heure la place de ce vieux filou, tu veux m'assassiner maintenant.

— Grâce!... je vous ai à peine effleuré. Un célestial... en tombant... a détourné le coup... je vous ai si peu... blessé... grâce.

La subtilité de ce raisonnement dérida le jeune homme qui desserra les doigts.

— Vilain macaque, continua-t-il moitié riant, moitié fâché, je pourrais t'écraser le museau d'un coup de talon, ou te clouer au mur comme un hibou... je me contenterai de te désarmer... allons, ton couteau... ton épée... et décampe... plus vite que ça.

— Tu as tort, matelot, interrompit Pierre le Gall

qui arrivait à ce moment en écartant de droite à
gauche les abdomens matelassés de suif jaune des
pontes, qui criaient comme des geais plumés vifs.

« Enfin, puisque c'est ton idée... suffit. Allons,
pare à virer. Attrape à courir grand largue du
côté de la case. Il s'agit d'être matinal demain.
Ta blessure n'est pas sérieuse, au moins ?

— Une simple égratignure.

— C'est parfait. « *Adieu vat* !... »

Les deux amis quittèrent la maison de jeu encore remplie de vacarme et tâchèrent de regagner
leur logis, qualifié fort irrévérencieusement par
Pierre le Gall « d'albergot ».

Ce n'était vraiment pas chose facile, que de s'o-
rienter au milieu de cet inextricable lacis de ruelles
escarpées, étroites et sombres comme des galeries
d'égout, qui glissent entre des maisons de granit,
aux fenêtres grillées comme des portes de prison,
rampent sur des corniches rocheuses, et serpentent
aux flancs des huit ou dix montagnes sur lesquelles
sont bâtis les forts de San Francisco, Barra, San
Jeronimo, de la Guia, San Paulo do Monte, Bom-
Parto, San João, etc. Fondé en 1557 par les Portugais, après la découverte de la rivière de Canton
en 1516 par Perestrello, Macao, situé à l'extrémité de la presqu'île du même nom, compte aujourd'hui 125,000 habitants chinois, et 2,500 por-

tugais. La ville portugaise, admirablement forti-
fiée, hérissée de redoutes et bourrée de canons,
est séparée de la ville chinoise par une muraille
solide, rigoureusement gardée par des soldats européens et qu'il est impossible de franchir la nuit
sans le mot de passe. Nos deux compagnons, n'ayant
pas de guides, errèrent dans les carrefours obscurs,
hantés par les rôdeurs de nuit qui leur eussent fait
sans doute un mauvais parti, sans la fermeté de
leur attitude, et grâce à l'immense flamberge de
don Bartholomeo, que Friquet maniait en riant à se
tordre avec la prestesse d'un virtuose d'estoc et de
contrepointe.

C'est en vain que Pierre le Gall épuisa toute les
formules de son vocabulaire nautique et que Friquet s'évertua à mettre le cap sur « l'albergot ».
Il leur sembla un moment entendre l'organe grêle
du mulâtre portugais qui dialoguait avec un
homme à la voix rauque.

— Mauvais moyen, grognait la voix... J'ai mieux
que ça...

Ils avancèrent et crurent distinguer la carrure
massive du capitaine américain qui disparut dans
les ténèbres. Bref, la nuit s'écoula tout entière en
recherches vaines, quand le hasard les amena sur
le Monte, où se tiennent les « Barracons » ou entrepôts d'émigration chinoise. Leur hôtel se trouvait

en face, près des ruines du vieux couvent de
jésuites.

Le premier être humain qu'ils aperçurent fut
positivement le damné Portugais. Il sortait du
Barracon, et portait un sac de toile à panse re-
bondie, bossuée par des disques métalliques.

Avec une impudence dont l'odieux le disputait
au comique, le drôle vint demander à Friquet des
nouvelles de la précieuse santé de Son Excellence;
puis, rassuré sans doute par les affirmations du
jeune Français, il s'éloigna lentement en grimaçant
un mauvais sourire.

— Adieu, senhor, adieu, acceptez mes excuses.
Vous n'oublierez jamais, croyez-moi, votre rencontre avec don Bartholomeo do Monte.

Pierre le Gall et Friquet pénétraient à ce moment chez un marchand d'hommes. Cet entrepôt,
où se maquignonne le bétail humain, n'a rien tout
d'abord de répugnant comme aspect, au contraire.
Et Pierre le Gall, qui s'y connaît, prétend qu'avec
ses fines boiseries, ses potiches, ses fleurs, ses meu-
bles d'acajou, c'est ficelé et épinglé comme le salon des premières d'un transatlantique.

Mais bientôt ces portes d'acajou massif s'entr'ouvrent et donnent accès à des corridors où s'entassent, rongés de vermine, couverts de loques
pitoyables, amaigris par les maladies et les priva-

tions, les pauvres diables qui attendent le prochain départ.

Prisonniers de guerre dans les provinces de la Chine méridionale ou pêcheurs du littoral enlevés par des pirates, ils sont vendus aux « marchands d'hommes » qui ont des émissaires à la côte. Ils entrent pour un tiers dans le contingent annuel des émigrants. Le second tiers est fourni par des malheureux qui meurent de faim chez eux, et qu'attirent des réclames mensongères proclamant les merveilles de cet Eldorado qui s'appelle les Iles Chincha. Pour trouver le troisième tiers, des entrepreneurs chinois, et disons-le à la honte de la société, des Européens, s'entendent pour amener gratuitement aux maisons de jeu officiellement reconnues, des milliers de joueurs qui viennent tenter la fortune. Qu'arrive-t-il ? C'est que quatre-vingt-dix pour cent se ruinent en quelques jours. Leurs convoyeurs leur font crédit, les nourrissent, puis, quand vient l'heure néfaste de l'échéance, ils appartiennent en toute propriété à ces usuriers de sang, auxquels la loi portugaise octroie le droit de contrainte par corps.

Il est vrai que le gouvernement portugais, animé d'excellentes intentions, surveille ces soi-disant engagements libres, et tâche autant qu'il le peut d'atténuer le sort des émigrants. Mais peut-il demander un certificat d'origine à ces infortunés débiteurs des agents, qui reçoivent par tête de trente à cinquante francs ? Et quand le « *procurador* » portugais vient leur demander s'ils partent de leur plein gré, ne lui répondront-ils pas : oui, dans la crainte de retomber sous la coupe des enrôleurs et des mandarins gagnés par les pots-de-vin ? Ils savent que s'ils refusent de partir, leur impitoyable trilogie de bourreaux : agents subalternes, commissionnaires et mandarins les tortureront jusqu'à ce qu'ils prononcent le « Oui » fatal.

Si les dix mille Chinois qui partent de Macao pour le Callao, et les cinq mille qui sont expédiés annuellement à la Havane, sont odieusement malmenés par leurs maîtres, hâtons-nous de dire que les colons français de la Guyane, des Antilles, ou de la Cochinchine, se conduisent avec tant d'humanité, que les coulies, sachant qu'ils ont affaire à des Français, partent avec le plus grand empressement. Malheureusement, ceux qui sont dirigés sur nos possessions forment l'infime minorité.

Ainsi qu'il a été dit précédemment, Pierre le Gall et Friquet, délégués par une société française, siégeant à Sumatra, étaient venus à Macao chercher une centaine de travailleurs. On a vu de quelle façon ils prétendaient traiter ceux que leur bonne fortune leur enverrait.

Le navire qui devait transporter les émigrants était un bâtiment mixte, en bois, de huit cents tonneaux, gréé en trois-mâts et pourvu d'une machine de cent vingt chevaux. Il avait été construit en Amérique, mais par une attention délicate son armateur l'avait baptisé d'un nom chinois. Il s'appelait le « *Lao-Tseu* ». Son capitaine avait en outre fait peindre à l'avant un œil énorme, comme en portent les jonques chinoises pour conjurer le malin esprit. Cette attention en partie double se bornait malheureusement à cette platonique appellation et à ce non moins platonique symbole.

Toutes les formalités relatives à la prise de possession et à l'embarquement de leurs travailleurs avaient été remplies par les deux Français. Le traitant, qui, soit dit en passant, a déjà versé cinquante francs par tête de céléstial à son courtier et trois cents francs au racoleur, avait fait passer ses coulies devant le « *procurador* » portugais. Le juge colonial leur avait demandé à chacun en particulier s'ils partaient volontairement, *oui* ou *non* ? La plupart de ceux qui, lors d'un interrogatoire précédent, avaient répondu *non*, s'étaient empressés de répondre par l'affirmative pour échapper aux ignominieux traitement des maîtres des Barracons.

Il n'est pas rare, en effet, que sur cinq cents Chinois interrogés par le procureur, une centaine refusent en principe de partir. Mais, hélas ! après un séjour plus ou moins prolongé dans les entrepôts, les traitants savent bien les mâter.

Les coulies qui ont consenti au départ sont internés de nouveau au Barracon pour une semaine, après laquelle le procureur leur pose la même question que précédemment. Quelques-uns hésitent encore et attendent, en dépit du sort qui leur est réservé. Le *oui* des autres est alors sans appel. La cargaison humaine est arrimée, le navire va lever l'ancre le lendemain, le contrat est signé devant le procurador. Cette pièce est rédigée en chinois et en portugais, signée par les Chinois engagés, puis certifiée conforme par le procureur du roi et le consul d'Espagne. En voici à peu près la teneur :

« Moi, un tel, né à... le... de l'année... m'engage
« à travailler douze heures par jour (le nombre
« des heures de travail pour les colonies françaises
« n'est que de sept) pendant *huit ans*, au service
« du possesseur de ce contrat. Je m'engage en
« outre à renoncer à toute liberté pendant ce
« temps.

« Mon engagiste s'engage à me nourrir, à me
« donner quatre piastres (20 francs) par mois et

« à me laisser libre le jour de l'expiration du pré-
« sent contrat. »

En temps ordinaire, le prix d'un Chinois — pour
parler le langage des traitants — arrivé au Callao,
à Cuba, ou aux îles de Guano, atteint trois cent
cinquante dollars (1,750 francs) répartis comme
il suit : Cinquante francs, avons-nous dit, pour le
courtier et trois cents pour l'embaucheur ; quatre
cents pour le Barracon, cinq cents pour le capitaine, et cinq cents pour l'agence de vente à destination ! Total 1,750 francs. Si encore cette prime
était touchée par le travailleur s'engageant librement, au lieu d'engraisser les impudents maltôtiers
de la presqu'île maudite !

Friquet et Pierre le Gall, ayant directement
traité avec l'agence locale, avaient économisé les
cinq cents francs que prélève à l'arrivée l'agence à
destination. Le jeune homme versa pour chaque
coulie, la somme de douze cent cinquante francs,
soit cent vingt-cinq mille, toute la fortune de ses
amis de Sumatra, pour les cent hommes qu'il em-
menait.

Cette dernière et importante formalité remplie,
les deux compagnons, heureux d'échapper au spectacle écœurant auquel ils étaient depuis quinze
jours assujettis, s'empressèrent de rallier le *Lao-
Tseu*, qui était chargé de deux cents autres pas-

sagers, à destination des possessions hollandaises de Bornéo et de Java.

Quel singulier navire que ce trois-mâts tenu avec la plus répugnante malpropreté, et sur lequel s'agite un équipage bigarré, dont les membres semblent avoir été empruntés à tous les pays du monde. Chargé à couler bas de denrées encombrantes et arrimées à la diable sur le pont : ballots, caisses à provisions, sacs de riz, cages où piaillent tout un clan de volailles, moutons qui bêlent plaintivement, et un escadron de porcs qui rompent bientôt leur enclos de l'avant, se précipitent sur le rouffle de l'arrière, en jetant sur le dos passagers et matelots, tel est le premier coup d'œil offert au moment de l'appareillage.

A la vue de ce méli-mélo tout américain, Pierre le Gall, matelot modèle, rompu à la méticuleuse propreté des navires de guerre français, fait une grimace significative.

— Mauvais patachon d'eau salée !... Tourne-broche de malheur, murmure le digne mathurin. Il faut vraiment être un « pirate étoilé » des mers de Chine pour galvauder ainsi une machine à flotter.

« Et c't'équipage ! Des Indous en veste blanche, des moricauds d'Afrique en feuille de vigne de coton, des Malais aux yeux louches, et ces vingt-

cinq ou trente pantins à queue... Çà des matelots !... Allons donc, une ménagerie.

Le bâtiment dérapait à ce moment après le *Go
ahead* sacramentel du capitaine debout sur la pas-
screlle.

— Tiens ! tiens !... fit à son tour Friquet en regardant le second à son poste d'appareillage, c'est-
à-dire à l'avant... Mais, si je ne me trompe, c'est
au second que nous avons eu affaire pendant notre
séjour à terre. Quant au capitaine... Eh ! pardieu,
c'est celui-là même qui, hier soir, dans la maison
de jeu, a si proprement épousseté le banquier aux
ongles crochus.

— Oui-dà bien vrai, reprit Pierre le Gall. Que
diable est devenu pendant quinze grands jours
ce forban ?

— Il a véritablement une tête à être allé croiser
pour son propre compte sur la côte.

— Dans tous les cas, il est le digne pendant de
son second. Quant à ce dernier, je ne le comprends
pas, de laisser le bateau en pareil état. Il y a un
pied d'immondices sur le pont, les cochons prennent leurs ébats sur les panneaux des claires-voies,
les morceaux de charbons commencent à se promener de l'avant à l'arrière en compagnie des
ballots ; on ne toucherait pas à la barre avec des
pincettes, et les embarcations, souillées de toutes

sortes d'ordures, sont elles-mêmes encombrées de paquets !

— Notre pirate économise la place. Les cales et l'entrepont sont pleins d'immigrants, sa machine étant d'un volume considérable. Il préfère sans doute laisser ses vivres sur le pont pour ne pas encombrer ses soutes.

— Eh bien ! cela fera du propre, si quelque paquet de mer « s'amène » jusqu'ici.

Les prévisions du brave homme ne furent que trop tôt réalisées. Le *Lao-Tseu*, après avoir franchi le « Sulphur Canal » était passé entre les îles Siko, Patung, Chung et Lantao. Il eut bientôt gagné la pleine mer.

On était au mois de novembre. Le temps se maintenait couvert, et la mousson du Nord-Ouest amenait de la côte les brumes qui flottaient lourdement dans l'atmosphère. La mer, ordinairement mauvaise dans ces parages, avec ses lames dures et courtes, devint affreuse. Le navire roulait d'une façon épouvantable, et de véritables trombes d'eau s'abattaient sur le pont bientôt transformé en un marécage sans nom.

Le capitaine, trouvant que tout était pour le mieux, se promenait d'un air satisfait sur la passerelle, en envoyant à chaque instant de longs jets de salive jaunâtre.

— Ah ça ! grommela Pierre le Gall agacé, est-ce que ce marsouin-là ne va pas bientôt nous appuyer d'un peu de toile? Les malheureux qui sont enfermés dans les cales vont être mis en bouillie.

« Il est vraiment bien temps. »

Un coup de sifflet retentit à ce moment, et un essaim de pantins à queue se ruèrent dans la mâture, avec des cris aigus, et en tournant comme des girouettes autour des galhaubans qu'ils tenaient enserrés entre les orteils. La grand'voile, la misaine et le grand foc, furent orientés babord amures, et le navire cessa de rouler.

Cette manœuvre, tout en répondant au désir de Pierre le Gall, ne laissait pas que de le tracasser fortement.

— Voyons, dit-il à Friquet, je n'ai pas la berlue, pourtant. Mais, nous ne faisons pas la route. Nous sommes en novembre. La mousson du Nord-Ouest souffle depuis un mois, nous devrions avoir le cap sur Singapour et marcher vent arrière. Tandis que nous allons babord amures, comme si nous nous dirigions vers les Philippines.

— Que veux-tu que je te dise, matelot. Tu sais bien que je n'entends rien à la manœuvre à la voile.

— Tiens, vois-tu, tout ça n'est pas clair.

— Bah ! Notre pirate ne peut pas être à ce point

ignorant de la navigation. Il a probablement son
idée.

« Allons faire un somme, et nous verrons demain. »

Pierre le Gall dormit mal. Il fut éveillé au petit
jour par le silence de la machine et l'absence des
trépidations de l'hélice. Il s'élança d'un bond sur
le pont. Un juron carabiné lui échappa à la vue
du bâtiment chargé de toile à rompre la mâture.
Toute la voilure, jusqu'aux cacatois, jusqu'aux
voiles d'étai, jusqu'aux bonnettes, se gonflait au
souffle de la mousson. Le navire gémissait en bondissant sur la lame, et les mâts craquaient sous
l'effort de la brise. Le loch eût indiqué dix nœuds
au moins.

— C'est égal, rumina le brave matelot avec un
geste approbateur, c'est ce qui s'appelle tortiller
proprement de la toile. Mais, le gredin fait toujours
du Sud-Est. Il faut que j'en aie le cœur net.

Le marin voulut consulter le compas. La barre
pour éviter les paquets de mer, était comme per-
chée sur une plate-forme que Pierre se mit en
devoir d'escalader.

— On ne passe pas, grogna d'un ton farouche
un matelot américain debout, près de l'homme du
gouvernail, le revolver à la ceinture.

— Je voudrais voir le compas, reprit froidement le Breton.

— On ne passe pas, réitéra le Yankee d'un ton plus rude encore.

Pierre, tout désorienté, rencontra le second qui allait prendre son quart. Il lui fit part de la rebuffade qu'il venait d'essuyer.

— La route n'est pas votre affaire, répondit brutalement l'officier. Vous n'êtes pas ici sur un steamer.

— Je m'en suis aperçu depuis hier, gronda Pierre le Gall. Suffit... motus. Qui vivra verra.

Il descendit sans ajouter un mot à sa cabine, et Friquet en s'éveillant le vit occupé à changer les cartouches de son revolver.

— Eh ! que diable fais-tu là, matelot ?

— Je veux être paré à brûler la... face du failli chien qui nous a enfermés dans ce traquenard.

— Diable ! ça va donc mal ?

— Plus mal que tu ne crois, matelot. Ou je me trompe fort ou nous allons en voir de dures.

— Bah ! des lascars comme nous ne peuvent guère s'embarrasser comme ça des incidents de la première heure.

— Si nous n'avions que notre peau... je m'en f...icherais comme d'une escadre dans la lune.

Mais nous sommes responsables de l'existence de nos engagés... de la fortune de nos amis.

— Pétard ! fit Friquet songeur, tu as raison.

— Aussi, si ça va trop mal, je mets en bouillie la cervelle du Yankee. Mais, là, dans les grands prix.

L'heure du déjeuner arriva et nos deux compagnons, quoique fort perplexes, firent honneur à l'atroce mélange de saindoux, de poisson puant, d'ail et de piment que leur apportèrent des Chinois plus fétides et plus gluants encore. Chose étonnante, après avoir dévoré en hommes dont l'estomac a subi bien d'autres vicissitudes, ils s'endormirent d'un sommeil de plomb.

Ils s'éveillèrent après un temps dont ils ne purent apprécier la durée, mais qui leur sembla fort long. L'obscurité était complète. Ils avaient la tête lourde. Il semblait qu'un cercle de fer leur étreignît le crâne. Ni l'un ni l'autre ne put tout d'abord ébaucher le moindre mouvement.

— Mais, bégaya Friquet d'une voix entrecoupée par la fureur, je suis amarré par les quatre pattes !...

— Sang-Dieu ! rugit Pierre le Gall, nous sommes dans la Fosse-aux-Lions.

CHAPITRE II

Deux hommes sans reproche aux arrêts de rigueur. — Où Pierre le Gall s'accable d'épithètes aussi pittoresques qu'imméritées.— Le marin breton ne peut se faire à l'idée d'être mis en nourrice. — Les calculs d'un bandit. — Terribles menaces. — Pourquoi le pirate n'avait pas jeté par dessus le bord ses deux passagers. — Les deux routes de Macao à Sydney. — A toute vapeur à travers les récifs. — Manœuvre de casse-cou. — Irrémédiable avarie. — Adieu beaux jours. — Sur un récif. — Agonie d'un navire. — Un capitaine qui abandonne le premier son bâtiment en perdition. — Ce qui se passait à fond de cale pendant que le *Lao-Tseu* faisait côte. — Evasion des émigrants.

Friquet avait raison, et Pierre le Gall se trompait, quant au local. Les deux amis étaient prisonniers, non pas dans la fosse aux lions, mais dans leur propre cabine.

Un narcotique puissant avait eu raison de leur athlétique vigueur et paralysé une résistance qui eût pu coûter cher aux hommes chargés de les incarcérer.

La situation leur apparut avec cette netteté particulière à ceux qui, menant la vie d'aventure, ont toujours l'esprit en éveil et le corps en haleine.

Ils essayèrent, pour la forme seulement, la solidité des liens qui les retenaient ; puis, convaincus de l'inutilité de leurs efforts, ils restèrent immobiles.

Friquet rompit le premier le silence.

— Pierre, dit-il à voix basse, je suis un niais. J'aurais dû méditer hier tes paroles, et prendre des précautions en conséquence.

— Tu aurais été bien plus avancé.

— Certainement.

— Comment ça, mon fi ?

— Eh ! pardieu, j'aurais sauté au collet du second ; pendant ce temps-là, tu aurais serré la vis au capitaine. Nous eussions proprement amarré les deux compères, puis après les avoir déposés en lieu sûr, rien ne t'empêchait de prendre le commandement du bateau, de le remettre en route, et à notre arrivée là-bas, de confier aux autorités locales nos deux ours d'Yankees.

— Ton projet a du bon, matelot, et je sais bien que les deux pirates n'eussent pas pesé lourd

au bout des grappins d'abordage que nous por-
tons étalingués à chaque poignet.

« Mais... il y a un mais bien gros de risques.

— Voyons-le, ton : mais ?

— Tu ne comptes pas les cinq ou six mathurins
d'Amérique. Un vrai bouquet de païens qui manœuvrent, mangent et dorment le revolver au
flanc ; et les hommes de la machine que nous n'a-
vons pas vus encore. Il y a là un bon tiers de blancs
au moins.

« Quant à l'équipage de toutes couleurs dont je
ne sais pas le langage, j'aurais pu me débrouiller
avec lui et le faire « brasser » tant bien que mal...

« En somme vois-tu, mon fi, j'en reviens à mon
dire. Il y avait de bien gros risques. Pense donc
un peu... Prendre un navire à nous deux... C'est
de l'ouvrage. Je ne dis pas que c'est impossible.
Avec le temps, j'eusse peut-être entrepris la chose,
mais, comme ça, de but en blanc...

« D'autant plus que mes suppositions, par rapport au changement de route, n'étaient appuyées
sur aucune preuve parfaitement évidente. Puis,
enfin, toujours cette satanée responsabilité rapport
aux pauvres diables que nous devons ramener en
bon état là-bas.

— Eh ! tonnerre, je ne l'oublie pas non plus, et
c'est ce qui m'enrage. Je ne puis que répéter à sa-

tiété ce que je te disais hier : Ah ! si nous n'avions que notre peau !

— Ça, c'est vrai. Quand j'ai des valeurs à moi, ça me rend déjà tout bête ; aussi, je me suis toujours empressé de tout laver en arrivant à terre... A plus forte raison la fortune des autres... Je n'entends ni ne vois goutte tant j'ai peur de la compromettre. Il me semble que j'ai dans la coque une poignée d'étoupe en place de cœur, et que ma cervelle est remplacée par une pleine potée de galipot.

— En somme, et en réfléchissant bien à notre aventure, il y a gros à parier que nous sommes volés comme à la corne d'un bois. Je vois clair dans le jeu du forban qui commande à tous ces écumeurs d'eau salée.

— Tonnerre à la toile ! Ça crève les yeux. Faut-il que je sois bête ! Mais tout ça, c'est de ma faute ! Vieux pingouin ! Tête de phoque ! Bigorneau !... Terrien !... Est-ce qu'au lieu de jacasser comme un moko, je n'aurais pas dû amarrer ma gueuse de langue avec vingt brasses de bitord ! Si je n'avais rien dit par rapport à la chose de la route, si plutôt que de m'occuper du compas, j'avais ouvert l'œil, et « la bonne », mon païen n'aurait pas songé à nous amarrer ici, comme de bons garçons après une bordée à terre.

— Console-toi, matelot, reprit Friquet. Ce coup-

là, vois-tu, est combiné depuis longtemps, sois-en
sûr. L'Américain n'a jamais eu, je le vois-bien,
l'intention de nous conduire à destination. Du jour
où les ouvertures ont été faites au second pour le
transport des coulies, les deux misérables ont eu
la pensée de s'approprier nos hommes et de les
vendre pour leur compte.

« Un peu plus tôt, un peu plus tard, cet acte de
violence dont nous sommes victimes devait être
consommé. Tu en as tout au plus précipité l'accomplissement. Il me vient d'autre part une idée.
C'est que le drôle qui se goberge sous le nom de
Bartholomeo do Monte, pourrait bien ne pas être
étranger à l'affaire. Te rappelles-tu ses dernières
paroles et son mauvais sourire ?

— Té crois ! Je vois encore sa face de brai et sa
gueule de macaque tordue en villebrequin... Si jamais je retourne à Macao, en voilà un dont j'épous-
setterai la vermine.

— Avec tout ça, reprit Friquet, je trouve que la
situation manque d'agrément. Je voudrais bien
changer un peu de position. Je commence à m'en-
gourdir.

— Pauvre petit gars, fit avec commisération
Pierre Le Gall, on voit bien que tu n'as pas comme
moi l'habitude de la chose. Au temps où j'étais
jeune, alors que j'aimais un peu trop courir la bor-

3

dée franche, j'ai eu mainte occasion de faire connaissance avec les joujoux du capitaine d'armes. Ah ! l'on n'était pas tendre alors... Pour un oui pour un non, vlan ! aux fers, ou bien, attrape à « piger » six heures de vigie accroché aux barres de perroquets... Ce qui n'empêchait pas notre vieille marine de fournir des mathurins pas mal épinglés comme ça.

« Faut prendre ton mal en patience, vois-tu mon fi. Heureusement que le failli païen n'a pas eu l'idée de nous séparer et que nous pouvons être de quart ensemble. »

Pendant ce colloque à voix basse, le jour était venu. Des lueurs blafardes pénétrant par le hublot de la cabine permirent aux deux amis de se rendre un compte un peu plus exact de la position. Ils étaient attachés, non pas avec des carcans de fer, mais avec de solides amarres, qui bien que un peu moins dures que le métal, devaient, en raison de leur volume, empêcher toute velléité de révolte.

L'heure du déjeuner arriva bientôt, et les prisonniers se demandaient s'ils allaient être compris dans la distribution, quand la porte de la cabine s'ouvrit et un jeune Chinois apparut, portant une énorme gamelle pleine de riz, sur lequel navi-

guaient de petits morceaux d'une substance douteuse paraissant être de la viande.

— Tiens, dit Friquet, la popote. Cette entrée du
celestial et de son rata me rappelle ma première
aventure sur les bords de l'Ogôoué, avec le docteur
Lamperrière, alors que les moricauds de l'endroit
nous mettaient à l'épinette afin de nous manger.

— Silence, dit en anglais une voix rude, pendant
que la silhouette massive d'un matelot américain,
armé d'une demi-pique, se découpait dans l'embra-
sure.

— Tiens, fit à demi-voix Pierre le Gall, un factionnaire. Peste, le capitaine nous fait les honneurs
des arrêts de rigueur!

Le Chinois fit quelques pas en tremblant, planta
sa cuiller dans le mélange, et l'approcha de la face
barbue du vieux matelot.

— Ah ça! est-ce qu'il se f...che de nous, le païen
maudit. Voilà qu'il me donne une nourrice sur
lieu, à moi, Pierre le Gall, natif du Conquet, ancien quartier-maître canonnier de l'*Eclair*, ancien
timonier breveté, qui n'ai jamais connu d'autre bi-
beron qu'un bon quart de tord-boyau après la
manœuvre, et qui ai tété pendant trente ans le
pouce du cambusier.

Le Chinois, croyant sans doute à un refus, pré-
senta la cuiller à Friquet, qui, surmontant son dé-

goût, avala son contenu sans trop de mauvaise
grâce. Le mouvement de translation s'opéra mé-
thodiquement et avec assez d'adresse dela part du
pourvoyeur, jusqu'à ce que le jeune homme fît
signe qu'il en avait assez.

C'était de nouveau le tour du Breton.

— Allons, murmura-t-il avec une résignation
comique, puisqu'il le faut... allons-y.

Après ce repas peu varié comme menu, mais
original comme forme, le Chinois allait se retirer,
quand Pierre le Gall interpella en mauvais anglais
et à voix basse le factionnaire.

— Eh! matelot.

L'homme fit un pas dans la cabine sans mot dire.

— Voyons, continua le prisonnier, bien que
vous fassiez un assez vilain métier, vous êtes marin, et vous savez qu'après le rata, avant même le
rata, ce que le matelot préfère, c'est le tabac.

« Vous ne pourriez pas me repasser un petit bout
de carotte, là, si peu que ce soit. »

L'Américain haussa les épaules, fit un signe au
Chinois et sortit sans prononcer une parole.

— Brute! gronda le maître canonnier. Je n'au-
rai pas besoin de faire un nœud à mon mouchoir
pour te reconnaître plus tard, et savoir quel rigo-
don je te ferai danser.

« C'est bon. On se passera de tabac.

. . . .

Quinze mortelles journées s'écoulèrent sans amener aucun changement dans la position des deux
prisonniers dont les souffrances devenaient peu
à peu intolérables. Le seul adoucissement qu'eût
obtenu Pierre le Gall lui était venu du petit Chinois. Un jour que le factionnaire distrait, se relâ-
chait un peu de sa surveillance, l'enfant profita de
ce moment d'oubli et lança sur le cadre du matelot un paquet de tabac.

Cette attention si délicate, ce témoignage de commisération de la part de ce déshérité émurent profondément le digne matelot.

— Pauv' moussaillon, murmura-t-il attendri, il
mène ici une vie de galérien, les coups pleuvent dru
comme grêle sur son malheureux petit corps fai-
blot ; du matin au soir, du soir jusqu'au matin, sa
vie est un enfer, et il se trouve dans son cœur de
la place pour un bon sentiment.

« Moi, ça m'a tout ragaillardi. C'est bien peu cependant. Aussi, tu comprends si je préfère l'intention à la chose. En vérité, ça me produit le même
effet, lorsqu'après une campagne de trois ans, je
reviens au Conquet, et que je revois les ajoncs de
ma chère Bretagne. »

Le paquet de tabac adroitement lancé, était, par

bonheur, tombé à portée de la tête du maître canonnier. Il le saisit avec les dents, put l'attirer jusque sur sa poitrine, et après des efforts surhumains,
le déplier, puis se bourrer la joue d'une volumineuse carotte qu'il se mit à mastiquer avec sensualité.

— Un vrai velours, matelot, un sucre candi. Quel
dommage que tu n'en uses pas ! Que je suis bête ! je
ne pourrais même pas t'en envoyer la moitié.

— Je suis bien heureux, mon vieil ami, de ce
faible allégement à tes souffrances, répondit le
Parisien avec effort. Ce qu'il me faudrait surtout, ce
serait une bonne lampée d'air frais. Pour peu que
cette claustration continue, je ne sais ce que je
vais devenir. Il me semble que ma tête va éclater.

— Pas de bêtises, matelot... allons, du calme et
de la fermeté. Ce n'est pas le moment de s'offrir
un accès de fièvre. Tu m'entends.

Deux jours passèrent encore avec cette désespérante monotonie, et Pierre le Gall commençait à
concevoir de sérieuses inquiétudes sur la santé de
son ami, quand le capitaine pénétra en personne
dans la cabine.

— Je présume ? dit-il sans préambule, que vous
vous ennuyez, ici.

— Pas mal, et vous, reprit ironiquement le Breton.

— Il ne tient qu'à vous d'en sortir. Moi, je vais droit au but. Je n'ai pas de temps à perdre et je déteste les phrases... *Times is money*...

— Que faut-il faire? demanda Pierre.

— Voici, répliqua l'Américain en s'adressant plus particulièrement à Friquet. Vous allez me vendre vos cent celestials... J'en ai besoin.

Le jeune homme, en proie à la fièvre, crut avoir mal entendu.

— L'acte de vente sera rédigé en anglais et en français, puis certifié conforme par vous deux. Vous le signerez...

Pierre le Gall et Friquet restèrent immobiles comme deux blocs de granit.

— Malheureusement, continua l'Américain, l'état de mes finances ne me permet pas de vous en donner un prix bien élevé. Le celestial est calme aujourd'hui sur le marché. Puis, il me plaît de faire la baisse. Mille dollars en tout pour vous deux me paraissent suffisants.

— Cinq mille quatre cent vingt francs, monnaie de France, articula froidement le Breton.

— Yes, répliqua le capitaine. Je vous déposerai sur un point de la côte australienne, non loin de Sydney. Il vous sera facile de regagner les établissements coloniaux, où vous pourrez encore faire honnête figure avec le produit de la vente.

— Ah ! nous n'allons pas à Sumatra, mais bien en Australie ?

— Yes.

— Et si ce marché ne nous convenait pas, riposta Friquet, pâle, les dents serrées et faisant des efforts surhumains pour contenir son indignation.

— J'aurais le regret de vous laisser ici sans boire ni manger jusqu'à ce que vous soyiez devenus de meilleure composition.

— Vous êtes le dernier des coquins.

— C'est ma façon d'entendre les affaires. Cette réflexion est inutile. *Times is money* ! Que ces Français sont bavards !

« Votre réponse ?

— Si la position que j'occupe me permettait le moindre mouvement, je vous cracherais à la figure...

« Voilà ma réponse.

— By God ! vous êtes vif, jeune homme. Heureusement que je ne suis pas susceptible. Je pourrais vous faire amarrer chacun à une des gueuses de fonte formant mon lest et vous envoyer par dessus bord, mais cela ne signerait pas le contrat de vente dont j'ai ab-so-lu-ment besoin, termina-t-il en scandant le mot avec un accent de froide menace.

« Je viendrai dans deux jours connaître vos intentions. Le jeûne rigoureux auquel j'ai l'intention de vous soumettre les modifiera sans doute. »

Puis, il sortit.

— Et dire, gronda Pierre le Gall, que des gredins du gabarit de ce caïman là, ont la conduite d'un bâtiment. C'est marin, et on appelle ça : capitaine !... C'est à faire honte aux Malais, ces forbans de profession.

« Matelot, les affaires s'aggravent.

— Au contraire, je trouve qu'elles s'améliorent.

— Ah ça ! est-ce que tu perds le Nord ?

— As pas peur, nous sommes devant une situation parfaitement définie.

— Pour ça, oui : crever de faim dans un temps plus ou moins long. Ce n'est plus maintenant qu'une question d'heures.

— Pierre, mon vieux, toi un des plus fins pointeurs du *Louis XIV*, tu manques la bouée à moins de cinq encâblures, comme le plus mazette des novices.

— Dis voir pourquoi, mon fi.

— Tu ne vois donc pas que ce cachalot de malheur est fort embarrassé de nos coulies. Les prendre n'est rien. Il s'agit de les vendre. Le contrat dressé en notre nom par les autorités espagnoles et portugaises, est en triple expédition. L'une est restée

3.

au gouvernement de Macao, la seconde est entre
les mains du forban, la troisième nous appartient.
Or, il ne peut rien faire sans une cession en bonne
forme, sous peine d'avoir maille à partir à l'arrivée avec les fonctionnaires anglais. Et ils ne sont
pas positivement tendres pour les facéties de cette
espèce, les fonctionnaires du Royaume-Uni. Il leur
faut un certificat d'origine émanant des autortés,
et en cas de cession de la part des acquéreurs, une
pièce parfaitement authentique, sous peine au forban de voir l'embargo mis sur son navire, et de
s'en aller dans le paradis des « convicts » tresser
de l'étoupe, ou galoper sur place, sur cette roue
à palette que les Anglais appellent *tread-mill*.

— Ah ! bah !

— Tu penses bien que s'il avait pu faire autrement, il n'aurait pas manqué de nous expédier par
dessus bord, sans nous demander avis. Quant à
nous laisser mourir de faim ou à nous assassiner,
cela ne lui profiterait en aucune sorte. Il ne pourrait aborder en Australie, puisque la destination
de notre convoi est Sumatra.

— Sais-tu, mon fi, que tu raisonnes les affaires
comme un commissaire à cinq galons...

« ... Tiens ! entends-tu ?

— Quoi donc ?

— Le bruit de l'hélice. Nous marchons à la vapeur.

— Que diable peut signifier ce changement ?

— Peu de chose. Le vent sera tombé, ou devenu contraire, et l'Yankee aura voulu ne pas perdre de temps.

Cet événement, si simple en apparence, devait pourtant amener pour les deux Français des conséquences d'une incalculable gravité.

Voici ce qui s'était passé depuis le moment de leur claustration.

Le *Lao-Tseu*, couvert de toile avec cette surabondance ordinaire aux Américains qui n'ont jamais voulu comprendre qu'une des qualités indispensables au marin est la prudence, avait pris la route habituelle aux navires se rendant de Macao à Sydney.

Cette route consiste à prendre le Sud-Est jusqu'en vue de Luçon, la principale des Philippines, reconnaître Porto-Balinão situé à la pointe Ouest de l'île, franchir le canal de qui sépare Luçon de Mindoro, passer en vue de l'île Panay, et couper du Nord au Sud la Mer de Mindoro. Il faut ensuite ranger la pointe Ouest de Mindanao et travers l'archipel des Soulous au groupe Basilan. Le bâtiment doit alors suivre franchement la direction Est-Est-Sud, doubler l'île Gilolo, franchir le 130e méridien de

longitude Est, à son point d'intersection avec le
3e parallèle Nord, et venir couper l'équateur en
vue du groupe des îles des Anachorètes. Après
avoir doublé le groupe de la Nouvelle-Irlande et
l'archipel Salomon, dont les îles rappellent le
temps glorieux où les d'Entrecasteaux, les Bougainville et les La Pérouse étaient les dignes émules
des Cook et des Byron, après avoir rangé au plus
près l'île San-Christoval, la dernière, située par
167° de longitude Est et 10° de latitude Sud, il
oblique franchement au Sud-Ouest pour regagner
Sydney, dont la longitude est 148° 30' Ouest, et la
latitude 35° 56' Sud.

La route forme en conséquence une S immense
qui appuie sa petite boucle à Macao, dont le corps
serpente à travers une partie de la Malaisie ainsi
que de la Mélanésie, et dont la grande courbure
vient se fixer à Sidney. Cette route, la plus longue,
mais la plus sûre, offre un développement d'environ 9,000 kilomètres, soit à peu près la distance
de Saint-Nazaire à Panama.

La moitié environ du trajet avait été accomplie
avec un bonheur digne d'une meilleure cause. Le
Lao-Tseu, poussé par la mousson qui se fait parfois sentir jusqu'à ces points éloignés, avait atteint
le groupe d'îles Kunies ou des Anachorètes, avec
une vitesse variant entre sept et huit milles à

l'heure, quand le calme se fit soudain au moment
où il franchissait la ligne équatoriale.

Le capitaine, craignant d'être pour longtemps
immobilisé dans ces parages, fit allumer en toute
hâte les fourneaux de la machine. Voulant économiser tout à la fois le combustible et la nourriture
de ses passagers, il résolut de couper au plus court,
en descendant directement au Sud. Son plan était
de ranger les îles de l'Amirauté, franchir le détroit
de Dampier, reconnaître les écueils formées par les
îles de Lusançay, ranger l'île Well, doubler l'archipel des Louisiades, et mettre le cap sur Sydney
sans avoir besoin de suivre la courbe énorme formée par l'autre route.

C'était là un projet périlleux à l'extrême et
qu'un navigateur consommé n'eût entrepris qu'a-
vec les plus minutieuses précautions. Notre Américain, au contraire, attendit à peine d'être en pression pour envoyer son *Go ahead*, et lancer son
navire comme s'il s'agissait d'une traversée de
l'Atlantique. Sans s'occuper plus que de raison des
récifs madréporiques encombrant ces parages, sans
hésiter quand la carte ne lui indiquait aucun
écueil, il faisait jeter le plomb de sonde pour la
forme et marchait comme s'il se fût agi de brûler
un concurrent sur un des fleuves géants du Nord
Amérique.

Cette manœuvre de casse-cou ne pouvait indéfiniment durer. Après avoir réussi pourtant à traverser le détroit de Dampier, il avait tranquillement mis le cap sur le groupe Lusançay, quand le bâtiment s'en vint donner furieusement contre une roche à fleur d'eau. Un immense cri d'épouvante poussé par les malheureux empilés dans l'entrepont s'échappa du navire dont la coque gémit lugubrement. Soit que la roche n'eût été frappée que latéralement, soit qu'une couche d'eau suffisamment épaisse fût interposée entre le sommet de l'écueil et la quille du vapeur, celui-ci ne resta pas échoué. Il se releva brusquement, talonna deux ou trois fois, mais légèrement, et fila sur son erre, car la machine avait stoppé.

Le capitaine fit aussitôt descendre deux plongeurs qui constatèrent qu'une partie de la fausse quille avait été arrachée, mais que le bordage paraissait intact. En somme, comme nulle voie d'eau ne se déclara, le Yankee trouva que c'était « perfectly well » et commanda machine en avant.

Hélas ! le *Lao-Tseu* au bout de son erre, resta immobile comme un ponton. Le choc terrible contre l'écueil avait sans doute déterminé une grave avarie dans la machine, et il y avait gros à parier que le navire ne pourrait pas de sitôt marcher à la vapeur. Une légère brise commençait à se lever.

Le capitaine résolut d'en profiter. Il fit orienter séance tenante la voilure et continuer la route, pendant que le mécanicien et ses aides recherchaient les causes de l'avarie. Les constatations ne furent ni longues ni difficiles; l'arbre de couche avait été faussé. Le *Lao-Tseu* était redevenu un simple navire à voiles pour le malheur des passagers et de l'équipage.

Les beaux jours étaient désormais terminés, et tout devait bientôt aller de mal en pis. La brise fraîchit et prit tout à fait l'intensité d'une bourrasque. Le temps se couvrit. Il fut impossible de faire le point, et l'on dut marcher à *l'estime* moyenne, trop souvent trompeuse, hélas !

Douze heures s'étaient à peine écoulées depuis l'irrémédiable castastrophe de la machine. Le *Lao-Tseu*, en dépit de l'intensité de la brise, avait conservé une partie bien trop considérable de sa voilure. Mais, le capitaine voulait « faire de la route » à tout prix : *Times is money !* Le trois-mâts, couché sur sa hanche de tribord, donnait une bande effrayante, et filait, rapide comme un cétacé, quand on entendit par l'avant, à travers les rafales de la bourrasque, ces mugissements caractéristiques de flots se brisant sur des écueils.

— Pare à virer !... hurla le capitaine, debout sur la passerelle.

L'équipage se rua à son poste pour accomplir cette manœuvre d'où dépendait le salut commun. Une seconde d'hésitation, la moindre erreur dans l'exécution du commandement, et le navire était perdu.

L'état du temps et la proximité du danger sous le vent, ne lui permettant pas de virer vent devant. l'Américain voulut virer lof pour lof en masquant partout.

Il fit mettre la barre dessous, filer les focs, lever les lofs, masquer partout en contre-brassant complètement devant et brassant carré derrière. Le navire commençait à culer et à abattre, quand une rafale terrible le saisit par le travers avant qu'on eût eu le temps, pour achever cette manœuvre d'ensemble, de carguer la brigantine et la grand'voile, de changer la barre et de brasser carré devant. Il fut comme aspiré par un courant irrésistible, droit à l'écueil, dont la masse sombre s'étendait en demi-cercle au milieu d'un nuage d'écume. Le capitaine fit mouiller ses ancres de bossoir. Peine inutile. Le bâtiment chassa sur les récifs où l'entraînaient le vent et le courant.

C'en était fait. Un craquement formidable retentit. Le *Lao-Tseu* vint donner par son travers sur la barre madréporique. Des milliers de pointes aigües, semblables à des chevaux-de-frise, éventrèrent la

coque et la maintinrent immobile comme une
montagne de bois. Le capitaine vit que tout était
perdu. Il rallia sans perdre un moment les matelots blancs, au nombre de sept, appela le second
et le chef mécanicien, puis fit armer la grande chaloupe dans laquelle furent déposés à la hâte des
provisions, de l'eau, quelques instruments de
navigaton, des armes, les papiers et l'argent du
bord.

Prévoyant que le *Lao-Tseu* ne pourrait tenir longtemps, que tôt ou tard une lame le broierait et en
disperserait les épaves, le misérable, sans penser
un instant à organiser le sauvetage des infortunés
qui poussaient dans la cale des cris désespérés se
mettait en mesure d'abandonner le premier son
bâtiment, lui, le capitaine ! L'embarcation, armée en
un clin d'œil, glissa sur ses palans, parée déjà à
prendre la mer. Les matelots bengalis, malais et
zanzibariens, couraient affolés sur le pont, qui
offrait le spectacle d'un pêle-mêle inouï. Ils s'em-
pressaient d'imiter leur chef, en essayant de mettre
à la mer tous les canots du bord. Les clameurs dé-
chirantes s'échappant des parties basses de la coque
avaient cessé tout à coup. On n'entendait plus, à
travers les mugissements de la lame brisant sur
les écueils, que les cris aigus de l'équipage de couleur. Les trois cents coulies empilés dans leurs

obscurs réduits, avaient-ils été noyés d'un seul coup
lors de la brutale invasion des eaux? La vague, en
se retirant, avait cependant laissé presque à sec le
navire, en quelque sorte déposé sur le banc corallien.

La précipitation avec laquelle les blancs se sé-
paraient de l'épave, paraissait indiquer chez eux
l'appréhension d'un péril autre que ceux résultant
des éléments. D'autre part, cet abandon d'une cargaison représentant une valeur aussi importante,
semblait mal s'accorder avec l'âpreté du capitaine.
Mais le gredin et ses complices savaient bien que
les coulies, matés par la souffrance, abrutis par
la claustration, deviennent terribles quand la féroce discipline du bord ne pèse plus sur eux. Combien d'équipages massacrés en mer par les immigrants révoltés, en dépit des chausse-trappes semées
sur le pont pour blesser leur pieds nus, et malgré
la précaution de ne les amener prendre l'air que
par bordées de cinquante, enchaînés les uns aux
autres, et devant des matelots armés jusqu'aux
dents. Combien n'en a-t-on pas vu qui, poussés à
bout et préférant la mort à de pareilles tortures, se
réunissaient en masse, s'arc-boutaient des pieds et
des mains contre les cloisons, rythmaient leur
effort par une de ces mélopées analogues à celles
des matelots virant au cabestan, parvenaient à

rompre leurs barrières, et se précipitaient comme un torrent furieux par les écoutilles trop étroites.

Qu'importait en somme au forban la mort des celestials et la perte du *Lao-Tseu*, n'avait-il pas pris la précaution de faire assurer au départ le navire et la cargaison ?

Ses appréhensions devaient être avant peu confirmés. Au moment où il allait prendre place dans la chaloupe, le grand panneau, encombré pourtant et à dessein d'objets pesants, vola en éclats, comme broyé par l'irrésistible poussée d'une mine. De l'ouverture béante, noire comme le fond d'un puits, jaillit en épais tourbillons, une multitude hurlante et affolée d'êtres livides, aux tons verdâtres, à demi asphyxiés, terribles pourtant en dépit de leur faiblesse individuelle, avantageusement compensée par le nombre.

Chancelants encore, aveuglés par le grand jour, oscillant sur leurs membres engourdis par la réclusion et courbaturés par le dernier effort, ils couraient en trébuchant sur le pont incliné à 30°, se mêlant aux matelots éperdus à la vue de cette brutale invasion.

Les premiers qui tombèrent sous la main de ces furieux, furent écharpés en un clin d'œil. Le sang, aux effluves et à la couleur capiteuses, coula sur le pont, mêlé à de hideux lambeaux de chairs

pantelantes. Aucun des canots sauf la grande chaloupe, n'était en état de prendre la mer. Ils aperçurent aussitôt le capitaine et son équipage de
blancs, au moment où les rameurs débordaient les
avirons. Une cinquantaine de coulies se jetèrent
à la mer, tant pour faire payer à leur bourreau les
souffrances passées, que pour tenter de s'emparer
de l'embarcation.

Les Yankes n'étaient pas hommes à se laisser
prendre sans résistance. Ils accueillirent par une
grêle de balles les derniers assaillants, puis, s'escri-
mèrent du sabre et de la hache, broyant les têtes,
décollant les membres de ceux qui avaient déjà
pu saisir le bordage. Voyant l'inutilité de longs
efforts, ils rallièrent le *Lao-Tseu*, pendant que la
chaloupe gagnait le large. Puis sans s'inquiéter
tout d'abord des périls qui les menaçaient, tout
entiers à l'ivresse du premier moment, ils se ré-
pandirent sur tous les points du navire, broyant,
saccageant tout, affolés de vengeance inassouvie,
et mutilant avec un acharnement sauvage le bâtiment qui leur avait servi de prison.

..... Friquet et Pierre le Gall, étaient toujours
enfermés dans leur cabine. Le capitaine n'avait eu
garde de s'occuper d'eux au dernier moment.

CHAPITRE III

Les deux prisonniers, haletants, la tête en feu, la bouche desséchée, les flancs tenaillés par la faim se sentaient lentement mourir. C'est à peine si le choc résultant du premier échouage du *Lao-Tseu* les fit sortir de leur torpeur. Leur étroit réduit, hermétiquement clos, surchauffé extérieurement par les implacables rayons du soleil équatorial, semblait une étuve, et une étuve de plus en plus privée d'air respirable. Aux mortelles angoisses de la soif et de la faim, s'ajoutaient les tortures d'une lente asphyxie.

— Matelot, râla Pierre le Gall, au moment où le navire talonna sur les roches, nous sommes... échoués...

— Bah ! murmura Friquet, ce sera plus tôt fini.

— Tonnerre !... C'est bête... d'avaler sa gaffe... dans l'entrepont... sans pouvoir remuer ni pieds... ni pattes... comme un cambusier ivre-mort.

Friquet ne répondit pas.

— Matelot... reprit de sa voix étranglée le maître-canonnier, matelot !... mon fi.

— Pierre...

— Tu ne me dis rien... Ton silence me fait peur.

— Chaque mot que je prononce me fend le crâne... Ça me résonne dans les oreilles comme un coup de canon.

« Pourtant, ne t'inquiète pas. J'ai encore du nerf et je travaille sans en avoir l'air. »

Pierre crut que son ami délirait.

— Sois tranquille, matelot, reprit le jeune homme ; avant douze heures d'ici j'espère bien avoir une patte de larguée.

« Pétard !... cette coquine d'amarre est aussi dure qu'une écoute de grand'voile.

« Patience !... qui vivra verra, termina le Parisien en reprenant sa mystérieuse occupation. »

Puis, leurs souffrances atteignirent d'heure en heure une intensité que nulle expression ne saurait rendre, jusqu'au moment où le courant et la lame en furie, lancèrent sur le roc le malheureux bâtiment. La poussée fut tellement irrésistible, qu'en une seconde, l'épaisse broussaille de coraux broya les couples, fracassa les virures et enfonça le bordage. La lame s'engouffra dans cette caverne béante, roula en cascade jusque dans l'intérieur du navire et se retira en grondant, chargée d'épaves et de cadavres.

Cette effroyable mutilation de la muraille de tribord se produisit à proximité du réduit occupé par les deux amis. Le hublot vola en éclats, et l'énorme paquet de mer s'abattit sur eux au moment où Friquet, levant au dessus de sa tête une de ses mains ensanglantée, tuméfiée par d'interminables et terribles efforts s'écriait :

— Victoire!.. Une des amarres est coupée... je...

La brutale invasion de la trombe lui coupa la parole.

Pendant huit ou dix secondes, le tapage infernal qui emplissait le navire fut étouffé par la grande voix de l'Océan en courroux, puis la lame se retira avec ce clapotement bien connu de ressac.

Un spectacle terrible s'offrit au yeux de Friquet,

et arrêta le cri de triomphe qui allait jaillir de sa gorge. Le choc qui avait lézardé les parois de la chambre avait également désarticulé les cadres sur lesquels étaient couchés les deux hommes, et arraché une partie des ferrures servant à maintenir les amarres. Le Parisien avait les jambes et une main de libres. De là sa joie. Mais la vue de Pierre le Gall, étendu en plan incliné, les pieds en haut, la tête sur la planche, la face couverte d'une écume sanglante, terrifia le jeune homme.

— Pierre !.. Matelot !.. appela-t-il d'une voix craintive.

Pas de réponse.

— Pierre !.. Mon ami !.. mon vieux frère !.. Pierre... !

Et la voix du malheureux enfant, assommé par la colonne d'eau, engourdi par quinze jours et quinze nuits de tortures, à demi mort de faim et de soif, fut comme entrecoupée par un sanglot.

Mais, ce n'était pas un damoiseau sujet aux pâmoisons que notre ami Friquet. Sans perdre une seconde en lamentations inutiles, et appréhendant avec juste raison l'invasion d'une seconde lame, il se mit en devoir de secouer le marin qui ne donnait plus signe de vie.

— Voyons, dit-il en monologuant selon son habitude, Pierre est à tribord, et c'est ma main droite

qui est encore entravée. Comment donc faire ?..
Ah !... C'est bon, j'y suis, comme disait feu Lagar-
dère mon compatriote et homonyme le Petit-Parisien...

« Je vais m'affaler en bas de mon cadre brisé,
faire un rétablissement de gauche à droite et empoigner mon pauvre vieux.

« Bon, voilà qui est fait, continua-t-il en attirant
à lui le maître canonnier toujours inerte, après
l'avoir solidement saisi par la manche de sa vareuse. »

Il passa doucement la main sur son front, et
aperçut, au dessus du sourcil gauche, une mince
estafilade, d'où s'échappait un filet de sang ver-
meil.

— Ça n'est rien s'il n'a pas d'avarie majeure.
L'important est de lui soulever la tête... Tonnerre,
comment diable vais-je le déhâler d'ici ?

« Aïe !... encore une vague. »

Un flot jaunâtre bondissait à ce moment et emplissait de nouveau l'étroite cavité. Friquet n'eut
que le temps de s'arcbouter en tournant le dos à
l'ouverture, et d'enserrer entre ses genoux le torse
de son ami, pour lui éviter cet irrésistible choc.
Son poignet amarré bleuit sous l'effort.

— Encore un coup dur comme celui-là, et mon
bras va être arraché !

4

Cette immersion fit pousser un léger soupir au marin breton.

— Il vit ! s'écria Friquet radieux ! Il vit... Pardieu, je savais bien qu'un vieux goudronné comme lui n'allait pas pour si peu faire le grand voyage.

Pierre le Gall murmurait des mots sans suite...

— Doucement... les enfants. Tu sais bien qu'on ne donne plus la cale aux mathurins... Allons lâche-moi donc voir un peu... hein ! Capitaine d'armes... Tu m'entends...

« Tonnerre ! A boire ! J'ai le gosier sec comme un étui de gargousse.

« Tiens !... matelot, c'est toi... mon fi ! Ah !.. »

La mémoire revint soudain au digne homme, en se retrouvant la tête accotée sur la cuisse de Friquet accroupi dans une position invraisemblable et qui eût fait l'admiration du gymnaste le mieux disloqué.

— Où diable sommes-nous donc ? articula-t-il péniblement.

— Dans notre chambre, parbleu !

— Mais, le bateau ?

— Echoué, crevé, démoli.

— Ah ! bien.

— Sans doute. C'est le seul moyen d'en sortir.

— Et l'équipage... les passagers.

— Dame... ni moi non plus.

— Que faire ?

— Reprendre un peu le fil de tes idées, et nous en aller le plus tôt possible.

— Je ne demande pas mieux, mais comment ?

— Nous allons voir ça. Tirons un plan avant de tirer notre coupe. La position ne prête guère à la réflexion, n'est-ce-pas ?

— Surtout avec cette satanée douche qui nous tombe dessus sans discontinuer.

— Tiens, je saigne.

— Ce n'est rien. C'est drôle! On dirait un coup de couteau.

— Ah !...

— Quoi donc ?

— Je ne croyais pas si bien dire. C'est un couteau qui t'a fait cette entaille au front. Ce couteau, le voici, s'écria le Parisien avec un hurlement de triomphe. Il était sur ton cadre; ton front a porté sur la lame tout à l'heure.

« D'où vient-il ? Peu importe. Dans tous les cas je ne serai pas longtemps avant d'avoir scié ces damnées amarres.

« Allons, matelot, à toi.

— Mais non. Commence donc par t'accorder liberté de manœuvre.

— Je te dis que je veux te démarrer le premier.

— Assez, mon fi. Tu perds un temps précieux.

Il n'en est ni plus ni moins entre nous. Déhâle-toi.
Il le faut, je le veux, je suis ton ancien.

— Soit, répondit Friquet en se mettant incontinent à scier à tour de bras l'épais et dur cordage, quelque désir qu'il eût de voir son ami sorti de sa position.

En dépit de ses efforts, la besogne avançait lentement, et bien des minutes s'écoulèrent, avant que le jeune homme, enfin délivré, pût, malgré l'invasion périodique de la mer, s'occuper de son matelot.

— Tonnerre! que c'est coriace. Si seulement ça servait de cravate aux gredins qui nous ont ainsi fagottés, du diable si je m'escrimerais de la sorte!

« Et ce mauvais couteau de tôle avec son fil retourné! il me brûle les doigts comme s'il sortait de la forge.

— Trop heureux de l'avoir, mon fi... Allons, patine-toi... Je commence à voir trouble.

Friquet n'avait pas besoin d'encouragements. Il s'employa de telle façon, fit tant et si bien, qu'après un quart d'heure d'un travail acharné, les torons durs et compacts finirent par être usés, effiloqués, plutôt que tranchés. Pierre le Gall, à son tour, était libre. Il se leva en titubant, fit craquer sa robuste musculature, aspira une vaste bouffée d'air, et un large sourire dilata sa bonne et cordiale figure.

— Allons ! assez « dormi sur son fer[1] »... Branle-bas général !... Chacun à son poste pour l'appareillage.

— Tu as raison, Pierre, et j'en suis. Aussi bien que la manœuvre va être rude et notre dernier déjeuner est loin.

— Attrape à enfiler l'escalier de la cambuse. C'est bien le moins que nous trouvions quelques fayots et un morceau de biscuit.

— C'est singulier, comme tout est silencieux, maintenant. On dirait que le navire est désert.

— Tu t'imagines sans peine que cet équipage de galériens voyant la coque sabordée, se sera empressé de l'abandonner... Renégats d'enfer ! Tas de sauve-qui-peut !

— Et les passagers !...

— Pauvres gens ! noyés sans doute.

Friquet et Pierre le Gall se trompaient. Après avoir enfoncé la porte de leur chambre, ils parcoururent en tous sens l'épave, et se heurtèrent à de nombreux cadavres de matelots, mais ne trouvèrent aucune trace de coulies.

---

[1] En style de vieilles ordonnances de marine, « être à l'ancre ».

4.

— Ils auront réussi à s'échapper, dit le Breton avec un soupir de soulagement. Par exemple, ce n'a pas été sans lutte. Eh ! bien, ils y allaient bon jeu et bon argent, les futurs colons de Sumatra. Mais, c'est une boucherie, continua-t-il écœuré à la vue des hideux lambeaux encore palpitants qui roulaient sur le pont balayé par la vague.

Les trois cents celestials avaient mis à sac le navire avant de l'abandonner. Leur œuvre de dévastation avait été singulièrement rapide, puisque les deux prisonniers avaient à peine eu le temps de s'échapper pendant ce court instant de farouches représailles.

Ils trouvèrent heureusement une barrique d'eau douce encore intacte, et des biscuits qu'ils avalèrent avec avidité, bien qu'ils fussent fortement imprégnés d'eau de mer.

Réconfortés par ce repas d'anachorètes, et qui plus est, de naufragés, ils préparèrent incontinent l'œuvre de leur libération. Pierre le Gall, maître ès-sauvetage, rompu à toutes les manœuvres, tempéra tout d'abord l'élan de son compagnon qui allait séance tenante tirer sa coupe dans la direction d'une terre qu'on apercevait à peu de distance vers la droite.

— Doucement, matelot, doucement. Nous allons débarquer en Sauvagerie, et nous ne connaissons

C'est une boucherie! (Page 66.

pas les habitants du pays. Faudrait voir un peu à ne pas tomber chez d'estimables « mangeurs de monde » comme des bec-figue dans une lèchefrite.

— Tiens!... Mais c'est tout simple.

— D'autre part, il y a, si je ne me trompe, un courant assez raide, qui pourrait bien nous drosser au large, si j'en juge par la direction de cette tonne vide.

— Cela me paraît juste.

— Enfin, il y a gros à parier que les dîners de soixante-douze couverts et moins ne se trouveront pas tout prêts à notre intention, sous les charmilles, comme chez la mère Bigorneau, ma fine hôtesse de Lorient.

— Alors, ton avis est ?

— Qu'il faut mettre le cap droit sur la côte, aborder sans avaries, avoir à manger et ne pas devenir fricot.

« Comme il n'y a pas une seule embarcation à bord, nous allons faire un radeau.

— Ça me va. C'est l'affaire d'une heure. Nous n'avons qu'à choisir au milieu de ce fouillis de drômes et d'espars. Les barriques vides ne manquent pas. A l'œuvre, matelot!...

Pierre le Gall s'escrimait déjà de la hache et de la scie, rognant, assemblant, tronçonnant, pendant que Friquet, tout en jasant comme quatre, travaillait comme dix.

Le digne matelot, d'ailleurs, ne le lui cédait en rien, et pour la réplique et pour la besogne abattue.

— Hein ! mon fi, c'est ça qui va être proprement « suivé »... et paré à flotter comme si ça sortait du chantier.

« C'est égal, du moment que malgré tout nous ne pouvons plus espérer crocher nos lascars en bordée, que tout est fichu sans rémission, eh bien ! ma foi, attrape à courir grand largue. Nous avons fait notre possible, pas vrai?

— Sans doute, et nous ne serons pas beaucoup plus avancés en nous faisant des têtes de vent debout.

— A la bonne heure ! Vogue la galère et vive la joie ! Quant à la fortune de nos amis, eh bien ! nous verrons à la rattraper. Nous en avons enduré bien d'autres, pas vrai?

— Oui, certes.

— Nous voici donc en naufrage; si jamais je bourlingue sur un cuirassé, quelle belle histoire à raconter pendant le quart du soir, autour de la mèche. C'est Cœur-de-Navet, et son matelot Kerjégu, les deux plus fins conteurs du gaillard d'avant, qui en pousseraient des *malard'houé !... oh !...*

« Là... va bien... bon quart partout. Ecoute,

matelot, tu vas t'occuper de l'arrimage, pendant que je vais installer notre mât de fortune. Quelques armes, des munitions, deux haches, des couteaux, des provisions, une scie, des vêtements de rechange.... Une carte ne serait pas de trop.

« Allons, débrouille-toi. A moi maintenant à faire au haut de mon matereau un nœud de capelage. Là... C'est ça. Les deux bouts et les deux doubles sont juste de longueur pour former les haubans et les étais. Un chiffon de toile là-dessus, et nous allons tirer des bordées comme sur le chasse-marée de Michel Tréveneuc, mon ancien du Conquet.

— Voici qui est fait, Pierre. C'est suffisant, n'est-ce pas, nous n'allons pas entreprendre un voyage au long cours.

« Tiens, par la même occasion, j'ai cherché dans le coffre aux signaux. J'ai trouvé un pavillon français...

— Je te reconnais bien là, matelot, fit Pierre le Gall dont la rude figure réfléta une vive et passagère émotion. Tu ne saurais croire le bonheur que me procure la vue de ce chiffon d'étamine.

Puis, simplement, dignement, le matelot hissa le pavillon ferlé, le frappa d'un coup sec, amena la drisse, et retira sa casquette de cuir. Friquet était déjà découvert devant l'emblème national. Les deux amis, sans prononcer une parole, se serrèrent énergiquement la main.

Le radeau n'était plus maintenu à la coque dé-semparée du *Lao-Tseu* que par une amarre. Pierre, armé d'une longue rame solidement fixée à l'arrière, et devant servir de gouvernail, fit un signe à Friquet. Le Parisien leva sa hache et trancha l'amarre d'un seul coup.

— Adieu ! vat !... cria le Breton d'une voix retentissante.

— Vive la France !... répondit Friquet.

Le radeau déborda, lentement emporté par une lame, pendant que le pilote, godillant avec adresse, tentait de lui faire doubler la barre qui s'avançait en croissant. A son commandement, Friquet largua la voile et conserva l'écoute dans sa main afin de profiter sans danger de la première risée.

Le radeau, doucement poussé par la brise et le courant, doubla la pointe de l'écueil, et pénétra dans un étroit chenal formant comme l'entrée d'une rade. Un spectacle ravissant s'offrit tout d'abord aux yeux des deux naufragés. Les flots noirâtres et lourds de l'océan s'arrêtaient juste à l'entrée du goulet, pour faire place à une eau calme, limpide, peu profonde, aux doux reflets d'émeraude, glissant mollement sur un fond blanc, uni comme un satin. Des lignes de brisants, frangées d'une

écume éblouissante, s'étendaient en cercles irrégulièrement concentriques autour de cette baie, extérieurement défendue par un rebord plat, en roche
de corail solide qui défie les coups les plus furieux
de l'océan en courroux.

La côte apparut à moins de cinq cents mètres.
Cette distance fut franchie assez rapidement, et
les deux amis débarquèrent enfin sur cette terre inconnue, point imperceptible perdu au milieu de
l'immensité.

— Allons, dit insouciamment Friquet, c'est la
quatrième fois au moins que je redeviens un simple
Robinson... et toi, Pierre?

— Oh! moi, je ne compte plus mes naufrages.

— Très bien. Tu possèdes aussi l'habitude et le
tempérament de la chose. Nous allons, si tu veux,
nous mettre en devoir d'explorer un coin de nos
propriétés et préparer à déjeuner. Je prendrais
bien quelque chose.

— Cela me paraît juste. D'autant plus que depuis
trois jours bientôt, la ration a brillé par son
absence.

— Dans les livres, les Robinsons des auteurs
allument sans exception du feu avec deux morceaux de bois frottés à tour de bras. C'est un procédé incommode que je n'ai vu réussir qu'une
fois en Afrique équatoriale, avec mon pauvre petit

Majesté. J'ai mieux que cela aujourd'hui. Des silex
un briquet, et plusieurs mètres de mèche. Ces tiges
de fougère arborescente vont flamber comme des
allumettes... Bon. Voilà qui est fait.

« ... Quant au rôti de Robinson... »

Un bruit sec coupa la parole au Parisien qui
saisit sa hache et se mit sur la défensive. Un craquement continu, semblable à celui que produi-
raient des tessons de porcelaine broyés sous un
lourd cylindre, suivit ce bruit.

Le jeune homme s'avança avec précaution, pénétra au milieu d'un bouquet de cocotiers gigantesques, et aperçut... un crabe d'une taille colossale,
occupé à percer d'une façon fort originale la couche
ligneuse enveloppant une noix. Sans s'arrêter à
contempler ce phénomène curieux, longtemps ré-
voqué en doute par les naturalistes en chambre,
Friquet bondit, la hache levée sur l'énorme crustacé, et sans s'occuper des deux tenailles dont il
le menaçait, l'étourdit d'un coup solidement appliqué sur le dos.

— Pincé, mon bonhomme, s'écria-t-il radieux.

Puis, saisissant une longue liane dont il le ficela
en un clin d'œil, il reprit le chemin du campement
en tirant de toutes ses forces.

— Le rôti demandé, Pierre...

— Eh ! *digue dáou*, paraît que c'est jour de ma

rée : « Un tourteau ». Il est de taille. C'est ça qu'est bon avec de l'échalotte et une sauce au beurre !

— Délicieux ; mais comme nous n'avons ni beurre ni échalotte, nous nous contenterons de le manger simplement cuit dans sa carapace.

— C'est très bon aussi.

— Oh ! maître Pierre le Gall, comme vous êtes porté sur votre bouche aujourd'hui. Je ne vous ai jamais connu si friand.

— Mon fî, repartit sentencieusement le maître canonnier, quand on fait tant que d'être naufragé, il s'agit de se faire bien vivre. Vois-tu, un matelot à terre doit courir la bordée franche. Puisque c'est aujourd'hui notre tour, liberté de manœuvre... v'là mon opinion.

— Et je la partage, matelot. Tu vas voir, quand notre bête à dix pattes va être cuite et mangée, comme je vais te popoter un ordinaire distingué. J'aperçois d'ici des palmiers de toute espèce, sans compter les sagoutiers et les cocotiers. Nous allons fabriquer du vin de palme qui te fera oublier le picton de la cambuse, et des potages que le maître-coq n'aura pas engraissés avec son tricot.

« Oh ! ça me connaît, la vie sauvage. Il y a longtemps que j'ai pour la première fois étudié le « Robinsonat ».

— Va bien. Mais en attendant ton sagou et ton vin, je crois qu'il serait bon d'aller au radeau chercher quelques biscuits et un peu d'eau-de-vie; hein, qu'en penses-tu ?

— Que tu as absolument raison... Eh! un moment. Pierre... attends un peu. Bien que nous ne soyions pas à plus de cent cinquante mètres de la côte il est bon de t'armer. Nous ignorons si le pays est ou n'est pas peuplé. Et les bonnes gens qui habitent ces latitudes ont, comme tu le disais, un goût tout particulier pour la chair humaine.

« Si notre estomac n'eût pas été aussi exigeant, nous eussions fait une ronde, mais tu connais le proverbe : Ventre affamé...

— N'a pas d'oreilles. Et tu jabottes comme le perroquet de la mère Bigorneau. Assez causé. Je prends mon fusil et...

— Là! quand je te le disais.

— Tiens, un négro.

Un noir de haute taille, armé d'une lance et entièrement nu, arrivait en courant, sollicité peut-être par l'odeur qui s'échappait du crabe mijotant dans son enveloppe.

A la vue des deux Européens, il s'arrêta net, cloué au sol, en roulant des yeux effarés, et en ouvrant jusqu'aux oreilles une bouche immense, palissadée de dents noires comme l'ébène.

— Tonnerre à la toile, qu'il est laid, le Pongo.

— Donnez-vous donc la peine d'entrer, continua Friquet d'un air aimable.

« Vous pourriez nonobstant laisser votre halle-barde au vestiaire.

CHAPITRE IV

Un noir qui a les dents « nègres ». — Quel appétit ! — La reconnaissance de l'estomac est une vertu bien rare. — Comme quoi le mouchoir de Pierre le Gall pourrait servir de prétexte à une déclaration de guerre. — Les dernières assises du continent asiatique et les premières terres océaniennes. — La vallée sous-marine qui les sépare. — Le procédé employé par Friquet pour étudier la géographie est difficile, mais infaillible. — Escarmouche à coups de pierre et combat à l'arme blanche. — La déroute du premier corps expéditionnaire. — Trois cents hommes égorgés.

Le noir poussa un cri guttural et s'avança lentement, avec des gestes épeurés d'animal sauvage que sollicite pourtant une ardente curiosité. Ses gros yeux inquiets, au blanc brunâtre, couraient de l'un à l'autre européen, et les inventoriaient avec une incroyable vivacité. Encouragé par l'immobilité de Pierre et de Friquet, il allongea son doigt noir et sec comme un bâton de réglisse, jusqu'à

Le sauvage s'avança lentement. (Page 75.)

toucher le visage du jeune homme. Puis, il frotta légèrement cet épiderme blanc dont la vue le stupéfiait, comme s'il eût espéré trouver dessous, un masque noir, semblable à celui de tout le monde.

Le brave insulaire voyant que cet être bizarre était réellement bon teint, recula de deux pas, jeta sa lance, se prit le ventre à deux mains et éclata d'un rire fou. Puis, tordu par une hilarité qui atteignit bientôt des proportions inusitées, il se roula sur le sol, cabriola, bondît et finalement s'étala de son long, secoué par d'extravagantes convulsions.

— Il est un peu familier, mais de tempérament gai, dit Friquet.

— Dame, répondit imperturbablement Pierre le Gall, il n'a peut-être jamais vu de blancs et nous devons pour le moins lui paraître tombés de la lune.

« Oh ! vois donc. Il a aussi les dents « nègres ! »

— C'est parce qu'il mâche le bétel.

— Si nous l'invitions à déjeuner?

— J'en avais l'intention. Notre crabe est à point, à table...

Pierre fendit en deux le colossal crustacé, coupa une large feuille, déposa sur ce plat improvisé un véritable monceau de chair blanche, à fibres courtes et savoureuses, puis l'offrit au noir qui accepta sans se faire prier et se mit à dévorer goulûment.

— Mâtin, le joli coup de fourchette !...

— Ses dent sont beau ressembler à des clous de girofle, on dirait qu'elles ont été taillées dans la garde d'un sabre d'abordage.

« Brrr... une paire de mâchoires comme celles-là vous dépèceraient la jambe d'un homme comme un simple pilon de poulet.

— Crois bien que le gaillard n'en est pas à son coup d'essai.

— Comment ! déjà fini...

— Et il en redemande !

— Tiens, mon bonhomme, c'est pas pour te le reprocher, il y en a encore plus de vingt kilos. Allons, mange, fais comme chez toi.

Quatre fois de suite le noir revint à la charge et s'emplit littéralement l'estomac, à la grande joie de ses patients pourvoyeurs. Enfin, bien repu et familiarisé par cette bienveillante entrée en matière, il se rapprocha des deux blancs, mais plus particulièrement de Pierre le Gall qu'il ne quitta bientôt plus des yeux.

Le marin ne savait à quel pouvoir occulte attribuer cette mystérieuse attraction, quand il retira de sa poche un mouchoir à larges carreaux rouges qu'il déplia lentement.

L'étonnement du brave sauvage se compliqua bientôt de stupeur, à la vue de ce tissu dont les dimensions atteignaient presque celles d'une voile de perroquet. Ces couleurs pourpres qui flamboyaient devant ses yeux, le fascinaient jusqu'à l'hypnotisme. Enfin, n'y tenant plus, poussé par une convoitise irrésistible, il allongea sa main crochue, saisit le tissu, et le tira violemment.

Mais Pierre tenait bon, et l'étoffe était solide.

— Bas les pattes, garçon. Je n'ai que ce mouchoir et j'y tiens. Et que diable voudrais-tu en faire, avec cette pointe d'os longue de six pouces qui te traverse les naseaux ?

« Tiens, dit-il à Friquet, en éclatant de rire à son tour, je me demandais à quoi il pouvait bien ressembler, ainsi accommodé. J'ai trouvé. Quand j'étais mousse, les mâts de beaupré portaient encore une voile carrée appelée civadière. On jurerait, en voyant le brinborion qu'il porte vissé dans la cloison du nez, l'ancienne vergue de beaupré abandonnée depuis plus de trente ans [1].

« Allons assez. Ce n'est pas une raison pour déchirer mon mouchoir.

Mais le noir ne l'entendait pas ainsi. Voyant qu'on lui refusait l'objet de sa convoitise, et encou-

[1] La comparaison de Pierre le Gall est fort juste, et elle n'est pas inédite d'ailleurs. Les matelots du capitaine Cook en voyant ce bâtonnet démesuré « orner » sans exception les nez des Mélanésiens et des Polynésiens, donnaient à cette singulière parure le nom de *vergue de beaupré*.

ragé par la complaisance des deux hommes qu'il
croyait peut-être pusillanimes, il bondit en arrière,
saisit sa lance, et en porta un coup furieux à Friquet sans défense.

Le jeune homme para machinalement avec son
bras gauche. L'arme rencontra par un bonheur
inouï un corps étranger, mais telle fut la force du
coup que la pointe se brisa net. L'insulaire désarmé,
resta une seconde complètement ahuri, puis appréhendant avec raison de justes représailles, et stupéfait sans doute de cette invulnérabilité des
hommes à peau blanche, il tourna les talons avec
une prodigieuse vélocité. Il disparut aussitôt dans
le fourré.

— Eh bien ! je l'échappe belle, dit Friquet. Ma
foi, je dois une fière chandelle à notre pirate d'A-
méricain.

— Comment cela, matelot ? répondit Pierre le
Gall ému à la vue du danger auquel son ami avait
échappé si miraculeusement.

— C'est bien simple. Si le païen ne nous avait
pas amarrés sur nos cadres, je n'aurais pas employé
quinze jours et quinze nuits à user à un crochet
de ma couchette le grelin que je portais au bras
gauche.

« Dans la précipitation qui a présidé à notre sauvetage, je n'ai pas pensé à me débarrasser de ce

bracelet de chanvre goudronné, au beau milieu duquel est venue se planter la lance de ce vilain moricaud.

— Tonnerre! à quelque chose malheur est bon.

— J'avais le poignet traversé, l'artère coupée peut-être, et qui sait... si la pointe n'est pas empoisonnée.

— Il s'agit d'ouvrir l'œil, pas vrai, matelot. Car, ou je me trompe fort, ou nous allons avoir avant peu la visite d'une troupe de ces requins. J'aurais dû lui laisser ce damné mouchoir.

— A quoi bon. Ce tissu de couleur rouge fractionné en une infinité de morceaux peut, à un moment donné, nous servir d'article d'échange.

« Maintenant que la guerre est déclarée, il faut, comme tu viens de le dire, ouvrir l'œil, sous peine d'être mis à la broche.

« Voyons un peu l'état de l'armement. Deux haches, deux sabres d'abordage qui à l'occasion se transformeront en excellents sabres d'abatis, deux fusils, et nos couteaux. Ça va bien. Nous voilà parés.

« Retournons au radeau afin de mettre nos provisions en sûreté. Si nous sommes attaqués, nous verrons à nous embosser dans la crique, et à nous défendre énergiquement.

Tout en cheminant l'œil et l'oreille au guet, les

5.

deux amis devisaient sur cette première et désa-
gréable rencontre.

— Ainsi, disait Pierre, voilà qui est entendu.
Ces lascars-là sont des anthropophages.

— A n'en pas douter, et je ne serais pas étonné
que sa « vergue de beaupré » ne fût un morceau
d'os humain transformé en ornement de toilette.

— Mais, celui-là n'est pas un négro comme tous
ceux que j'ai vus jusqu'à présent. J'ai pu prendre
son signalement, et il ne ressemble à aucun de
ceux que j'ai rencontrés partout ailleurs. Ainsi, il
est beaucoup moins noir que les Africains, et ses
cheveux, disposés en brosse énorme comme une
« tête-de-loup » à épousseter les plafonds, ne sont
pas crépus comme les leurs. Enfin, il a le nez long,
et non pas épaté comme ces cavernes à maringouins que l'on voit sur les côtes de Guinée.

— Bravo ! Pierre, tu viens de donner trait
pour trait le signalement du Papou.

— Ah ! ça me fait bien plaisir. Qu'est-ce que c'est
donc qu'un Papou, dis un peu pour voir, si tu peux.
Ça me fera plaisir.

— Ça se trouve on ne peut mieux. Monsieur André m'a fait étudier cela à fond pendant notre première traversée de Marseille à Sumatra. Je m'en
souviens comme d'hier.

— Va bien. Causons tout en ouvrant l'œil.

— J'ai lu cela dans un ouvrage traduit de l'anglais par M. Russel Wallace, un rude homme qui a crânement bourlingué dans les pays où nous nous trouvons en ce moment.

« M. Wallace ayant observé sur les cartes marines les sondages de toute cette portion d'océan hérissée d'îles et d'îlots innombrables, qui s'étend entre l'Indo-Chine, la Nouvelle-Guinée et l'Australie, a remarqué que toutes ces terres reposent sur deux plateaux d'altitudes très inégales.

— Comme qui dirait que d'un côté, il y aurait à peine de quoi prendre un bain de pied, et de l'autre, de quoi noyer la pomme du grand mât d'un ancien vaisseau à trois ponts.

— La différence, pour être moins sensible, est pourtant considérable. Ainsi, un de ces deux plateaux, situé à l'Est, est à une profondeur de plus de cent brasses ; l'autre, à l'Ouest, se trouve par cinquante brasses seulement.

— Cinquante brasses, une misère, quoi.

— Entre ces plateaux sous-marins, se trouve une coupure profonde dont le plomb de sonde n'a pu jusqu'à présent donner la hauteur, et qui s'étend du Sud-Ouest au Nord-Est. Cette vallée sans fond est parcourue par un courant considérable qui passe entre Bali et Lombock, entre Bornéo et les Célèbes, entre les Philippines et les Moluques.

— Voilà qui est bon à savoir. Un courant, quand on connaît sa direction, ça vous aide crânement à la manœuvre.

« Mais, comme te voilà savant, matelot !

— Oh ! tout au plus un peu de mémoire, reprit modestement Friquet. Je me suis passionné pour la géographie. Mais, continuons, et suis bien mon raisonnement.

— Suffit, motus. Je fais à ma langue un nœud d'écoute.

— Un de ces plateaux, le plus profondément situé sous l'océan, est la continuation des Indes, c'est-à-dire de l'Asie. L'autre semble un prolongement de l'Australie, un reste de quelque grand continent affaissé sous les eaux, et dont les débris seraient les îles de l'Océanie de l'Est et du Sud.

« Cela nous fait donc deux continents bien distincts, séparés par la vallée sous-marine. La différence des productions n'est pas moins sensible que celle qui provient de la géographie. Ainsi, à l'Ouest, c'est Sumatra, Bali, Java, Bornéo, les Philippines, avec des éléphants, des rhinocéros, des orangs-outangs, et tous les oiseaux d'Asie. Là habite la race malaise, au teint brun, olivâtre ou rougeâtre, au visage plat, au nez petit et régulier, aux larges pommettes, aux cheveux noirs, lisses, droits, à la barbe rare et droite aussi, à la petite taille, à l'esprit défiant, au caractère calme, impassible et peu affectueux.

— Bravo, matelot. Je retrouve là nos Malais de Sumatra. C'est bien ça.

— A l'Est de cette coupure dont je viens de te parler, c'est-à-dire à partir de Lombock, se trouvent des êtres complètement différents. L'on ne rencontre plus que les végétaux de l'Australie que tu connais bien, et ceux de la Nouvelle-Guinée. Là sont les Papous dont tu viens de voir un échantillon. Ce sont des noirs, et comme tu l'as parfaitement remarqué, ils diffèrent essentiellement des Africains. Ils sont couleur de suie, n'ont pas les cheveux crépus, mais frisés, leur nez est allongé, anguleux, et leurs talons ne sont pas rejetés en arrière.

« Leur caractère, dit-on, est aimable et gai, leur parole rapide, forte, expressive, et leur esprit communicatif. Ils sont toujours en mouvement et d'une activité prodigieuse.

— Malheureusement, ils manquent de respect pour le bien d'autrui, et paraissent aimer un peu trop leur prochain à la sauce au kari, interrompit Pierre le Gall.

Les deux compagnons n'étaient pas restés inactifs pendant cette intéressante dissertation géographico-ethnographique dont l'à-propos et la précision

montraient que le jeune homme avait su employer
utilement les loisirs, trop rares sans doute, d'une
vie passablement agitée.

Tout en dissimulant dans les anfractuosités des
roches madréporiques les objets composant la cargaison du radeau, et en donnant à cette cachette
une apparence susceptible de mettre en défaut la
sagacité du plus habile chercheur de pistes, le
maître-canonnier s'extasiait naïvement sur l'éru-
dition de son ami.

— Tu es un vrai sorcier, mon fi. Comment diable
as-tu réussi à arrimer tout ça dans ta cervelle? Je
t'ai toujours connu franc luron, matelot fini quoique
Parisien¹, solide au poste comme un vrai canonnier
et hardi comme un gabier de beaupré. Tu parles
matelot ni plus ni moins qu'un vieux de la cale...
Bref, tu es des nôtres comme si tu étais né natif du
Conquet, ou même seulement de Saint-Malo, ça,
c'est connu; mais mon entendement est tout chaviré en voyant manœuvrer sans embardées ta
langue à travers toutes ces histoires du monde,
que tu connais comme moi ma théorie.

— Voyons, Pierre, tu exagères...

— Cré nom! jamais de la vie. J'ai mis je ne

¹ Pendant longtemps, l'épithète de *Parisien* a été, en
marine, sinon un terme de mépris absolu, du moins une
expression peu flatteuse.

sais plus combien d'années à me fourrer mon ma-
nuel de canonnier dans la tête. Je me le suis seriné
nuit et jour au point que j'aurais dû en devenir
sourd comme un calfat... C'est resté parce que
c'est le métier qui veut ça... Mais quand j'ai voulu
mettre mon nez dans des livres qui n'étaient pas
de mon cru, bonsoir... plus personne. Je ne com-
prenais plus rien... Une vraie baille de goudron.

« Eh bien! voilà où est le tour de force. C'est
que quand tu me racontes tes histoires, je saisis
tout... et ça me reste là, fit-il en mettant le doigt
sur son front.

— Mon bagage est si léger, mon vieil ami! Il
est tant de choses dont je ne sais même pas le nom,
que je suis confus de ces éloges plus bienveillants
que mérités, seuls imputables à ta fraternelle amitié.

« Tu me demandes comment j'ai fait? Eh! mon
Dieu c'est tout simple. Tu sais comment j'ai pris
goût aux voyages, et comment cette simple toquade
de gamin a dégénéré en frénésie. Tu te rappelles
mes débuts. J'avais dix-sept ans et j'avais fait tous
les métiers, sauf le bon. Après avoir connu toutes
les fontaines Wallace de Paris pour y avoir trempé
mon pain quand j'en avais, je me suis emballé
comme un vrai fou après avoir vu jouer, à la
Porte-Saint-Martin, *Le tour du monde en quatre-*

vingts jours. Je suis arrivé au Havre avec cent sous dans ma poche, voulant, moi aussi, faire le tour du monde, comme les héros de l'éminent écrivain qui s'appelle Jules Verne.

« Chose extraordinaire, j'y ai réussi. Tour à tour soutier dans la cale d'un transatlantique, puis chauffeur, puis embarqué sur un transport de l'État. j'ai été successivement prisonnier des anthropophages de l'Ogôoué, le fleuve français de l'Afrique Équatoriale, puis compagnon d'un traitant, puis embarqué de force sur un négrier après avoir fait à pied je ne sais combien de milliers de kilomètres, dans l'Afrique mystérieuse. J'ai traversé l'Amérique du Sud, bourlingné à travers la Pampa argentine ; j'ai été noyé dans les lagunes, pendu dans un saladero, martyrisé par les Peaux-Rouges, et j'ai traversé la Cordilière, dans un aérostat de mon invention. Enfin, j'ai chevauché des vergues, monté des chevaux, combattu des pirates[1]...

— Qu'est-ce donc que tu trouves de tout simple, là-dedans ?

— La suite. J'avais fait trois amis pendant mon vagabondage autour de la planète. Trois vrais, M. André, le docteur Lamperrière et M. Boileau.

---

[1] Voir *Le tour du monde d'un Gamin de Paris.* (Librairie illustrée, 7 rue du Croissant.)

J'avais en outre trouvé un frère, toi, et un enfant, Majesté. Les impressions de mes voyages formaient dans ma cervelle un mélange insensé. Quand je voulus classer mes souvenirs, je ne sus plus par où commencer.

« Halte-là, M. André intervint. Il me commanda de tout oublier pour le moment. Puis, il me planta devant une sphère aussi grosse qu'une balise, me mit une bonne géographie entre les mains, et me dit : Étudie.

« Et me voilà parti. J'avais la tête dure ! mais dure ! Voyant que je n'avançais à rien, je pris trois heures par nuit sans rien dire à personne. Je mis un poing sur chacune de mes oreilles, mon livre devant mes yeux, et accoudé, immobile comme un homme de bois, j'appris par cœur, ligne par ligne, le damné bouquin. C'était un travail idiot ; non, je m'exprime mal, le travail n'est jamais bête, mais il était inutile. Je le crus du moins. Pas du tout. Cela m'ouvrit l'esprit. Je réfléchis peu à peu et comme involontairement aux phrases martelées dans mon cerveau, puis ces mots éveillèrent des idées. J'étais sauvé. Seulement, j'avais commencé par la fin. J'ai ensuite traité ma sphère terrestre par le même procédé. J'ai pris chaque carré formé par l'intersection des méridiens et des parallèles, appris mot par mot, tous les noms inscrits dans

ces carrés, et fixé dans ma mémoire tous les contours formés par les côtes, les fleuves, les montagnes et les limites politiques des pays. Ça a été
un vrai casse tête chinois. Mais j'en suis venu à
bout. M. André, qui s'était constitué mon professeur, et qui avait une de ces patiences !... me dit :

« — Friquet, ferme ta géographie, tourne le dos
à ta sphère, et fais-moi de mémoire le tracé de ton
voyage autour du monde.

« Pétard ! Je sentis une buée chaude me monter
des pieds à la tête, et je restais tout interdit. Je
n'ai jamais été aussi interloqué au moment où je
faillis être mis à la broche. M. André souriait de
son bon sourire qui nous ferait à tous traverser un
cyclone ou un volcan. Je me ragaillardis. J'attrape
une feuille de papier blanc, un crayon, puis je m'es-
crime de mon mieux à retrouver mes méridiens
avec mes parallèles et à grouper à leur place les
pays parcourus. Impossible de te dire le temps
que j'employai à cette besogne. Une heure ou une
journée, je n'en sais rien. Quand j'eus fini M. André
souriait toujours ; quant à moi, j'étais trempé de
sueur et j'avais une fièvre enragée.

« Il prit mon croquis, l'examina, me tendit la
main et me dit : merci ! d'une voix toute drôle. On
aurait dit qu'il tremblait. Moi, qui ne suis guère

impressionnable, tu me connais, j'avais comme une envie de pleurer. Puis il ajouta :

— Merci, Friquet. Tu viens, mon cher enfant, de me causer une des plus grandes joies que j'aie jamais ressenties !

« Il y a deux ans de cela, Pierre ; je n'ai pas oublié ces paroles qui sont comme ma croix d'honneur. Ne t'étonne donc pas si à force de travail, j'ai pu acquérir quelques petites connaissances spéciales...

Les deux amis, tout entiers à l'évocation de ces chers souvenirs, s'étaient un peu relâchés de leur surveillance. Un bruit sec, produit par la chute d'un caillou de la grosseur du poing, les rappela au sentiment de la réalité.

— Plait-il ? Des pierres dans notre jardin ! s'écria le Parisien dont le naturel gouailleur reprenait le dessus aussitôt qu'un danger se manifestait.

Un second caillou basaltique, noir, lourd et angulaire, passa en sifflant et s'en alla rebondir jusqu'à la crique. Une dizaine d'insulaires surgissaient en même temps d'une épaisse broussaille, et s'arrêtaient à une quarantaine de pas des deux amis qu'ils invectivèrent à pleine gorge en agitant leurs lances.

Pierre le Gall, sans s'arrêter à cette démonstration plus bruyante que belliqueuse, ramassa tran-

quillement le premier caillou, étendit latéralement
le bras, fit un brusque mouvement de torse, et
renvoya le projectile avec tant de vigueur et d'a-
dresse, qu'il tomba au beau milieu du groupe.

— Bien que cette arme vous soit familière, mes
braves Pongos, vous ne serez pas de force avec moi.
Voyez-vous, quand j'étais moussaillon, je n'en craignais pas un pour lancer proprement un galet. Il
m'est arrivé plus d'une fois de casser une aile à un
guillemot, dans nos falaises, quand nous étions fa-
tigués de bosseler les balises de la rade.

Les « Pongos », comme Pierre s'entêtait à les
appeler, se consultèrent un moment, puis, voyant
que ces ennemis semblaient ne pas posséder d'armes
bien dangereuses, ils se ruèrent sur eux en cabrio-
lant, la lance en avant.

D'un magnifique mouvement d'ensemble, les
naufragés tirèrent leur sabre d'abordage et se mirent en garde dos à dos; manœuvre excellente qui
devait déjouer toute tentative de mouvement tournant.

— Attention ! Une... et deux, fit le marin en se
couvrant d'un moulinet rapide, au moment où le
groupe noir fondait sur eux.

— Une... et deux... reprit Friquet en sabrant à
tour de bras.

Un léger froissement métallique suivit, et quatre

pointes de lances, fauchées à vingt centimètres de l'extrémité, tombaient sur le sol, pendant que les hampes inutiles restaient aux mains des guerriers déconfits.

— Et voillllà !...

— Nous « sons » comme çà, nous autres.

— A qui le tour.

Et vli ! vlan ! flac ! flac ! les deux lourdes lames, manœuvrées par des bras d'atlhètes, flamboyaient en sifflant, tronçonnaient avec un bruit sec « les hallebardes » des indigènes, sans même érailler d'ailleurs l'épiderme de ceux-ci, tant était merveilleuse la prestesse des deux tireurs.

— Eh ! bien, mes gaillards, s'écria Friquet en goguenardant, si vous n'avez pas mieux que vos cailloux bons à abattre les prunes, et vos arêtes emmanchées d'un échalas, il est inutile de nous déclarer la guerre. D'autant plus, vous le voyez, nous sommes de bons diables. S'il nous avait pris fantaisie de couper les manches des manches, et de vous transformer en manchots, rien ne nous était plus facile

« Allons, rentrez chez vous, soyez bien sages et laissez-nous terminer tranquillement nos affaires.

Les noirs ébaubis de ce flux de paroles, stupéfaits de la vigueur de la défense, se retirèrent en grommelant et en poussant de sourds grognements de colère.

— Allons ! au trot, et plus vite que çà, ou nous vous cinglons les reins à coups de plat de sabre.

« Là ! c'est ça, vous êtes gentils tout plein, bonne nuit.

Le soleil descendait en effet sur l'horizon avec cette rapidité particulière aux points voisins de l'équateur. Dans quelques minutes les ténèbres allaient, sans crépuscule préalable, envahir la région.

Pierre et Friquet regagnèrent le radeau, s'y installèrent commodément, et s'endormirent « en gendarmes » suivant l'expression du matelot, c'est-à-dire d'un œil.

Ils reposaient depuis deux heures à peine, quand ils furent éveillés par d'épouvantables hurlements. Sauter sur leurs armes et se mettre sur la défensive, fut pour eux l'affaire d'un moment.

Une lueur flamboyait non loin, au milieu des bois, plaquant d'une tache rouge l'horizon noir. Les cris continuaient sans interruption et se répercutaient avec une incroyable intensité.

— Mille diables, dit à voix basse Pierre le Gall, on s'égorge, là-bas. C'est horrible. Cinq cents hommes écorchés vifs ne beugleraient pas de la sorte. Mais, que se passe-t-il donc ?

— C'est effrayant en effet, reprit Friquet. Pré-

pareraient-ils une attaque en grand contre nous.
C'est peu probable ! Ces hurlements sont des
appels d'êtres humains à l'agonie.

— Que faire ?

— Eh ! parbleu, aller de l'avant. Ces damnés
moricauds paraissent ignorer l'usage des armes à
feu. Ils n'ont même pas d'arcs et se servent seulement de lances qui, avec leurs mauvaises haches
de pierre et les cailloux qu'ils jettent à la main, ne
me paraissent pas bien redoutables.

— Tu as raison. Il y a sans doute là des naufragés du navire. Qui sait ? nos Chinois peut-être.

Il y eut quelques secondes d'accalmie, puis les
clameurs recommencèrent entrecoupées, rauques,
strangulées, comme le suprême appel d'un organisme à la torture, et la révolte d'un corps dont
la vie s'échappe avec le dernier râle.

A cette plainte funèbre, succéda un hurlement
de démons. Un vrai cri de fauves à la curée. Puis,
le brasier lança des gerbes d'étincelles, et les
flammes, activées sans doute par une foule en délire,
s'élancèrent en sanglants tourbillons jusqu'à la
cime des arbres géants.

Obéissant aux instincts de leur généreuse nature, les deux blancs avaient quitté leur radeau.
Ils couraient éperdus dans la nuit, guidés par la
lueur. Ils allaient, bondissant à travers les lianes

et les roches, insoucieux du péril, faisant abné-
gation de leur propre vie, prêts à la sacrifier en
faveur des malheureux dont les plaintes déchi-
rantes les avaient atterrés.

Etait-il déjà trop tard? Les sons de la démoniaque ritournelle perçaient seuls le silence de la
nuit.

Ils arrivèrent enfin à une vaste clairière, éclairée
à giorno par des troncs entiers d'arbres résineux
qui flambaient de toutes parts. Quelque aguerris
qu'ils fussent contre toutes les atrocités que peut
commettre l'homme primitif, un cri d'horreur,
presque d'épouvante, faillit leur échapper à la vue
du spectacle qui s'offrit à leurs yeux.

Tous les Chinois passagers du *Lao-Tseu*, étaient
là, égorgés par les Papous en liesse. Par un raffi-
nement inouï de barbarie, ils avaient été pendus
côte à côte, aux basses branches des arbres bordant
la clairière, les pieds touchant presque le sol.
Puis, toute la horde des insulaires, sept ou huit
cents individus au moins, hommes, femmes, —
celles-ci plus acharnées peut-être, — enfants, s'é-
tait rués sur les malheureux coulies, les avaient
saignés tout vifs comme du bétail à l'abattoir, puis,
après avoir recueilli le sang dans des calebasses
et l'avoir absorbé avec une sensualité de fauves, ils

les avaient éventrés avec leurs couteaux et leurs haches de pierre.

De ces trois cents corps mutilés, rouges, béants, secoués par un dernier soubresaut, s'échappaient les viscères fumants, au milieu desquels se vautraient les cannibales en délire...

CHAPITRE V

Premières découvertes en Océanie. — Les navigateurs des
XVIe, XVIIe et XVIIIe siècles. — Magellan, Mindaña, Men-
doça, Drake, Cavendish, Simon de Cordes et Sebalt de
Wert. — Fernand de Quiros, Torrès, Lemaire, Nuyts,
Hertog, Carpenter, Edels, Abel Tasman, Cowley et Rog-
gewin.— Le commodore Byron, Wallis, Carteret, et Dam-
pier. — Cook! Bougainville! La Pérouse! — D'Entrecas-
teaux, Baudin, Krutzenstern et Kotzebuë. — Freycinet,
Baudin, Dumont d'Urville. — L'orgie de chair humaine.
— Les Cannibales de lamer de corail. — Trop tard. —
Le seul survivant des 300 Chinois égorgés. — Le mousse
du *Lao-Tseu*.

Si l'on excepte les terres désolées devant lesquelles s'étend aux environs des pôles arctique et
antarctique le chaos de glaces jusqu'à présent infranchissable, la configuration des côtes bordant
les continents est suffisamment connue pour ne
plus nécessiter qu'un travail de détail, très important d'ailleurs. De même les îles grandes et petites
qui émergent des océans, ou hérissent les mers

jadis inexplorées, sont pour la plupart indiquées
sur les cartes, avec cette précision qui est le propre
de l'hydrographie.

La terre est acquise à l'homme, l'ère des grandes
découvertes géographiques est passée, les noms et
les exploits des Colomb, des Magellan et des Cook
appartiennent désormais à la légende.

Et pourtant, jamais peut-être à aucune époque,
l'humanité ne fut en proie à une fièvre de découvertes, comparable à celle qui se manifeste en ce
moment. Une noble émulation s'est emparée des
nations civilisées. D'intrépides explorateurs, bra-
vant sans hésiter des fatigues inouïes et la perpétuelle menace d'une mort affreuse, se lancent à
travers l'inconnu, cherchant avec cette constance
qui fait les héros ou les martyrs, de nouveaux documents humains.

Pourquoi, dira-t-on, cette apparente contradiction
entre ces dernières paroles et celles qui précèdent ?
Voici : C'est que, si les glorieux navigateurs des
XVIᵉ, des XVIIᵉ et XVIIIᵉ siècles, ont en trouvant de
nouvelles routes et de nouveaux continents fermé
en quelque sorte l'ère des découvertes, leur œuvre
tout entière restait à parachever. Les hommes du
XIXᵉ siècle se trouvaient comme devant une gigan-
tesque muraille aux contours parfaitement déli-
mités, mais derrière laquelle s'étendait le champ

sans fin de l'inconnu. A l'ère de la navigation, succède en conséquence aujourd'hui l'ère de l'exploration. C'est au xixᵉ siècle qu'incombe la tâche difficile de terminer l'œuvre de ses devanciers, et d'achever la découverte de la terre. Ce sera son plus beau titre de gloire. Soulever le voile qui recouvre cette vierge noire, personnifiant l'Afrique mystérieuse, franchir les déserts de sable et de verdure que calcine le soleil australien, trouer l'immense forêt à travers laquelle roule ce géant qui s'appelle l'Amazone, évoluer au milieu de ces milliers de continents formant le parterre de l'Isis océanienne, tel a été le multiple objectif de nos modernes chercheurs. Et si cette route aux innombrables embranchements, véritable voie douloureuse, est hélas! semée de cadavres, voyons-nous au moins les ténèbres de la barbarie reculer chaque jour devant cet éclatant flambeau qui échappe parfois à la main d'un moribond, mais que cent bras vigoureux relèvent à l'instant.

Aujourd'hui que l'esprit public saturé de ces récits d'épopées cruelles ou de drames homicides dont les guerriers sont les tristes héros, s'intéresse avidement aux conquêtes pacifiques de la civilisation, ne serait-il pas convenable d'évoquer au moins pour mémoire, le souvenir de ces premiers chercheurs qui en se précipitant intrépidement dans l'inconnu, ont préparé la voie à nos modernes argonautes. Puisque enfin les exigences d'un long récit, véridique comme tous ceux que nous nous sommes fait le devoir d'écrire, nous transportent en Océanie, rappelons, en quelques lignes bien courtes et non moins indispensables, quels sont ceux auxquels nous devons la découverte de ces terres éloignées.

Le premier qui s'élance sur le vaste Océan dans l'espoir d'ouvrir une carrière aux explorateurs futurs, est le portugais Magellan, au service de l'Espagne, et que Charles-Quint envoie à la recherche par le Sud d'un passage dans le Pacifique. Magellan part avec cinq navires. Trois de ses capitaines se révoltent en route. Il reste avec deux vaisseaux, il est malade, la tempête menace de l'engloutir. Qu'importe! Rien ne l'arrête. Le 21 octobre **1520**, il pénètre dans le détroit qui porte son nom. Il le franchit, s'avance dans le Pacifique, fait route à l'Ouest-Nord-Ouest jusqu'à l'équateur, qu'il coupe à neuf mille huit cent cinquante-huit milles du détroit, et vers le **170**e méridien de longitude orientale du méridien de Paris, découvre un groupe d'îles important, situé entre les **13**e et **20**e parallèles Nord, et donne à ces terres le nom d'îles des Larrons, à cause du penchant au vol manifesté par les habitants. Les îles des Lar-

6.

rons s'appellent aujourd'hui les Mariannes. Magellan ne put jouir du fruit de ses travaux. Il fut tué le 5 avril 1521 dans une escarmouche, en défendant un des rois sauvages contre son compétiteur.

Après trois tentatives inutiles de Carvajal, de Ladrilleros et de Alphonse de Salazar, Alvar de Saavedra découvre, au moment où il allait revenir au Mexique, une grande terre qu'il aperçoit à cent lieues de Gilolo. Il lui donne le nom de Nouvelle-Guinée parce qu'il la croit située à l'opposé de la Guinée africaine.

En 1533, Hurtado, Grijalva, puis, en 1544, Juan Gaëtan explorent le Pacifique par la même voie, mais sans résultat appréciable.

Mendaña et Mendoça, apparaissent à leur tour et découvrent dans le Pacifique un groupe qu'ils appellent îles Salomon à cause de leurs richesses. Ils découvrent également l'île Isabelle, l'île Malaïta, la Florida et les Marquises de Mendoça, que revirent plus tard Cook en 1794, Marchand et Vancouver en 1791, Krusenstern en 1804 et David Porter en 1813.

Le célèbre amiral anglais Drake renouvelle en 1577 le projet audacieux de Magellan. Il fait une campagne de trois ans et note un grand nombre d'îles auxquelles il n'assigne malheureusement pas de position fixe. En 1586, Thomas Cavendish fait un tour du monde complet. Il part de Plymouth, franchit l'Atlantique et le détroit de Magellan, remonte le Pacifique, vient mouiller aux îles des Larrons, et revient en Europe par les Moluques et le cap de Bonne-Espérance.

Deux marins hollandais, Simon de Cordes et Sebalt de Wert, font honneur au génie maritime de leur nation. Ils franchissent tous deux le détroit de Magellan, et s'avancent, le premier jusqu'au Japon, le second jusqu'aux Philippines (1593-1601).

Tel est, bien en abrégé, l'aperçu des premières découvertes opérées pendant le xvi° siècle. Le xvii° allait en étendre le champ et leur donner plus de certitude.

Le pilote de Mendaña, Fernand de Quiros, ouvre cette brillante période. Il découvre sous le nom de Sagittaire, la terre qui porte aujourd'hui le nom de Taïti, puis, le Boudoir, de Bougainville; l'île Maïtea, de Cook au S. E. de Taïti; l'île Saint-Jean-Baptiste, que Cook reconnaît pour être l'île Pitcairn de Carteret, enfin, la terre Australe du Saint-Esprit, nommée par Bougainville archipel des Nouvelles-Cyclades, et postérieurement, par Cook, Nouvelles-Hébrides.

Torrès, compagnon de Quiros, fait route à l'Est pendant que ce dernier retourne au Mexique; il passe entre la Nouvelle-Hollande et la Nouvelle-Guinée, et donne son nom au détroit qui sépare ces deux grandes terres (1608).

En 1616, deux Hollandais, Lemaire et Schouten, découvrent au Sud du détroit de Magellan, un nouveau passage qui porte le nom de détroit de Lemaire, ils doublent les premiers le cap Horn, découvrent l'île Hood ou île des Chiens, l'île des Cocos, l'île des Traîtres, reconnues en 1767 par le capitaine Wallis qui donne à la seconde le nom de Boscaven, et à la troisième celui de Kœppel, et enfin, le groupe de la Nouvelle-Irlande.

En même temps que Nuyts, Hertog, Carpenter, Edels et Witt reconnaissaient divers points de ce continent qui s'appelle aujourd'hui l'Australie, un autre Hollandais, Abel Tasman, s'immortalisait par la découverte de la Nouvelle-Zélande et de la terre de Van-Diemen. Il touchait en outre à l'île des Trois-Rois, l'île d'Amsterdam, dénommée Tonga-Tabou par le capitaine Cook, plusieurs autres îles des Amis, quelques unes des Viti ou Fidji, les îles Otong-Java, celles du Prince-Guillaume, l'île de Rotterdam, appelée depuis Anamoucha, les îles Marc, Antoine, Caens, Gardener et Vischer. Tasman, terminait cet admirable voyage en rentrant à Batavia, le 15 juin 1643, après avoir longé les côtes de la Nouvelle-Guinée.

D'année en année, les conquêtes augmentent, et la vaste plaine liquide semble se peupler. C'est en 1663 l'Anglais Cowly qui reconnaît les îles Gallapagos et son compatriote Dampier qui donne son nom au détroit qui sépare la Nouvelle-Bretagne de la Nouvelle-Guinée, c'est enfin l'amiral hollandais Roggewin qui découvre les îles de Pâques retrouvées par Cook, puis à huit cents lieues de là, les îles qu'il nomma îles Pernicieuses, parce qu'il y perdit un vaisseau, l'île Vesper ou du Soir, le Labyrinthe, groupe important auquel le commodore Byron donna le nom de Prince-de-Galles, la Récréation, les îles Banman, l'île Solitaire, et enfin, les îles Groningue et Thienhoven.

Une période de quarante ans s'écoule, pendant laquelle le goût des découvertes semble diminuer. Il reprend alors avec une nouvelle ardeur, grâce aux progrès opérés dans l'art de la navigation, grâce aussi au génie de cinq hommes dont les noms seront à jamais illustres dans les fastes de la marine : quatre Anglais : Byron, Wallis, Carteret et Cook ; un Français, Bougainville.

Le commodore Byron dresse le premier une carte du détroit de Magellan dont il trace la configuration. Il découvre près de l'archipel Dangereux, les îles Désappointement, le groupe du Roi-Georges appelé Tiokéa par les indigènes, l'île du

Prince-de-Galles entre le Labyrinthe et l'île perni-
cieuse de Roggewin, puis l'île du Duc-d'York, et
celle à laquelle son équipage donne le nom d'île
Byron.

Byron rentre en Europe au moment où Wallis
et Carteret partaient séparément pour les mers
du sud. Wallis découvre successivement les îles
de la reine Charlotte et de la Pentecôte au Sud-
Est de l'archipel Dangereux, et l'île Egmont. Il
retrouve enfin le 19 juin 1767, la fameuse île de
Taïti, reconnue par Fernand de Quiros plus d'un
siècle et demi auparavant.

Il voit ensuite les îles Scilly, Lord-Hood, Boscaven, Kœppel, Wallis, et les îles Pescadores.

Carteret découvrait pendant ce temps l'île de Pitcairn, du nom d'un de ses officiers, l'île d'Osna-
brück, les îles de Glocester, et reconnaît l'archipel
de la Reine-Charlotte, appelé Santa-Cruz par Mendaña. Il signale encore les îles Gower, Simpson,
Carteret, Hardy et Winchelsea, fait une étude
complète du détroit séparant la Nouvelle-Bretagne
de la Nouvelle-Irlande, et auquel il donne le nom
de canal Saint-Georges. Il découvre ensuite plusieurs groupes à l'Ouest de la Nouvelle-Irlande,
entre autres, les îles Portland, la Nouvelle-Ha-
novre, l'île de l'Amirauté. Il fait, en rentrant en
Europe, la géographie orientale des Célèbes et

arrive en Angleterre, en doublant l'île de France, le cap de Bonne-Espérance, et reconnaît Sainte-Hélène au passage (1766-1769).

Notre célèbre Bougainville franchissait à la même époque le détroit de Magellan, remontait le Pacifique jusqu'au tropique du Capricorne, et découvrait, après avoir poussé dans l'Ouest, les Quatre-Facardins, les Lanciers, l'île la Harpe et les onze îles qu'il nomme Archipel Dangereux. Il visite Taïti dont il donne une description détaillée, découvre l'archipel des Navigateurs, retrouve les îles du Saint-Esprit de Quiros, et leur donne le nom de Nouvelles-Cyclades, puis termine ses innombrables découvertes par celle des îles de la Louisiade, des Anachorètes et de l'Échiquier.

Enfin, l'astre du capitaine Cook jette un éblouissant éclat sur la scène du monde maritime. Ce type accompli du navigateur moderne entreprend coup sur coup trois voyages, tient la mer pendant plus de dix ans, découvre ou vérifie une énorme quantité d'îles et d'îlots, relève la côte orientale de l'Australie et l'appelle Nouvelle-Galles du sud, puis décrit les îles Sandwich où une fin tragique termine sa glorieuse carrière le 13 Février 1779, méritant, comme l'a dit Dumont-d'Urville, le titre de fondateur de la véritable géographie du Pacifique.

Mentionnons pour mémoire un navigateur français non moins illustre et non moins infortuné que le marin anglais. C'est La Pérouse dont les découvertes eussent pu rivaliser avec celles de Cook s'il eût pu revoir la France.

En 1791, l'assemblée nationale envoie d'Entrecasteaux à la recherche de La Pérouse. Il reconnaît la côte occidentale de la Nouvelle-Calédonie, chose que Cook n'avait pu faire, plusieurs des îles Salomon, le canal Saint-Georges, les îles de l'Amirauté, la côte septentrionale de la Louisiade, une partie de la Nouvelle-Guinée, et meurt en mer le 20 juillet 1793.

Avec les expéditions de Dixon, Portlock et Wilson, se terminent les découvertes maritimes de la fin du xviii° siècle. Le xix° est brillamment inauguré par le Français Baudin qui relève près de la moitié du littoral Australien, et le russe Kruzenstern qui trace dans les mers boréales et l'océan équatorial la route à son lieutenant Kotzebuë. Ce dernier trouve en 1815 la chaîne des îles Radack au moment où l'Américain David Porter visitait les Gallapagos et Nouka-Hiva. La France continuait son rôle brillant, grâce aux travaux de Freycinet et de Duperrey, et l'Angleterre soutenait noblement sa vieille réputation en faisant relever au capitaine King toute l'hydrographie de l'Australie. Elle envoyait en outre le capitaine Beechey dans le

détroit de Behring, d'où il devait porter assistance
à d'autres navigateurs qui cherchaient au Nord-
Ouest de l'Amérique un passage, objet jusqu'alors
de si longs et si opiniâtres efforts.

Dumont d'Urville enfin semble résumer en lui
seul tous les efforts tentés jusqu'alors par les
marins français en Océanie. Que ne puis-je raconter en détail la vie de cet illustre savant, qui,
après avoir bravé mille fois la mort, périt à cin-
quante-deux ans, dans l'affreuse catastrophe du
chemin de fer de Versailles (7 mai 1842). Dumont-
d'Urville ne fut pas seulement un incomparable
navigateur, mais encore un hydrographe, un géo-
logue et un botaniste remarquable. L'on peut dire
de lui que ses découvertes furent complètes, car
non seulement il trouva des terres nouvelles, mais
il sut, avec ses multiples aptitudes, les décrire en
impeccable naturaliste. Après avoir acquis au gouvernement français la Vénus de Milo, terminé l'hydrographie de la mer Noire, publié un mémoire
géologique sur l'île de Santorin, et décrit en latin
la flore des rives de la mer Noire, il part de Toulon
le 11 août 1822 sur la *Coquille*. Il était âgé de trente-
deux ans! Dans l'espace de trente-deux mois, il
coupe sept fois l'équateur, et parcourt vingt-cinq
mille lieues sans perdre un homme, sans éprouver
une avarie majeure. Il reconnaît plusieurs îles

7

nouvelles, entre autres, les îles Clermont-Ton
nerre, Lostanges, Duperrey, Dumont-d'Urville, etc,
rapporte onze mille nouvelles espèces d'insectes,
dont trois cents inconnues, trois mille espèces de
plantes dont quatre cents nouvelles, et avec cet
herbier précieux, compose en latin la flore des îles
Mariannes.

Rentré en France en avril 1825, il repart en avril
1826 dans le but d'explorer la Polynésie, et de re-
chercher les traces de l'infortuné La Pérouse. Il
double le Cap, passe entre les îles Saint-Paul et
Amsterdam, traverse le détroit de Bass, relève les
côtes de la Nouvelle-Zélande, va aux archipels Viti
et Tonga, relève la position de cent vingt îles,
prend connaissance des Nouvelles-Hébrides, fait
l'hydrographie du groupe Loyalty, longe la partie
sud de la Nouvelle-Bretagne à peine entrevue par
Dampier, reconnaît trois cents lieues des côtes
septentrionales de la Nouvelle-Guinée, relâche à
Amboine, met le cap sur Van Diémen, et vient
mouiller à Hobbart-Town où il apprend que le capitaine anglais Peter Dillon a retrouvé à l'île Vanikoro les traces de La Pérouse.

Il part sans plus tarder et trouve, sur des récifs
de coraux, les carcasses de l'*Astrolabe* et de la
Boussole. Après avoir élevé un monument commé-

moratif a l'illustre et malheureux navigateur, il
se prépare à rentrer en France avec un équipage
et un état-major dévorés par les fièvres. Il reconnaît au passage quelques points peu connus des Célèbes ainsi que plusieurs des Carolines, il passe par
Batavia, l'Ile de France et le Cap, et aborde à Marseille le 25 Mars 1829 après trente-cinq mois d'absence. Il rapportait soixante-cinq cartes et plans,
plusieurs milliers de spécimens anatomiques ou de
dessins, dix mille espèces d'animaux, sept mille
plantes et d'innombrables échantillons minéralo-
giques. On voit quels furent les résultats de cette
expédition, accomplie au milieu de fatigues et de
périls inouïs.

Plus tard, voulant compléter les études ethno-
graphiques auxquelles il se livrait avec passion, il
obtint en 1837 le commandement de l'*Astrolabe* et
de la *Zélée*, et partit le 7 septembre pour les mers
australes. Il fit l'hydrographie des îles Orkneys, de
la partie Est des îles Shetland, découvrit deux
terres auxquelles il donna les noms de Louis-Phi-
lippe et Joinville. Eloigné de ces parages par de
graves avaries et le scorbut, il retourna au Chili, puis
repartit pour l'Océanie où il visita les Marquises,
Taïti, les archipels Hamoa et Viti, Vanikoro, les
îles Salomon, les Carolines, la Nouvelle-Guinée,
l'Australie, les îles de la Sonde, Bornéo dont il

fit le tour, et s'en vint relâcher à Hobbart-Town dans le détroit d'Entrecasteaux.

Le 1er janvier 1840, alors qu'on eût pu croire l'expédition terminée, Dumont-d'Urville retourna vers le pôle Sud, dans le but d'explorer le vaste espace inconnu situé entre les 120° et 170° degrés de longitude Est. Il voulait constater sous quel parallèle il rencontrerait les glaces solides et tâcher de trouver le pôle magnétique. Le 21 janvier, on découvrit sous le cercle polaire, non loin du pôle magnétique, par 138° de longitude, une immense terre s'étendant au Sud-Est et au Nord-Ouest, et paraissant atteindre une hauteur de mille à douze cents mètres. Dumont-d'Urville en prit possession au nom de la France, et l'appela Terre Adélie, du nom de sa femme. Ayant trouvé un peu plus au Nord une autre côte, il la nomma Clarie, du nom de la femme du capitaine Jacquinot, commandant de la *Zélée*. L'Expédition mettait alors à la voile pour retourner en France.

L'infatigable Dumont-d'Urville reconnut au retour les îles Auckland, fit l'hydrographie des côtes Est de la Nouvelle-Zélande, releva de nombreux écueils dans le détroit de Torrès et rentra en France en passant par Timor. Il arriva le 6 novembre 1840 après une campagne de trente-huit mois. Il avait traversé sept fois la ligne et par-

couru les mers de la moitié du globe. Les résultats
de l'expédition scientifique furent immenses. Outre
la connaissance de douze mille lieues de côtes
acquise à l'hydrographie, elle rapportait une opulente moisson dont profitèrent largement la zoologie, la botanique et la minéralogie.

On connaît la fin terrible d'une existence si laborieusement remplie.

. . . .

Maintenant que le lecteur a bien voulu écouter
cet indispensable et trop court resumé de l'histoire
des découvertes en Océanie, retournons près de
nos héros que nous avons laissés sur une terre dont
ils ignorent le nom, et située d'après toutes prévisions non loin des côtes de la Nouvelle-Guinée.

Friquet et Pierre le Gall, cachés dans l'ombre, demeurèrent un instant atterrés par l'épouvantable
spectacle qui s'offrit à leur vue. Jamais au cours
de leur existence tourmentée, non seulement l'aspect, mais encore la conception d'une semblable
monstruosité ne s'était présentée à eux. Au premier
moment d'horreur, produit par cette effroyable
hécatombe, succéda un insurmontable écœurement
à la vue de la sensualité hideuse de ces sauvages
ivres de sang, vautrés au milieu d'entrailles fu-
mantes, et dont les corps lugubrement plaqués de

rouge s'agitaient sous les lueurs blafardes des
flammes.

Puis, Friquet, obéissant à un sentiment plus
irréfléchi que prudent voulut s'élancer, le sabre
au poing, au milieu de la meute hurlante. Pierre
le retint d'une main vigoureuse.

— Du calme, matelot, siffla-t-il à voix basse. Tu
vas nous faire massacrer inutilement.

— Laisse-moi... Pierre... Que j'éventre une douzaine de ces gueux-là.

— Et puis après?

— Advienne que pourra.

— Supposons que nous en mettions, à nous
deux, une vingtaine hors de combat, il en restera
encore plus de cinq cents... Encore une fois, du
calme. Je ne t'ai jamais vu comme ça.

— C'est que, vois-tu, je ne connais rien au
monde qui me mette en furie comme les infâmes
coutumes de ces misérables cannibales.

« Quand je pense qu'ils ont de tout à profusion,
des fruits exquis, du gibier, du poisson à ne savoir
qu'en faire, et qu'il leur faut assouvir leur mons-
tueux appétit sur des créatures humaines, cela me
met hors de moi.

— Eh! tonnerre, si j'avais seulement notre mi-
trailleuse de l'ancienne chaloupe à vapeur, j'aurais
tôt fait d'envoyer une charge de gros plomb à ces

gredins là, ne fût-ce que pour apprendre à vivre
aux autres.

— Et ce serait justice. Remarque bien que ce
sont les plus intelligents qui se livrent à l'anthropophagie. On ne peut les excuser en objectant
qu'ils pèchent par ignorance.

« Je vous demande un peu ce qu'ont bien pu leur
faire ces pauvres naufragés !

— Cré coquins ! gronda le maître canonnier. La
dévastation est complète, nul parmi les Chinois ne
bouge ni pieds ni pattes. Que faire ? Notre intervention serait inutile.

— Il faudrait pourtant leur donner une bonne
leçon.

« Ah !...

— Quoi donc ?

— Il y en a encore un de vivant. Tiens, là-bas,
sous cette fougère géante... Ils vont l'égorger...

— Tonnerre !...

— Ah ! mais non... Halte-là ! les mangeurs
d'hommes.

Un groupe composé de quatre ou cinq Papous
s'agitait à cinquante mètres environ. L'un d'eux
tenait par sa queue de cheveux un celestial qui
poussait des cris déchirants. L'émigrant tomba, et
le cannibale se mit à le traîner sur le sol pour l'a-

mener sous les cadavres de ses compagnons accrochés aux basses branches.

Le Parisien s'effaça derrière un arbre, épaula
lentement son fusil, appuya contre le tronc le canon qui resta immobile une seconde. Puis un rapide
sillon de lumière raya les ténèbres qui environnaient
les deux amis. Une détonation éclata. Le sauvage
qui hâlait sur la tresse de cheveux, s'abattit lourdement sur le sol, le crâne fracassé, la cervelle à
l'air.

Les autres s'arrêtèrent épouvantés. Le Chinois se
leva d'un bond et se mit à détaler avec l'agilité
d'un antilope.

— Et d'un ! dit Friquet d'une voix sourde en re-
chargeant lestement.

Revenus de leur stupeur première, les cannibales
allaient poursuivre le prisonnier qui s'échappait,
quand un second coup de feu retentit.

— Et de deux, riposta Pierre de Gall en voyant
rouler un second ennemi.

Le Chinois pour le moment sauvé grâce à ce secours inespéré, reconnut aux lueurs de la poudre
la direction où se tenaient ses mystérieux protecteurs. Il obliqua de ce côté, au moment ou deux
autres Papous arrêtés dans leur course tombaient,
la poitrine trouée. Puis, il s'enfonça sous l'épais

rideau de verdure, et s'en vint, haletant, suffoqué, affolé, buter contre Pierre.

— Si tu comprends un mot de français, lui dit rapidement le marin en l'asseyant sur le sol, ne remue pas, ne dis rien, laisse-nous faire. Le celestial demeura immobile.

Un silence lugubre, plein de terreur enveloppait maintenant la clairière naguère si tumultueuse. Les cannibales, ignorant sans doute l'usage des armes à feu, semblaient dans la consternation. Cette mort mystérieuse qui les frappait, ces coups inévitables d'ennemis invisibles, ces implacables messagers de mort qui leur arrivaient dans un éclair, accompagnés d'un coup de tonnerre, leur inspiraient une superstitieuse épouvante.

— Allons, dit Friquet, une dernière salve pour achever leur déroute.

« Y es-tu ?

— C'est paré.

— Feu !...

Quatre coups éclatèrent à intervalles égaux ; puis, ce fut un pêle-mêle inouï de membres et des torses noirs qui s'agitèrent désespérément. Une suprême clameur déchira la nuit, et le clan des égorgeurs, s'éparpilla dans les ténèbres comme un vol d'urubus effarouchés.

7.

— Et maintenant, interrompit Pierre, en retraite.
Tâchons de rallier la côte. Nous n'avons plus rien
à faire ici. Nous ne pouvons rendre la vie à ces
pauvres Chinois massacrés. C'est déjà bien gentil
d'avoir pu sauver le dernier.

Le celestial si miraculeusement échappé à une
mort horrible, se leva à ces mots, et se plaça craintivement entre ses deux sauveurs.

— Melci, messel... Melci, dit-il d'une voix encore
entrecoupée par la course folle qu'il venait de
faire.

— Que dis-tu, mon garçon ?

— Ye dis à vous melci... vous sauvé la vie à moi,
moi pallé fallançais.

— Ah ! je comprends. Tu nous dis merci.

— Ui, messel.

— Ma foi, il était grand temps que nous nous
mêlions de la chose. Quel malheur de n'être pas
arrivés plus tôt. Nous eussions pu empêcher ces
malheureux d'être égorgés.

— Ui, messel. Vous bien bons. Tous les pauv'
Chin' morts, termina-t-il en sanglotant. Moi toute
petit... Toute jeune... Toute seul... Oh !

— Mais non, tu n'es pas seul, puisque nous
sommes là. Nous t'emmenons avec nous, parbleu !
Tu partageras notre sort. A nous deux nous formons

l'équipage. Tu seras le mousse, et nous te traite-
rons comme notre enfant.

— Moi c été mousse, su gland navile peldu là
côte.

— Tu étais mousse sur le navire !... Tonnerre !
Si c'était toi, qui nous offris la pâtée jadis !... qui
me donnas un jour du tabac.

— Même çà... messel... et couteau aussi.

— Comment c'est toi, mon petit gars ! Tiens faut
que je t'embrasse... Inscrit d'emblée au rôle de l'é-
quipage. Et c'est le cœur qui remplace la plume du
commissaire.

Pendant que s'opérait cette touchante reconnaissance, les trois naufragés avaient atteint la
côte, mais en obliquant sans s'en douter vers le
Sud. Friquet s'aperçut le premier de cette erreur.
Devant eux s'étendait une crique analogue à celle
où se trouvait le radeau, mais à la place de leur
lourde et incommode épave, se balançait une
grande embarcation indigène, qu'ils distinguèrent
à la lueur des étoiles. Elle était, par bonheur,
armée de ses pagayes, pourvue de son mât et de
sa voile en fibres de cocotier, et renfermait en
outre une ample provision de fruits de toute sorte,
ainsi que du poisson. Son propriétaire l'avait
sans doute précipitamment abandonnée lors de
l'échouage du *Lao-Tseu.*

Pierre et Friquet ne se firent aucun scrupule d'en prendre possession.

Ils s'y installèrent en attendant le jour, afin de retourner au plus tôt vers le radeau qui contenait leur maigre butin de naufragés.

CHAPITRE VI

Le reste de la nuit s'écoula pour les trois naufragés avec une lenteur désespérante. Nul ne put
fermer l'œil, et pour cause. Non pas que Pierre et
Friquet, rompus à toutes les fatigues, aguerris
contre toutes les émotions, n'eussent été susceptibles de dormir en dépit du voisinage des cannibales, mais une légion d'ennemis invisibles non
moins que bruyants les tint éveillés, quoi qu'ils
fissent. Un épais nuage de maringouins envelop-

pait leur mouillage, et les petits monstres, repus
du cuir noir et coriace des Papous, s'en donnaient
à trompe que veux-tu sur les épidermes des blancs,
sans préjudice d'ailleurs de celui du jeune celestial.

Le Parisien pestait de tout son cœur et donnait
au diable les microscopiques vampires, avec leur
trompe au venin corrosif, leurs ailes au bourdonnement aigu, horripilant. Le marin avait allumé sa
pipe et brûlait en prodigue sa provision de tabac,
prétendant éloigner par l'odorante fumée l'essaim
tyrannique des infiniments petits. Peine inutile, les
jurons et les fumigations demeurèrent sans effet.

De guerre lasse, ils se mirent à causer à voix
basse. Le petit Chinois qui « pallait fallançais »
et ne pouvait prononcer les *r*, raconta son histoire.
Un drame court et navrant. Son père, un mandarin
puissant de la province du Fu-Kiang, en résidence
à Foo-Chow, se livrait naturellement à la traite des
jaunes, avec cette absence de préjugés qui caractérise les celestials des classes dirigeantes. Tous
les procédés habituels pour obtenir des émigrants
lui étaient également familiers : racolages par des
émissaires, convois de joueurs en destination de
Macao, et surtout, le rapt des habitants de la côte.
Ce dernier moyen, qui supprimait en partie des
frais assez considérables, avait toute sa prédilection.
Entre temps, comme les fonctions judiciaires ren-

traient dans ses attributions, il citait à sa barre le premier venu, le condamnait à une réclusion plus ou moins longue qui se terminait invariablement dans l'entrepont d'un navire convoyeur.

Bref, ce mandarin était un très habile homme, au dire du capitaine du *Lao-Tseu* avec lequel il était en fréquentes relations d'affaires. Lors de son dernier voyage, l'Yankee, ayant terminé ses opérations, eut besoin d'un mousse pour son service particulier. Les Chinois font généralement de bons domestiques, mais il faut le temps matériel de les dresser. L'embarras du marchand de chair était d'autant plus grand, que nul parmi ses « engagés » n'était apte à remplir immédiatement cet office. Et, il était comme toujours pressé, ce digne capitaine : *Times is money !*

Le mandarin avait un fils d'environ seize ans qu'il avait fait élever avec tout le soin imaginable. Ce marchand d'hommes avait un cœur de père. Les fauves n'ont-ils pas aussi de la tendresse pour leurs petits ! Bref, l'enfant avait appris un peu d'anglais et de français près des missionnaires, il savait écrire, calculer, et ces connaissances indispensables aux négociants de tous les pays, devaient permettre sous peu à l'Eliacin du barracon d'aider fructueusement le vénérable auteur de ses jours.

L'Américain en décida autrement. Partant de ce

principe : qui peut le plus peut généralement le
moins, il se dit que le futur négociant pourrait parfaitement faire un serviteur. Il l'attira à son bord
sous un prétexte quelconque, l'enferma dans sa
chambre, puis le navire leva l'ancre le lendemain,
son chargement étant complet.

Inutile de s'appesantir sur la douleur que dut
causer au mandarin cruel doublé d'un père excellent — semblable anomalie se rencontre souvent
— le rapt de son enfant. Le pauvre petit qui n'é-
tait nullement responsable des crimes de son père,
et qui possédait un cœur exquis — on l'a vu au
début de cette histoire — entra en fonctions aussitôt. C'est-à-dire qu'il fut d'emblée préposé aux be-
sognes les plus répugnantes, et reçut en paiement
des horions de toutes sortes quand le capitaine
avait le wisky gai. Or, comme il était généralement
gris vingt-quatre heures par jour, on peut juger
par là de la surabondance présidant à la distribution.

L'enfant, avons-nous dit, avait bon cœur. La vue
des tortures endurées par les Européens l'émut
profondément, et la similitude de leurs destinées
les lui rendit plus sympathiques encore. Ce déshérité, qui n'avait rien à lui, entendit le matelot se
plaindre du manque de tabac. Il brava les plus terribles châtiments pour en dérober à son bourreau,

et l'offrir au prisonnier. C'est lui enfin qui, à tout hasard, lança un couteau sur le cadre de Pierre le Gall, afin qu'il pût trancher ses liens en temps opportun.

Le petit bonhomme raconta cette simple et cruelle aventure dans son jargon parfois incompréhensible, mais d'un accent qui toucha ses nouveaux amis.

— Pauvre gamin, lui dit Friquet attendri. Tu n'as pas obligé des ingrats, je t'assure. Nous allons te procurer une famille en attendant que tu puisses retourner chez toi.

— Et une soignée, de famille, opina gravement Pierre le Gall.

— Comme ça se trouve, reprit le Parisien. Tel que tu me vois, avec mes vingt et un ans, j'ai déjà un garçon de dix-sept ans. Il est gentil tout plein, mais noir comme un baril de goudron. Rassure-toi, il ne mange pas son prochain. C'est au contraire un gentleman accompli que monsieur Majesté.

— Une vraie graine de matelot, reprit Pierre.

— Vous serez comme deux frères, car je t'adopte dès aujourd'hui.

— ... Nous t'adoptons.

— Tout ça s'arrange drôlement. Il est dit que mes voyages me procureront l'occasion de rencon-

trer des moutards sans famille... Moi qui me souviens à peine de mes parents ! murmura le jeune
homme avec une indéfinissable expression de tris-
tesse.

Puis, reprenant toute sa gaîté, avec cette mobi-
lité prodigieuse qui le caractérisait :

— Un vrai père Gigogne, quoi.

« A propos, comment t'appelles-tu?

— Châ-Phua-Tseng !

— Tu dis?...

— Châ-Phua-Tseng !

— Mais, mon pauvre petit, ce n'est pas un nom,
cela, c'est un éternuement. Tiens, écoute, ce n'est
pas pour te contrarier, mais, on voit bien que tu
n'as pas été inscrit sur les registres de l'état civil
à la mairie des Batignolles. Jamais nous ne pourrons nous habituer à cette appellation baroque.
Il me semblerait toujours avoir, en t'appelant, une
douzaine de maringouins dans le nez.

« Veux-tu que je te donne un nom français? Tu
seras libre de reprendre le tien quand tu retour-
neras chez tes parents.

— Ui, fit le Chinois.

— Eh bien, puisque tu es de si bonne composition, nous t'appellerons Victor. C'est mon nom, il
en vaut bien un autre, pas vrai?

— Ui, c'est ça, Victol !...

— Ah! diable, ta langue ne peut pas prononcer
es *r* à ce que je vois, tu vas t'écorcher tout vif.

« Bah! cela vaudra mieux que de l'être par les
Papous. Tiens, mais il me semble que nous les
oublions un peu, ces mauvais Pongos, comme
tu les appelles, matelot.

— C'est que je n'éprouve guère le besoin de penser à eux.

— D'accord, mais notre petit gars pourrait nous
dire par quel concours de circontances tous ses
compagnons ont été massacrés.

Ce récit douloureux fut d'un laconisme poignant.
Les coulies, après avoir pillé le navire, avaient
abandonné sa coque éventrée peu de temps avant
qu'il eût été possible aux deux Français de sortir
de leur réduit. Ils établirent à l'aide de câbles une
communication avec la côte, puis débarquèrent
quelques provisions. Il y avait malheureusement
à bord de nombreux fûts de wisky. Ils en ame-
nèrent plusieurs à terre, et s'enivrèrent, sans même
penser que ce récif fût habité. Quand leur ivresse
fut complète, les Papous, tapis dans les broussailles, arrivèrent à pas de loups, et s'emparèrent
sans coup férir du gros de la troupe. Quelques-uns,
moins abrutis par l'alcool, essayèrent de résister.
Cette tentative n'eut d'autre résultat que de les
faire massacrer aussitôt. Victor, nous lui donnerons

dorénavant ce nom, blotti entre les racines d'un cèdre colossal, assista épouvanté à la hideuse boucherie. Il vit les Papous se repaître du sang de ses compatriotes après les avoir accrochés aux branches par leurs cheveux. Découvert au dernier moment, il allait être égorgé à son tour sans l'intervention de Pierre et de Friquet.

L'horizon pâlissait au moment où il achevait son récit. Dans quelques minutes le soleil allait émerger des flots. Il importait de prendre au plus tôt un parti.

— Et maintenant, où allons-nous? demanda Friquet.

« Diable, dit-il en voyant le Chinois les épaules découvertes et toutes bossuées par les piqûres des maringouins, mais tu es aux trois quarts nu, mon pauvre petit.

— Lé noué avé allaché mizole, allaché patalo.

— Les noirs ont arraché ta camisole et ton pantalon... Les gredins! bien heureux encore qu'ils ne t'aient pas enlevé la peau.

« Ah! j'y pense. Il doit y avoir là-bas encore une défroque ou deux. Nous allons te costumer en matelot. Tu seras très bien, cela te va, n'est-ce pas?

— Ui.

— Eh bien! au radeau!

« Dis donc, Pierre, sais-tu que pour une embarcation de sauvages, cette pirogue me paraît très bien construite et gréée.

— J'allais t'en faire la réflexion. D'abord, ce n'est pas une, mais ce sont deux pirogues. Celle que nous montons constitue l'embarcation proprement dite, et cette petite qui lui est accouplée sert de balancier, lui donne de la stabilité, l'empêche enfin de chavirer.

« Ce petit mât de bambou, avec sa voile livarde en natte très fine, ces cordages en fibres de coco, me paraissent judicieusement agencés.

« Va bien ; ça pourra servir et avant peu, j'espère.

« Et maintenant : En haut tout le monde! Chacun à son poste pour l'appareillage.

— Capitaine, dit en souriant Friquet, la manœuvre ne sera guère compliquée.

— Heureusement, car l'équipage n'est pas nombreux. Allons, en route.

Pierre le Gall, tout capitaine qu'il était, saisit une pagaye, Friquet l'imita, et la pirogue vigoureusement poussée, évolua avec une facilité attestant tout à la fois et ses qualités nautiques, et l'habileté des deux Européens. Pierre avait jugé à propos de ne pas se servir de la voile, dans la crainte des regards indiscrets des Papous. Ils réussirent à se dissimuler derrière l'extrême rebord du récif qu'ils contournèrent sans encombres et ils arrivè-

rent au radeau dont les naturels n'avaient fort
heureusement pas soupçonné la présence.

Le transbordement du chargement de l'épave ne
fut ni long ni difficile. Le bagage des naufragés
n'était, hélas! ni lourd ni encombrant, et la pirogue eût pu en contenir dix fois autant. Le jeune
Victor eut une chemise avec un pantalon et sembla
dès lors, comme le fit remarquer Friquet, un matelot « pour de vrai ». Le petit celestial fut enchanté.

— Qu'allons-nous faire? demanda Friquet lorsque l'arrimage fut terminé.

« Nous ne pouvons nous éterniser ici avec des
voisins comme les nôtres. Nous ne serions pas
tranquilles deux heures; et d'ailleurs au point où
en sont les affaires, nous ne pouvons espérer la
moindre entente avec eux.

« Ton avis, Pierre ?

— Va toujours, mon fi. Tu dois bien avoir un
bout d'idée, un rien, un fifrelin. Quand tu auras
poussé ta note, je donnerai la mienne, puis nous
verrons à prendre un avis, quitte à épisser nos
deux projets comme une écoute cassée.

— Eh bien! soit. De deux choses l'une : ou nous
sommes sur une petite île, ou nous nous trouvons
sur un vaste continent.

— Ça me paraît judicieux.

— Dans le premier cas, il faut déraper au plus

Victor eut une chemise et un pantalon. (Page 130.)

vite et nous mettre à la recherche d'un nouveau
refuge. Ce ne sont pas les îles qui manquent dans
les régions où nous sommes.

« Si, au contraire, cette terre est d'une certaine
étendue, nous devons nous écarter de ce lieu habité par des sauvages affamés de chair humaine, et
mettre entre eux et nous la plus grande distance
possible.

— Bien causé, matelot. Et après ?...

— Il me semble urgent d'opérer tout d'abord
une reconnaissance autour du récif, afin d'en connaître les dimensions.

« Nous avons là près de huit jours de provisions,
l'eau ne manque pas dans les rivières. Cette exploration me paraît devoir s'exécuter sans danger ni
souffrances. Si d'autre part les insulaires s'avisent
de nous barrer la route, nous verrons à leur servir
quelques-uns des arguments qui cette nuit ont été
si efficaces.

« Voilà pour le moment quel est mon avis. Quand
cette première partie du programme aura été réa-
lisée, nous aviserons.

— Ça me va tout à fait, matelot. Si tu m'en
crois, nous allons nous mettre à l'œuvre séance
tenante. Le temps d'avaler un morceau de n'importe quoi, puis, souque ferme à l'aviron !

Après un frugal déjeuner absorbé avec un véri-

table appétit de naufragés, le voyage de circum-
navigation commença. La pirogue rasa comme
précédemment les récifs et prit la direction de l'Est.
Telles étaient, avons-nous dit, la perfection de ses
qualités nautiques et l'adresse des rameurs, qu'elle
avançait avec une inconcevable rapidité. La première journée s'écoula sans aucun incident, et
sans que les Papous eussent donné signe d'existence. Le seul inconvénient sérieux était la chaleur infernale qui calcinait littéralement les
Européens, quelqu'endurcis qu'ils fussent aux morsures de l'astre tropical. D'autre part, la réverbé-
ration des rayons sur les récifs chauffés à blanc
produisait sur leurs yeux une impression des plus
douloureuses.

Il est vrai que la plupart du temps, leurs regards
éblouis pouvaient se reposer sur l'épais rideau de
verdure qui s'étendait en écran devant l'horizon,
et d'où émergeaient les incomparables produits de
la flore océanienne.

Friquet, plus érudit que Pierre en botanique coloniale, pouvait citer au passage quelques-uns de
ces végétaux majestueux, la plupart utiles à
l'homme, et toujours admirablement beaux. Arbres
à pain, bananiers, cocotiers, cèdres, eucalyptus,
plantains, sagoutiers, que Pierre classait avec non
moins de prosaïsme que de bon sens en espèces

comestibles et non comestibles. Des graminées géantes, des fougères arborescentes, enchevêtrées de lianes aux fleurs éblouissantes, des xantorrhées au panache feuillu, à la hampe élancée, végétaient librement au milieu de cannes à sucre sauvages, et des centaines d'oiseaux jaseurs, au plumage chatoyant, s'abattaient comme des vols de papillons emplumés, sur les odorantes corolles.

Flore et faune assez peu variées en somme, mais la splendeur des types représentés dans le règne végétal surtout, compensait largement la quasi monotonie de l'aspect. Comment d'ailleurs appliquer cette épithète de monotone à un spectacle si uniformément admirable !

De temps en temps, une noix de coco tombait avec un bruit mat sur le sol et Friquet pouvait faire constater *de visu* à son ami, ce fait si longtemps controversé, de crabes ouvrant lestement l'enveloppe dure comme du fer renfermant l'amande dont ils sont friands comme des ours de miel. Au premier aspect, en effet, il semble impossible que le crustacé, quelque formidables que soient ses pinces, puisse entamer l'écorce fibreuse et le noyau qu'elle recouvre. Mais telle est la dextérité du crabe, tel est aussi son instinct, qu'il sait très bien déchiqueter fibre par fibre le tissu extérieur et non pas en un point quelconque de la noix, mais

8

toujours à l'extrémité où se trouvent les fossettes du fruit. Quand ce travail préparatoire est achevé, il introduit la pointe d'une de ses grosses pinces dans une de ces fossettes; s'il n'y réussit pas tout d'abord, il sait parfaitement frapper à la même place et avec beaucoup d'adresse, jusqu'à ce qu'il ait détaché un éclat. La besogne est presque achevée. Il se sert alors de ses petites pinces, tourne sur lui-même ainsi qu'une tarière vivante, et l'enveloppe trouée comme avec un outil de fer, laisse bientôt échapper son contenu que le gourmand savoure avec une sensualité toute particulière.

Ces crabes, comme celui qui avait servi au premier repas et dont les reliefs avaient formé le plat de résistance du second, étaient, avons-nous dit, gigantesques. Friquet, en prévision de l'avenir, en recueillit quelques-uns, et les déposa au fond de la pirogue, après avoir pris toutefois la précaution de les désarmer, c'est-à-dire d'enlever leurs formidables cisailles.

Le voyage, interrompu par la nuit, recommença dès l'aube. Il était déjà facile de constater que les dimensions de l'île devaient être fort exiguës, car les naufragés purent voir à la position du soleil qu'ils avaient parcouru un demi-cerle depuis douze heures. Leur certitude fut complète, quand vers midi ils se trouvèrent inopinément devant la carcasse désemparée du *Lao-Tseu*. C'était miracle vraiment que l'épave eût pu tenir jusqu'à ce moment. Quelques pirogues tournaient autour d'elle, avec ces attitudes craintives et avides semblables à celles de certains rapaces qui convoitent et redoutent tout à la fois une proie dont la masse les inquiète. Le bâtiment laissait encore apercevoir son beaupré et sa poupe sur le récif qui, fait commun à la plupart des îles océaniennes, s'élève comme une barrière entre la haute mer et la terre dont il semble défendre l'approche.

Il n'y avait plus à reculer pour les deux Européens.

— Va-t-il falloir batailler? demanda Friquet en apprêtant les armes.

— Faudra voir, répliqua Pierre avec son incomparable sérénité.

« Tiens, une idée. Si nous allions jusqu'au navire. Peut-être pourrions-nous trouver quelques objets à notre convenance. Puisque ainsi qu'il arrive à la plupart des Robinsons nous avons à portée un bâtiment échoué, il est bon d'en profiter. D'ici peu il ne sera plus temps.

— Allons-y et ouvrons l'œil dans la direction des bonshommes couleur de suie.

L'apparition de la pirogue produisit une vive émotion dans la flotille. Les maraudeurs, dont la

vue perçante avait tout d'abord reconnu la couleur
blanche de l'épiderme des nouveaux venus, s'éloi-
gnèrent prudemment, soit qu'ils attribuassent à
ceux-ci les maléfices de l'avant-dernière nuit, soit
que ces visages pâles ne leur inspirassent qu'une
confiance des plus modérées.

Pierre put amarrer sa pirogue à la chaîne rom-
pue d'une ancre de bossoir, qui leur servit également à escalader la coque mutilée du *Lao-Tseu*.
Ils récoltèrent, hélas! un maigre butin : quelques
boîtes de conserves échappées au pillage, des
lignes et des hameçons, précieux engins pouvant
être fort utiles par la suite, des haches, un morceau de toile à voile, etc. La cambuse étant malheureusement immergée, il leur fut impossible de
recueillir des provisions; bref, ils allaient, après
d'infructueuses recherches, penser à rallier la
côte, quand Friquet pénétra par hasard dans la
chambre du capitaine. Le désordre qui y régnait
attestait non seulement le départ précipité de son
propriétaire, mais encore la visite des coulies en
fureur. Rien n'avait échappé à leur rage dévas-
tatrice. Tout était ravagé, jusqu'à une grande carte
collée sur toile, et dont les lambeaux pendaient la-
mentablement le long d'une cloison.

Le Parisien souleva machinalement un de ces

lambeaux et y jeta un regard distrait. Un cri de surprise lui échappa.

— Diable, dit-il en décrochant le morceau à peu près intact. Je n'ai pas perdu mon temps et cette excursion va nous être bien utile. Voilà, si je ne me trompe, la carte sur laquelle le forban marquait sa route. C'est bien cela. Il venait de faire le point au moment de l'échouage. Si par bonheur il l'a indiqué ici, nous allons savoir le lieu où nous nous trouvons.

« Voilà qui est parfait. J'examinerai cela en temps et lieu, termina-t-il en mettant dans la poche de sa vareuse, le fragment qui venait d'acquérir tout à coup, à ses yeux, une valeur inestimable.

« Tiens, un revolver... un « New-Colt », excellent système; des cartouches... bon article de voyage.

« C'est tout? En route. »

Le Parisien, joyeux, remonta sur le pont, et vit Pierre occupé à opérer le transbordement d'un petit sac fort lourd, plein de corps ronds, gros comme le poing.

— Eh! que diable emportes-tu là, matelot. Des pommes de terre ?

— Je te dirai cela plus tard, fit Pierre en clignant de l'œil.

8.

— Bon, dit en aparté Friquet, il paraît que nous nous ménageons réciproquement notre surprise.

— Allons, dérapons... et lestement, reprit le maître canonnier.

— Tu es bien pressé.

— Oui. Comme j'ai l'intention de vous offrir un feu d'artifice, je désire que nous soyons bien placés pour voir le bouquet, et que nous ne courions pas le risque d'attraper les éclaboussures.

« Il nous faut d'ailleurs reprendre bientôt notre voyage.

— C'est inutile pour le moment. J'ai mieux à te proposer. Retournons au mouillage, passons-y la nuit, et apprêtons-nous à appareiller demain de bonne heure, car nous aurons à bourlinguer pas mal pendant la journée.

— Il y a donc du nouveau.

— Beaucoup de nouveau.

Le départ des blancs fut, pour les Papous, le signal d'une véritable course nautique, dont la coque du navire était le but. Le charme qui protégeait l'immense carcasse était rompu, puisque des êtres humains venant de l'île avaient osé l'aborder et l'escalader.

Pierre, Friquet et le jeune Chinois, dissimulés derrière une anfractuosité de roche, attendaient l'événement annoncé. Le marin riait de son large

rire. Le cercle noir formé par les barques des Papous allait en se rétrécissant. Elles n'étaient plus
qu'à une vingtaine de mètres du *Lao-Tseu*, quand
tout à coup, une immense colonne de fumée, bientôt suivie d'une longue coulée de flammes, jaillit
jusqu'à la pomme du grand mât. La mer se creusa,
les vagues chassées latéralement sous la poussée
du bordage s'élevèrent en moutonnant, puis, une
détonation formidable retentit, ébranlant le sol,
secouant les troncs des arbres. Le navire venait de
sauter, culbutant pirogues et équipages, frappant
d'épouvante les insulaires massés sur le rivage.

Puis, les flots couverts de débris reprirent lentement leur niveau, sans autre dommage d'ailleurs
que l'anéantissement des pirogues, car les noirs
bateliers apparurent bientôt, nageant éperdûment
vers la côte et en soufflant comme une troupe de
marsouins poursuivis par un squale.

— Le feu d'artifice en question, dit Pierre.
C'est l'affaire d'un baril de poudre que j'ai ren-
contré à l'arrière, et que les coulies avaient dé-
bouché croyant sans doute qu'il contenait du tafia.

« De cette façon, les Pongos auront peut-être
dans l'avenir un peu plus de respect pour ces
grandes machines flottantes et ceux qu'elles transportent. En somme, la leçon n'a pas été trop rude

et ils seront quittes pour construire de nouvelles pirogues.

— Ma parole, ils ne doivent plus savoir où donner de la tête, au milieu de tous ces tonnerres qui craquent à leurs oreilles depuis deux jours.

« Sais-tu bien que tu risquais fort de les mettre tous en bouillie, au cas où l'explosion se serait produite deux minutes plus tard. »

— Pardieu le beau malheur ! Quand j'aurais exterminé deux ou trois douzaines de ces vermines, crois-tu que je m'en serais beaucoup plus mal porté ? C'était une chance à courir. Ils sont revenus sains et saufs, tant mieux pour eux. Je n'arracherais pas un cheveu à un enfant, tu me connais, n'est-ce pas. Mais depuis que j'ai vu ces ignobles bêtes fauves se ruer sur trois cents malheureux sans défense, les éventrer tout vifs, boire leur sang et les dévorer, je t'avouerai que mes idées se sont singulièrement modifiées à l'endroit de ceux que les voyageurs en chambre appellent les « bons sauvages ».

— Sans doute, répondit Friquet avec un soupir. Il faut se défendre des attaques de l'homme primitif, comme de celles des bêtes fauves. Mais il n'en est pas moins profondément triste de voir toujours et partout les créatures s'entretuer.

— Voudrais-tu les apprivoiser en leur donnant du sucre ?

— C'est positivement la réponse que je fis à M. André quand nous étions prisonniers des Osyébas.

— Nous sommes donc du même avis. Je crois que la leçon a été moins rude que je ne le supposais. Vois-les donc, ces enragés, comme ils montrent le poing au ciel et à la mer, comme ils invectivent je ne ne sais quelle divinité inconnue...

« Décidément, nous ne sommes pas encore sortis d'ici.

— Non, mais demain.

— Ah ! bah. Tu as donc fait la route ? Tu sais donc où nous sommes ?

— Oui.

— Dis-voir un peu.

— Tout de suite. C'est une surprise, tu sais. Nous sommes, sauf une erreur bien minime, sur l'île Woodlarck, un mauvais pâté de corail qui n'a guère plus de quarante-cinq à cinquante milles de tour, et se trouve par 9° de latitude Sud, et 153° de longitude Est du méridien de Greenwich.

— Matelot, tu me confonds.

— Nous sommes par conséquent, reprit Friquet sans paraître remarquer l'interruption, à environ 3° de la pointe orientale de la Nouvelle-Guinée.

— Trois cents kilomètres, comme disent les terriens.

— C'est parfaitement cela. Nous allons tout simplement nous embarquer sur notre coquille de noix, et aller retrouver la Nouvelle-Guinée.

— Il n'y a rien d'impossible à cela, bien que ce you-you indigène ne me paraisse guère d'un tonnage à affronter la pleine mer.

— Les Mélanésiens et les Polynésiens ont fait souvent des traversées de quatre ou cinq cents lieues dans des embarcations comme celle-ci.

— Du moment que des sauvages l'ont fait, nous en viendrons à bout.

« Mais une fois en Nouvelle-Guinée, que ferons-nous?

— Nous gagnerons la côte Sud. Puis nous continuerons notre navigation vers l'Ouest, mais sans perdre de vue les terres.

— Un simple cabotage, quoi. Est-ce qu'il y en aura pour longtemps?

— Dame, oui. Puisque nous devons côtoyer tout le golfe de Papouasie depuis le 151° méridien.

— ... de Greenwich.

— Toujours de Greenwich... Nous disons depuis le 151° de longitude Est, jusqu'au 142°.

— Cela fait neuf degrés, en ligne directe, si je sais compter.

— Oui, un petit minimum de deux cent vingt-
cinq lieues, puis nous devrons nous trouver en face
le détroit de Torrès.

— Et alors que deviendrons-nous?

— Nous verrons à nous faire rapatrier.

— Par quel moyen?

— Laisse-moi t'en offrir la surprise plus tard.

— Si ce n'est pas plus difficile que cela....

— Il y a au contraire des difficultés inouïes.
Pense donc aux seuls périls de la navigation à travers ces pointes qui hérissent la mer. Oublies-tu
que nous n'avons que les astres pour nous guider?
Tu connais l'importance essentielle d'une bonne
direction. Comptes-tu pour rien les rencontres pro-
bables avec les compatriotes des bonnes gens chez
qui nous nous trouvons et la disette possible de
vivres ou d'eau?

— Tu as raison, mon fi. Prudence n'est pas pol-
tronnerie. La véritable bravoure consiste à envi-
sager froidement un péril, et à combiner les moyens
de le conjurer.

« ... J'ai dit une bêtise?

— Pas le moins du monde. Le complément de
cette vraie bravoure consiste positivement à regarder la chose possible comme faite, et l'impossible comme réalisable.

— Ah! encore un mot. Où diable as-tu fait cette

belle découverte relative au lieu où nous sommes, ainsi qu'au but vers lequel nous allons nous diriger ?

— Dans la chambre du capitaine américain, où j'ai ramassé ce chiffon de carte.

— Une vraie trouvaille, matelot, d'autant plus que j'ai là de quoi assurer notre direction, au cas où les astres seraient cachés par les brumes.

— Qu'est-ce donc ?

— Ce brimborion là, fit-il en montrant une petite boussole attachée en breloque à sa grosse montre d'argent.

— Bravo ! je n'aurais jamais osé tant espérer. Allons, ça va bien, la pirogue est largement approvisionnée, demain nous dérapons au lever du soleil.

Après une bonne nuit passée à bord, la première depuis longtemps, Pierre allait dresser le mât et larguer la voile, quand un juron carabiné de matelot en fureur lui échappa.

Une ligne noire de pirogues, montées par plus de deux cents Papous, formait devant la baie un demi-cercle menaçant, pendant qu'un nombre égal de guerriers, armés de pied en cap, terminaient, sur terre, la seconde moitié de la circonférence.

Les trois naufragés étaient cernés de tous côtés.

CHAPITRE VII

La cascade de jurons expectorés par Pierre avec
une surabondance et un pittoresque remarquables,
se fondit tout à coup dans un vaste accès d'hilarité.

— Eh bien ! nous allons rire, mes chérubins à
peau noire.

« Attends un peu, les mangeurs de monde, je
m'en vais te servir un plat de ma façon.

9

« Tu as de bonnes dents, les Pongos, nous verrons si tu digèreras celui-là. »

Puis, s'adressant au Chinois et à Friquet :

— En haut le monde !... Chacun à son poste pour
l'appareillage.

Friquet, connaissant les ressources infinies que
le marin tenait en réserve dans son esprit inventif,
déplia la voile livarde enverguée sur le mât, dressa
celui-ci, saisit l'écoute, et attendit de nouveaux
ordres. La pirogue n'avait naturellement pas de
gouvernail. Pierre prit place à l'arrière, disposa
à ses pieds le sac dont le contenu avait intrigué
Friquet la veille sur la carcasse du *Lao-Tseu*, et
empoigna une longue pagaye devant servir de godille.

— C'est paré ?

— Paré ! répondit brièvement Friquet.

— Adieu vat !...

La voile se gonfla au souffle de la brise, l'embarcation s'inclina gracieusement, et fouilla de son
avant les flots verts de la crique, pendant que son
arrière soulevait un blanc sillage d'écume.

— Tu as toujours ton briquet, n'est-ce pas, mon
fi ?

— Avec la mèche et le silex.

— Bon. Bats le briquet et allume la mèche.

— Voilà qui est fait.

— Va bien, maintenant donne-la moi et laisse-moi faire.

« Je gouverne droit sur la ligne. Si l'on me laisse passer, je ne dis rien. Mais si l'on fait mine d'accoster, ma foi tant pis ! à la guerre comme à la guerre.

« Toi, prépare les flingots. Pendant que je me débrouillerai avec les Pongos, rien ne t'empêche de leur souffler au nez quelques balles de calibre. Laisse-les commencer. »

C'était un spectacle étrange et terrible, que l'aspect de cette flotille rangée dans un ordre irréprochable, à moins de cinquante mètres, et montée par une horde de hideux sauvages, à la face grimaçante, qui attendaient, le bras levé, armés de haches, de pierres, et de lances. Ils se taisaient, et ce silence farouche était plus poignant encore que leurs clameurs habituelles.

Il fallait véritablement un courage à toute épreuve, pour se jeter avec un tel sang-froid sur cette ligne lugubre, béante comme la gueule immense d'un animal apocalyptique.

Pierre le Gall souriait. Friquet, armé d'un fusil, avait abaissé jusque sur ses yeux la visière de sa casquette pour n'être pas gêné par le soleil. Le pauvre petit Victor claquait des dents, blotti derrière le Parisien. Leur embarcation n'était plus qu'à trente mètres des Papous, quand une pierre passa en sifflant aux oreilles du maître canonnier.

Ce fut comme un signal. Les pirogues placées aux extrémités du demi-cercle se mirent en mouvement pour cerner les Européens. Puis, d'épouvantables hurlements retentirent et les pierres se mirent à pleuvoir autour des trois amis. Tentative inutile d'ailleurs, car ils s'étaient prudemment baissés au ras du bordage, prêts à répondre en temps opportun.

Pierre accomplit alors une singulière manœuvre. Fouiller dans son sac, en tirer une boule du volume d'une grosse orange, l'approcher de la mèche en ignition, fut l'affaire d'un moment.

— Ah! Vous voulez nous massacrer, mes gaillards, cria-t-il d'une voix tonnante. Eh bien vous allez en voir de belles. Je vais vous apprendre à jouer aux boules, moi!

Il dit, et lança à toute volée le projectile qu'il tenait à la main. Une légère fumée l'accompagna pendant sa course; puis, il tomba au beau milieu de la pirogue la plus rapprochée sur la droite. Friquet faisait en même temps feu sur celle de gauche. Deux détonations retentirent à quelques secondes d'intervalle. L'une, sèche, stridente, suivie d'un sifflement; l'autre, sourde, comme étouffée, se produisit dans l'embarcation ennemie.

Une épaisse fumée blanche l'enveloppa aussitôt,

pas assez vite cependant pour que l'on ne vît la mince coque de bois, horriblement fracassée, et les quatre hommes qui la montaient précipités dans la mer, morts ou grièvement blessés.

— Sacrebleu ! s'écria le Parisien. C'est une grenade.

— ... Et mûre à point, n'est-ce pas. Hein ! Parisien, tu n'as jamais lancé des pommes cuites de ce calibre là aux « cabots » qui faisaient des couacs sur la scène.

« Vlan !... Et de deux.

« Feu ! donc, tonnerre ! Feu de bordée, ou nous allons être pris ! »

Les cris de rage et de douleur atteignaient une intensité inouïe. Les cailloux de basalte et les sagayes pleuvaient de tous côtés, mais les coups mal assurés des assaillants ne pouvaient atteindre les Français et le celestial blottis dans leur canot.

Pierre fit tant et si bien, lança ses « pommes cuites » avec tant d'adresse et de bonheur, qu'une large brèche s'ouvrit bientôt dans la redoute mouvante.

— Eh ben ! les moricauds, t'en as assez, pas vrai. Laisse-nous donc aller à nos affaires, et rentre chez toi.

« Ouvre l'œil au bossoir, matelot. Tu sais ce que c'est qu'une pièce de chasse, pas vrai ?

— Oui.

— Fais comme si ton flingot en était une et flanque-moi par terre le premier qui voudra nous courir dessus.

Cette recommandation était inutile. Les « Pongos » en avaient assez pour cette fois. Ils étaient battus, mais battus à plate couture. Leurs pertes étaient considérables en hommes et en embarcations. De nombreux torses d'ébène flottaient sur les lames, mêlés à des éclats de bois, à des fragments de mâts, à des lambeaux de toile.

L'œuvre de dévastation était complète.

— Ma foi, dit Pierre le Gall, au moment où poussée par sa voile, la pirogue, semblable à un oiseau de mer, glissait sur les flots, ce n'est pas nous qui sommes allés les chercher. Contents ou non, qu'ils se débrouillent. Moi, je m'en lave les mains comme défunt Ponce-Pilate.

« Hein, qu'est-ce que tu dis de cela, matelot?

— Je dis que nous étions pincés, cuits et mangés si tu n'avais eu l'idée de rapporter du navire ton sac à la malice.

« Je me demande un peu, par exemple, ce que les païens du *Lao-Tseu* pouvaient faire de ces joujoux-là.

— Comment, tu l'ignores, toi qui sais tant de choses?

— Absolument.

— Les bateaux portant des coulies, sont ordinairement armés de caronades toujours chargées à mitraille, et disposées dans l'entrepont, en cas de révolte. Quand les celestials commencent à entrer en branle et à démolir les cloisons, à un signal, une partie de ces cloisons glissent sur des rai nures, laissant la place suffisante au passage du paquet de mitraille.

« Ceux dont le bâtiment n'est pas agencé de la sorte, se contentent d'emporter un assortiment de grenades qu'on lance, s'il y a lieu, du haut du panneau des écoutilles. Ça manque rarement son effet.

— C'est féroce, mais expéditif.

— Ah! sacrebleu !...

— Qu'y a-t-il encore ?

— Nous n'avons pas d'eau.

— Tu crois !

— Dame ! si j'étais à terre, et dans les parages de la mère Bigorneau, de Lorient, je ne m'inquiéterais guère de cette satanée tisane à grenouille. Mais, ici, près d'affronter la pleine mer, le manque d'eau me semble grave.

— Comptes-tu pour rien ces trente et quelques cocos, qui en contiennent chacun un bon demi-litre, et ces deux petits tonnelets, dont la capacité peut être d'une dizaine de litres chacun.

— Des tonnelets... où diable les prends-tu ?

— Tu les vois comme moi. Ils sont de fabrication indigène, sans cercles ni douves, et se composent de deux entre-nœuds de bambous, coupés fort proprement ma foi, avec les haches de pierres des mécréants que nous venons de quitter.

— A la bonne heure. Tu me rassures. Car, vois-tu, j'aimerais mieux cent fois rester quatre jours sans une miette de biscuit, que douze heures sans boire.

« Puisqu'il en est ainsi, va de l'avant, et gouverne au Suret (Sud-Est). »

La pirogue papoue, bien soutenue par sa jumelle formant balancier, affrontait vaillamment la pleine mer. La voile suffisait seule à la faire marcher, car la brise était bonne, et les pagayes restaient au repos, en prévision d'un calme plat. Pierre s'orienta à l'aide de sa minuscule boussole, releva la route à parcourir sur le lambeau de carte, et confiant dans l'avenir, alluma sa pipe.

Grâce à la brise, la chaleur était fort supportable, et cette première journée s'écoula comme une véritable partie de plaisir. La nuit vint, et pour comble de bonheur, la lune apparut, répandant une lumière suffisante pour guider la marche du léger esquif.

Bien que la carte n'indiquât pas de récifs, Pierre et Friquet savaient que l'hydrographie de cette partie de l'Océanie est encore bien incomplète, et ils bénissaient la vue de notre satellite dont le pâle sourire se réflétait sur les lames tranquilles.

Ils avaient modéré l'allure de la pirogue, et bien leur en prit, car après vingt-quatre heures de navigation, au moment où le soleil apparaissait, ils entendirent par l'avant un vaste mugissement de cataracte.

— Voyons, dit Pierre, où diable sommes-nous? Je n'ai pas fait fausse route, pourtant. La carte n'indique rien, et nous entendons la mer briser à moins d'un mille sous le vent.

« Nous sommes, à l'estime moyenne, au moins à quarante-cinq milles de l'île du Massacre. Puisque l'aiguille aimantée me dit que nous faisons la route, c'est que nous sommes en face d'un écueil inconnu jusqu'à présent.

« Le meilleur moyen d'éviter un récif avec une coquille de noix comme la nôtre, que l'on peut arrêter à volonté, est de gouverner dessus. » »

Pour plus de précautions, Pierre, craignant la

9.

présence d'un courant qui eût pu drosser la barque
à la côte, s'arme, ainsi que Friquet d'une pagaye
et après deux heures d'une « nage vigoureuse »
ils abordent à une terre étrange dont la vue fait
jeter au Parisien des cris d'admiration.

Ce minuscule continent est un attole, une de
ces îles de coraux, si bien décrites par l'illustre
Darwin, qui s'étendent circulairement autour
d'une lagune intérieure à laquelle ils servent de
ceinture. A part une imperceptible bande d'un
sable blanc et fin qui en ourle le bord, l'îlôt, affectant la forme d'un bracelet, est tout entier composé d'une substruction corallienne. C'est le véritable prototype de l'attole. Il est environné, ainsi
que l'île Woodlarck, d'une ceinture large et plate,
sorte de rebord extérieur en roche de corail qui
arrête et brise l'effort de la mer. La végétation est
monotone et quelques rares espèces d'arbres croissent sur ce roc. Il faut le climat des régions tropicales, pour produire ce phénomène d'une végétation vigoureuse néanmoins, sur ce terrain
calciné, rocailleux. L'éternel cocotier, l'arbre par
excellence des îles de coraux, se découpe en élégantes frondaisons, à travers les trois ou quatre
autres variétés semées par les vagues sur ce refuge
de déshérités.

Du côté du vent, le ressac amène des semences

et des plantes. Savonniers, ricins, dragonniers,
muscadiers, vignes vierges, arrachés par le typhon
aux grands continents asiatiques, s'en viennent
échouer, humbles graines, avec des géants, comme
les tecks, les cèdres rouges ou blancs, et jusqu'aux
gommiers bleus d'Australie, tous dans un état parfait de conservation. L'on suppose que vu la direction des vents et des courants, ces épaves sont pous-
sées par la mousson du Nord-Ouest jusqu'aux
côtes du continent australien, et ramenées par
les vents alizés du Sud-Est. Il va sans dire qu'un
certain nombre de graines ne résistent pas à une
immersion aussi prolongée. Mais, si les plus délicates périssent, les plus robustes survivent avec
toute leur puissance germinative, témoin les végétaux qui couvrent la plupart des îles de corail.

Peu ou point d'animaux terrestres. Quelques
lézards, de nombreuses araignées, et d'innombrables légions de ces petites fourmis folles, qui
courent toujours éperdues en zig-zagant à angle
droit. De tous côtés de nombreuses variétés de
crabes-ermites promènent gravement sur leur dos
la carapace dérobée à la plage, puis tout un monde
d'oiseaux de mer : fous au bec dentelé, frégates,
damiers, pailles-en-queue, hirondelles de mer,
tournent effarés, piaulant; et piquant des têtes fu-
rieuses au beau milieu de l'eau limpide. Mais, si ce

sol, dont la mince couche d'humus formée de rares détritus organiques et percée par sa charpente calcaire, est presque désert, la vie surabonde dans l'élément liquide. Il n'est pas d'anfractuosité, d'humble recoin où ne s'ébattent d'admirables poissons, aux reflets éblouissants, pas de grotte que ne tapissent de splendides zoophytes.

Telle est en outre l'incroyable limpidité de l'eau que l'œil peut plonger jusqu'au fond solide formé par les broussailles enchevêtrées de la forêt de pierre. Attirés par la proximité de la côte, une foule de poissons bariolés, remuants, rapides, vont, viennent, se poursuivent, s'entrecroisent, s'enfuient, se dévorent, et c'est un spectacle inouï, que la vue de ce brillant défilé de figurants, cuirassés d'or et d'argent, au pourpoint de velours constellé de gemmes, corselés d'écailles de fer, hérissés d'épines, moustachus comme des magyars, sombres, chatoyants, longs, minces, ronds, plats, étroits, grotesques ou terribles, qui évoluent en promenant leurs bigarrures, leurs casques osseux, leurs anneaux déliés, leur masse fruste, leurs vêtements bizarres, ou leurs sombres livrées. Balistes à face charbonnée, mauvais nageurs confinés au rivage, Chétodons (*Klipvisch — poisson de roche des Hollandais*) annelés d'ébène, de pourpre, de rose et d'azur, sur un fond d'or et d'argent, et dont les écailles réfléchissent comme des prismes les rayons lumineux, Girelles rouges, dont la robe écarlate est ceinte d'une écharpe d'or, Ménés Argentés, semblables à des lunes piquées de points noirs, Pyropèdes-Phosphorescents, qui rayent de feu les cavernes profondes, Serrans-Écriture, aux flancs parcheminés, olivâtres, couverts de lignes cabalisques, véritables grimoires vivants, Pomacentres-Paons-de-Mer, dont les écailles rivalisent d'éclat et de fraîcheur avec les plumes du Paon de terre, Glyphysodons, aux nageoires de pourpre implantées sur un corps d'azur, Germons à écharpe, longs d'un mètre, enfermés dans une cuirasse d'acier, Toxotes-Archers remarquables par leur habileté à projeter, avec la gueule, à plus d'un mètre dans l'air, une goutte d'eau manquant rarement l'insecte qu'ils convoitent, Acanthures-Chirurgiens, régulièrement striés comme le Zèbre, et portant près de la queue deux épines redoutables produisant de douloureuses blessures, Oligopodes-Éventails, bruns tachetés de blanc, aux nageoires immenses, Holocentres, nommés et pour cause « cardinaux » par les Français, et « hommes rouges » par les Anglais, Prionures armés comme l'Acanthure-Chirurgien, Anabas, étranges entre tous par la propriété qu'ils ont de pouvoir quitter pour un certain temps leur élément en emportant

leur provision d'eau, et de grimper aux broussailles en s'aidant de leurs épines et de leurs
écailles, Kurtes-Cornus, aux écailles invisibles, au
corps transparent, véritable phénomène zoolo-
gique, Scolopèdes emprisonnés dans une mosaïque
de larges plaques écailleuses, Priachantes à gros
yeux, Scorpènes hideux, hérissés d'épines veni-
meuses, appelés vulgairement Crapauds de Mer,
Diables de Mer. Enfin, la bande armée de ces petits
requins à ailerons noirs, pillards audacieux, vo-
races, toujours aux aguets, et dont l'espèce pullule
aux environs de la Nouvelle-Guinée.

Les trois amis contemplaient émerveillés ce
spectacle, et il fallut toutes les préoccupations du
moment pour les en arracher. Le débarquement
opéré, la pirogue solidement amarrée à un arbre,
ils prirent pied sur le récif et vaquèrent à ces oc-
cupations habituelles à tous les naufragés, qui
sont : la recherche d'un campement à proximité
de l'eau douce et du bois, tout en restant en vue
de la côte. Cette première partie du programme
s'exécuta avec un bonheur auquel nul d'entre eux
n'était habitué depuis le départ de Macao. Non
seulement ils trouvèrent un emplacement convenable, mais encore de l'eau douce en abondance.
Cette eau provenant des pluies, était conservée
dans des vasques naturelles formées par le corail,

et d'épaisses broussailles en avaient heureusement empêché l'évaporation.

Aussi la gaieté régna-t-elle bientôt sur l'attole, cette bonne gaieté gauloise, qui célèbre par un large rire les moments de bonheur, nargue plaisamment les jours néfastes, s'accommode de tout et de tous, oppose même aux lugubres approches de la mort, une suprême et joyeuse bravade. Le Chinois Victor, taciturne comme le sont habituellement ses compatriotes, avait lui-même, en devenant Français d'adoption, commencé à participer à cette joyeuse humeur.

Pierre le Gall, le sybarite, moelleusement allongé sur une épaisse couche de feuilles de palmier, savourait avec béatitude les joies de la position horizontale, tout en surveillant la cuisson d'une énorme tortue qui mijotait dans son écaille. Entre temps, le digne mathurin, sans se distraire de sa contemplation, interpellait Friquet, et faisait appel aux connaissances de son ami.

— Pour lors, matelot, disait-il, nous sommes sur une terre, qui censément ne serait pas de la terre.

— Sans doute, si tu donnes ce nom aux différentes couches composant les terrains ordinaires et qui renferment tous les minéraux, avec tous les échantillons géologiques.

— C'est bien drôle. Ça m'avait été dit souventes fois à bord, par les conteurs du gaillard d'avant, mais on vous envoie tant de « blagues » autour de la mèche que, ma foi, je n'y avais guère cru.

— C'était la vérité. Tu peux vérifier cela toi-même puisque nous sommes sur un banc de corail.

— Le même qui est accommodé de trente-six façons en fanfreluches roses par les bijoutiers, et que les élégantes de toutes les parties du monde portent aux oreilles, au cou, aux poignets, et même au nez.

— Exactement le même.

— Comme c'est bizarre. Mais comment cela pousse-t-il au fond de l'eau, dis voir, mon fî.

— Je n'en sais pas bien long sur cet article-là ; André m'avait donné un livre écrit par un savant anglais qui s'appelle Darwin...

— Encore un Engliche !

— Sans doute. Malheureusement notre débâcle est arrivée au moment où j'allais l'étudier. Tout ce que je peux te dire, c'est que de petits animaux, groupés en quantités innombrables, produisent cette matière pierreuse, rosée, un peu comme l'huître sécrète sa coquille, et que par leur grand nombre et leur travail incessant ils arrivent à encombrer certaines mers.

Pierre le Gall sembla se livrer à un calcul des plus laborieux, dans lequel il s'enfonça en hochant la tête.

— Extraordinaire!... Miraculeux!... murmura-t-il.

Puis, il se tut et demeura complètement absorbé.

C'était grand dommage que le Parisien, dont la prodigieuse mémoire conservait avec tant de fidélité les semences qui lui étaient confiées, n'eût pas eu la faculté d'entreprendre cet attrayant sujet d'études. Nul doute qu'avec son élocution facile et pittoresque, ses métaphores simples et judicieuses, il n'eût fait à son ami une intéressante dissertation sur ces infiniment petits qui réalisent l'infiniment grand.

Il eût pu lui dire aussi l'impression profonde ressentie par l'illustre naturaliste anglais, la gloire de la science contemporaine, à la vue de l'imposant spectacle offert par les attoles, avec ces élégants cocotiers, ces lignes de buissons verdoyants, cette marge plate, infranchissable barrière semée de blocs épars, enfin, cette frange de vagues écumantes qui se ruent à l'assaut des récifs.

En effet, l'Océan, comme un invincible et tout puissant ennemi, lance ses flots dont la masse irrésistible éparpille les digues construites par les hommes, broie les falaises, sape les montagnes, et il est repoussé, vaincu par les moyens les plus élémentaires.

Ce n'est pas qu'il épargne les roches de corail, dont les gigantesques éclats, roulés sur les plages et projetés au loin, attestent sa toute-puissance. Son attaque farouche se perpétue sans trève ni merci. La houle, cette houle sans fin du Pacifique, enflée par la douce et constante influence des vents alizés, soufflant toujours dans la même direction sur cet espace infini, soulève des vagues atteignant parfois la hauteur de celles qu'accumulent les tempêtes de nos zônes tempérées. Phénomène étrange, ces humbles rives demeurent victorieuses, alors qu'en voyant la perpétuelle furie des flots, l'esprit est assuré qu'une île formée du roc le plus dur, de porphyre, de granit ou de quartz, serait bientôt démolie par cet irrésistible effort.

C'est que contre cet incessant travail de désorganisation, une puissance réparatrice est entrée en lutte à son tour. La force organique, représentée ici par le polypier, s'empare un à un des atomes de carbonate de chaux contenus dans la mer. Elle sépare ces atomes de la bouillonnante écume, et les unit dans une symétrique structure. Qu'importent les énormes rochers que la tempête arrache par milliers aux barres coralliennes. Que peut sa force aveugle contre le travail de myriades d'ar-

chitectes, à l'œuvre nuit et jour. Le corps mou et
gélatineux d'un humble polype, réussit à vaincre,
par l'action des lois vitales, l'immense pouvoir mé-
canique des vagues de l'océan, auxquelles ne résis-
teraient ni l'art de l'homme, ni les ouvrages inani-
més de la nature.

Un volume suffirait à peine, pour décrire ces
ingénieux et infatigables ouvriers, leur structure,
leurs mœurs, leur naissance, leur vie, leur mort.

Ces écueils, qui encombrent aujourd'hui sur plusieurs centaines de mille kilomètres carrés les
plaines du Pacifique et que le grand naturaliste
range en trois grandes classes : attoles, barrières et
franges de coraux, ont de tout temps excité un étonnement sans bornes chez la plupart des navigateurs qui ont traversé le Grand Océan. Dès l'année
1605, Pyrard de Laval s'écriait : « C'est merveille
de voir chacune de ces lagunes, qui de leur nom
indien s'appellent attoles, environnées d'un grand
banc de pierre tout autour et n'ayant point d'artifice humain. »

Les premiers voyageurs imaginèrent que les polypes du corail bâtissaient d'instinct ces grands
cercles pour se protéger dans la lagune intérieure.
Mais, comme le dit excellemment Darwin, les espèces massives dont la croissance aux bords exter-
nes garantit seule l'existence des récifs, ne *peuvent*

vivre dans les eaux tranquilles de l'intérieur de l'attole, où d'autres coraux délicatement ramifiés s'épanouissent. Il faudrait donc, dans ce cas, que ces espèces, de famille et de genre distincts, se fussent concertées dans un intérêt commun ; or, la nature n'offre aucun exemple d'une telle combinaison.

La théorie la plus généralement admise, fut que les attoles sont fondés sur des cratères sous-marins. Mais, l'étendue de quelques-uns parmi ces écueils, leur forme, leur nombre, et la position relative des autres, s'opposent à cette hypothèse.

Une troisième opinion plus spécieuse fut avancée par Chamisso, dans la relation du voyage qu'il fit autour du monde en 1815, avec le capitaine russe Krusenstern et le fils du fameux Kotzebüe.

A son avis, la croissance des coraux étant d'autant plus vigoureuse qu'ils sont plus exposés au flux et au reflux, ceux du bord extérieur s'élancent toujours les premiers de la fondation commune, et déterminent la forme circulaire du récif. Chamisso, comme les promoteurs de la théorie des cratères, a omis cette importante considération : c'est que les zoophytes coralliens (de nombreux sondages l'ont démontré), ne sauraient vivre et construire au dessous de trente mètres de profondeur. Sur quelles bases auraient-ils donc pu jeter les fondations de leurs indestructibles édifices ?

Il est inadmissible que dans ces mers insondables, à d'aussi grandes distances d'un continent, là où les eaux sont si limpides, les sables se disposant par masses à flancs escarpés, se soient groupés irrégulièrement ou étendus en lignes de plusieurs centaines de lieues, pour préparer les fondations aux polypiers. Il est non moins improbable, que des volcans se soient soulevés à travers ces espaces immenses, pour venir s'arrêter juste, entre vingt et trente mètres de la surface des eaux, pour permettre aux zoophytes de s'établir. Si donc les fondations sur lesquelles les coraux élevèrent les attoles ne sont pas des dépôts de sable, si pour atteindre la hauteur voulue, le sol n'a pu se hausser, il a fallu qu'il s'abaissât. C'est l'unique solution probable. « Ainsi donc, affirme encore Darwin, montagnes après montagnes, îles après îles, sont lentement descendues sous les vagues, offrant successivement de nouvelles bases à l'établissement des coraux. J'oserais défier d'expliquer autrement les faits; toutes les îles étant à fleur d'eau, toutes bâties par les polypes du corail, il a fallu à toutes une base établie à la même profondeur. »

Ces barrières protectrices qui entourent les petites îles, ou s'étendent devant les rives d'un continent, sont toutes séparées de la terre par un large canal assez profond, et semblable à la lagune inté-

rieure ·de l'attole. La limpidité, la tranquillité de
ces eaux est bien caractéristique, témoin le canal
qui baigne l'espace compris entre la ceinture de
l'île Bora-Bora et l'île proprement dite.

Ces ceintures coralliennes sont d'étendues très
variables. Celle qui fait face à la Nouvelle-Calédonie et la cerne aux deux extrémités, n'a pas
moins de cent trente à cent cinquante lieues.

Phénomène étrange, le récif descend en pente
douce, en talus très incliné du côté intérieur, c'est-
à-dire dans le canal intermédiaire, tandis qu'à
l'extérieur, il monte à pic comme une muraille escarpée de deux ou trois cents pieds. Construction
singulière, que celle de ces îles s'élevant comme
une forteresse sur une haute montagne, protégée
par un colossal rempart de roches coralliennes,
toujours escarpée en dehors, parfois en dedans,
dont le sommet se termine par une vaste plate-
forme, et dont la base est de distance en distance
percée de brèches qui ouvrent aux plus grands
vaisseaux l'accès de ses larges fossés.

Deux mots encore relativement à cette digres-
sion bien trop courte, relativement à l'importance
que comporte un semblable sujet. Nulle théorie, à
moins qu'elle n'explique les barrières, les franges
et les attoles, ne saurait être satisfaisante. C'est
ainsi que Darwin a été amené à croire à l'abaisse-

ment de vastes espaces parsemés d'îles ne s'élevant
pas au-dessus de la hauteur où le vent et les vagues
peuvent accumuler des débris, et qui pourtant
sont construites par les polypes qui ont besoin, pour
asseoir leurs édifices, de bases d'une profondeur
limitée. Il suppose qu'une île frangée de récifs,
s'enfonce insensiblement ou de quelques pieds à
la fois. Les masses de coraux vivants que baigne
le ressac de la haute mer, stimulés par le choc violent des vagues qui leur apportent leur nourriture,
auront bientôt regagné la surface. L'eau cependant
continuant d'empiéter peu à peu sur la rive, et
l'île s'abaissant de plus en plus, de plus en plus
rétrécie, l'espace entre elle et le récif s'élargira
constamment et le canal ainsi agrandi sera plus
ou moins profond à raison de l'abaissement du
terrain, de l'accumulation du sédiment, et de la
croissance des coraux à branches délicates, les
seuls qui puissent vivre dans les lagunes.

Voilà comment les terrains se reculant des récifs
leur servant primitivement de franges, les récifs
conservent, malgré leur écartement, la forme des
rivages qui leur ont servi de moules. Voilà comment la frange des récifs devient une barrière, dis-
tante parfois de quinze lieues des rives qu'elle cir-
conscrit.

Si au lieu d'une île c'est un continent qui s'a-

baisse, le résultat est identique, mais dans des proportions plus grandes. Les montagnes deviennent
peu à peu des îlots, encerclés au loin par la barrière qui, lorsque ses sommets disparaissent, devient un atolle environnant une lagune immense.
En tirant perpendiculairement de l'arête saillante
des nouveaux récifs une ligne qui arrive aux fon-
dements de rochers supportant l'ancienne frange,
on verra que cette ligne dépasse les petites limites
auxquelles les coraux peuvent vivre, juste du
nombre de pieds dont les terres sont descendues.
Les petits architectes, à mesure que s'abaissait la
fondation primitive, ont bâti sur la base formée
par les premiers coraux et par leurs fragments
consolidés.

A quoi penses-tu, matelot. (Page 169.)

CHAPITRE VIII

— A quoi penses-tu, matelot? demanda Pierre
le Gall, qui enfin arraché à son mutisme par les
effluves embaumées s'exhalant de la tortue, s'aperçut que son ami était à son tour tombé dans un silence profond.

Le Parisien tressaillit comme s'il eût entendu une
voix étrangère. Puis après cette rapide manifesta-
tion d'une émotion passagère, il répondit d'une

10

voix lente et grave contrastant singulièrement avec la joyeuse humeur qui lui était habituelle :

— Ce n'est pas la première fois que mon pied foule le sol d'une île de corail, d'un attole, et notre séjour ici me rappelle le souvenir d'une époque dramatique de ma vie pourtant si tourmentée. Il n'y a pas encore tout à fait trois ans, les grottes sous-marines d'un récif analogue à celui-ci, furent le théâtre d'une lutte terrible. Le vaillant équipage d'un croiseur français, après avoir poursuivi sans trève ni merci de mystérieux bandits, les avait acculés dans leur repaire... un attole situé par 143° de longitude Est de Paris, et 12° 22' de latitude Sud. C'est-à-dire à moins de cent-quatre-vingts lieues terrestres d'ici...

— Mon navire... *L'Eclair !* s'écria Pierre d'une voix étouffée... Le commandant de Valpreux... mon officier.

— Tu te rappelles aussi, n'est-ce-pas, mon vieil ami. De pareils souvenirs laissent une impression ineffaçable.

— Tonnerre ! C'était terrible en effet.

— Les naufrageurs, ces ennemis de la société que nous n'avons jamais connus que sous le nom de *Bandits de la mer*...

— ... Les bien nommés...

— Résistèrent comme des furieux. Défenseurs

·d'une bonne cause, ces damnés eussent été des
héros. Les pointes rosées de la broussaille sous-
marine, s'empourprèrent ce jour-là, et le nom
d'*Ecume-de-sang*, donné au corail possédant la
nuance la plus vive, ne fut plus une image, mais
une poignante réalité.

« Quel acharnement ! Quelle rage homicide !
Quel carnage !

« Te rappelles-tu, Pierre, le feu enragé qui nous
accueillit dans ce sombre couloir, alors que nous
nous avancions en rampant, guidés par Majesté.
Ces coups de tonnerre, répercutés par les cavités
de la grotte, ces éclairs rayant la nuit, ces siffle-
ments, ces éclats de roches arrachés par les balles,
ces cris de mourants...

— Oui, je me rappelle. Est-ce que l'on peut
oublier ça ? Puis, nous fûmes vainqueurs et pas
sans peine... C'était d'ailleurs le bon temps.

— Oh ! oui le bon temps, avec ce brave docteur,
ce cher monsieur André, mon père et mon frère d'a-
doption...

— ... Tous commandés par M. de Valpreux, le
plus crâne matelot de toutes les marines réunies.

— Je revois encore cette scène invraisemblable,
réelle pourtant qui termina l'expédition. Le capitaine des forbans, debout, au milieu de la vaste
salle voutée par les coraux qui saignaient sous l'é-

clatante lumière du fanal électrique... levant sa ca-
rabine... puis, visant l'épaisse plaque de verre
encastrée au fond de l'attole, et criant d'une voix
de tonnerre :

« C'est ici le tombeau des bandits de la mer !

« Il fit feu ! La vitre vola en éclats. L'eau se pré-
cipita dans la grotte, engloutissant morts et blessés, amis et ennemis...

« Puis les quatre notes du clairon... En retraite !

— C'est vrai, en retraite, mais après la victoire.

« Voyons, Friquet, mon fi, tu sembles tout chaviré. Il n'y a pas de quoi, au contraire. Les gredins étaient anéantis, monsieur André devint le
matelot du commandant, tu fus le mien à dater
de ce moment, et tout le monde fut content. Sais-
tu que pour des passagers à bord d'un navire de
guerre, vous aviez rudement travaillé. C'est que
sans vous, il n'y avait rien de fait.

— Je ne suis pas « chaviré » comme tu pourrais le croire. Mais je ne puis m'empêcher de penser avec gravité, à une chose aussi sérieuse. Et
pourquoi le cacher ? J'ai comme le pressentiment
que l'anéantissement de nos ennemis n'a pas été
complet. Cette association de naufrageurs avait
de trop vastes ramifications, son organisation était
trop complète, pour qu'elle ait été décapitée du
coup.

— Comment ! Est-ce que leur damné navire qui
pouvait se transformer à volonté en trois-mâts ou
en goëlette, qui marchait sans vapeur avec une
machine de sorcier, qui cachait son artillerie de
calibre qu'on aurait dit un marchand de morue,
est-ce que ce bâtiment d'enfer n'a pas été coulé
devant nous, au beau milieu de cet attole, comme
tu dis?

— Il s'est enfoncé devant nos yeux. Mais a-t-il
coulé par suite d'avarie? J'en doute. Qui te dit que
cet admirable produit de la science contemporaine
n'était pas susceptible d'une nouvelle transforma-
tion, au point de devenir un navire sous-marin ?

« Qui prouve qu'il n'est pas sorti de son impéné-
trable asile, plus fort, plus redoutable que jamais,
et qu'il n'écume pas encore les mers ?

— C'est possible, après tout. Mais le vieux gredin en chef, qui habitait à Paris cette espèce de
palais, et qui s'est noyé dans un égout, en s'en-
fuyant, au moment où les membres du conseil de
guerre pour les terriens allaient le coffrer, celui-là
est bien mort.

— C'est à dire qu'après une pluie d'orage, on a
retrouvé dans un égout communiquant avec la
maison habitée par le chef présumé des bandits,
un cadavre, la face dévorée par les rats, et com-

10.

plètement méconnaissable. Ce cadavre était-il bien le sien ?

— Tonnerre ! C'est vrai. Mais alors tout serait à recommencer.

— Sans doute, et dans des conditions désastreuses. Nous sommes en ce moment épars de tous côtés, sans un sou vaillant. La pauvreté nous importe peu, à nous, mais nous ne sommes pas seuls.

— Il y a l'enfant. Pauvre petite !...

— Tu ne l'a pas oubliée non plus !

— Moi, s'écria Pierre le Gall avec une vivacité singulière, oublier cette chère créature du bon Dieu ! Tu perds le Nord, matelot. Je la vois encore, avec ses longues tresses blondes comme des épis... ses grands yeux bleus, comme notre beau ciel... J'entends sa douce voix de bengali me dire, alors qu'après avoir passé un mois à terre, je tambourinais les vitres, soupirant après l'odeur du goudron : « Allons, mon bon Pierre, vous avez la nostalgie de la mer, il faut retourner bien vite à bord, puis revenir bientôt. Je m'ennuierai. Mais je vous écrirai. Oh ! je sais ce que c'est que le mal de l'Océan... C'est le mal du pays pour le marin. Ne suis-je pas fille de marin ? »

« Vois-tu, une musique comme celle-là, est plus agréable encore pour moi que le : Pare à virer ! Je ne l'entends pas avec mes oreilles, mais avec ça ! termina-t-il, en appliquant un coup de poing sur sa poitrine qui sonna comme un gong.

— Fille de marin ! reprit tristement le Parisien, elle croit que son père fut toujours un homme sans peur et sans reproche, digne de ce nom de matelot qu'il a souillé en devenant un pirate.

« Elle, Magge ! La fille de Flaxhant, le chef des bandits de la mer !

« Heureusement que nous sommes seulement cinq à connaître cet horrible secret, tous cinq hommes d'honneur : Monsieur André, le commandant, le docteur Lamperière, toi et moi. Notre petite sœur Marguerite sera heureuse.

— Le père est mort repentant. Sa faute est effacée. Tu dis bien, l'enfant sera heureuse.

— C'est vrai, mon ami, et le souci de ce bonheur m'attriste pourtant aujourd'hui. Plus j'y pense, vois-tu, et moins la série de catastrophes qui nous frappent me semble naturelle. Monsieur André ruiné, le docteur ruiné, le commandant ruiné, au point qu'il n'a plus que sa solde pour faire vivre sa mère et sa sœur. Tout cela en moins de deux ans ! Monsieur André, voulant refaire une fortune à sa fille d'adoption, monte, avec ses dernières ressources, cette affaire des *Planteurs-Voyageurs* de Sumatra. Il me prend au débotté, m'emmène ; tu étais à Toulon, on t'appelle, et nous partons

avec le docteur. Tout va bien pour commencer.
Mais la suite. Nous allons à Macao chercher des
coulies. Une simple promenade en temps ordinaire, et nous tombons sur un écumeur de mer
qui nous pille, nous vole, et nous enferme. Nous
n'avons plus aucun moyen d'action, et nous
sommes ici trois, dont un enfant, sur un récif
perdu, près des côtes de la Nouvelle-Guinée.

— Voyons, reprit Pierre avec émotion, est-ce
que tu croirais retrouver dans le dernier coup qui
nous frappe la main de nos ennemis?

— Pourquoi pas?

« Quoi qu'il en soit, dit-il, en recouvrant soudain
sa jeune et communicative énergie, nous sommes
frappés, mais non vaincus. Nous avons vu et souffert pis que cela, n'est-ce pas?

« Le temps passe, et nous avons une revanche
à prendre. Voilà pourquoi il nous faut recommencer au plus tôt notre navigation interrompue, rallier les pays civilisés, lutter énergiquement.

Après une nuit passée sur l'attole désert, la pirogue fut remise à flot, et les trois hommes lestés
d'une large ration de tortue, laissèrent bientôt derrière eux le récif corallien dont la présence avait
évoqué de si chers et si dramatiques souvenirs.
Quatre jours s'écoulèrent sans autre incident que

la vue de plusieurs terres séparées par des détroits de moyenne grandeur, et que Friquet crut, avec raison, être les îles d'Entrecasteaux. Ce groupe situé à la pointe Sud-Est de la Nouvelle-Guinée, est seulement connu de nom. Il est également l'œuvre des polypiers, et habité par des noirs aussi peu hospitaliers que ceux de l'île de Woodlarck, à en juger par les imprécations et les gestes menaçants que causa l'apparition de la pirogue.

Il fut impossible d'atterrir, au grand mécontentement de Pierre qui aurait bien voulu faire une bonne sieste à terre, et surtout manger autre chose que les denrées peu substantielles embarquées à la hâte.

Friquet, au contraire, riait de son bon rire aiguisé d'une pointe de narquoiserie, et de temps en temps, le gamin de Paris réapparaissait, perçant l'enveloppe sérieuse déjà du coureur d'aventures.

— Maître Pierre, disait-il, est un peu porté sur sa bouche. Qu'il veuille bien attendre quelque peu et on lui confectionnera un rata digne des restaurants du boulevard.

— Hu,a! grognait le bon marin. Le boulevard! Il est loin ton boulevard dont tu parles toujours, enragé gamin. Tu avales tous ces mauvais fayots comme si c'était de la fine farine de froment.

— Des fayots! interrompit Friquet scandalisé! Des fayots! ces ignames, ces patates, ces cocos, ces

bananes, comme jamais je n'en ai vu chez Chevet,
quand après avoir trempé mon pain à la fontaine
Wallace du théâtre Français, je venais déjeuner
près de la devanture.

« Mâtin, on voit bien que tu n'as pas comme
moi « vécu de faim » pendant quinze ans de ton
existence.

— Tu sais bien, au contraire, que pour la so-
briété, j'en remontrerais au chameau lui-même.
Avec ça que l'ordinaire du mathurin est si varié et
surtout si luxueux !

— Alors, pourquoi te plains-tu ?

— Je ne me plains pas. Je « ronchonne » seulement de voir que nous n'avançons pas à grand'chose
et que le temps passe. Moi je trouve ça monotone,
pas vrai, Victor ?

— Ui, messel, repartit avec déférence le jeune
Chinois.

— Ui messel, non messel, ta conversation n'est
guère plus variée que notre ordinaire, mon cher
petit, continua Friquet. Voyons, nous sommes
ici trois bons amis, n'est-ce pas ? Pourquoi faire
des cérémonies entre nous. Supprime donc le monsieur, ou plutôt le messel dont tu abuses. Appelle-
moi tout bonnement par mon nom de Friquet.

— Ui messel.

— Dis Friquet.

— Fliké.

— Allons, il est écrit que je ne l'échapperai pas. Je serai bon gré malgré écorché vif par mes enfants d'adoption. Majesté, mon gamin noir, m'appelle Fliki, et mon moutard jaune Fliké. C'est pourtant un progrès.

« Ça va bien, mon petit. Quant à ce vieux goudronné, son nom possède assez d'L pour faire ton bonheur.

— Ui ... Pielle le Gall...

Pour le coup, Friquet se tordit en proie à un fou rire que partagea le marin breton.

— Il est impayable vraiment. Ce n'est pas assez de deux L ! Il lui en faut cinq. Hein ! plains-toi donc encore, Pielle le Gall.

Le pauvre Victor, croyant avoir dit une énormité, se taisait tout contristé. Un peu plus il allait pleurer.

— Voyons, gros bebête, tu ne vois pas que c'est pour plaisanter. Ris donc aussi. Appelle-nous comme tu voudras. Tu es un bon petit homme et nous t'aimons de tout notre cœur.

Et le vieux marin tendit à l'adolescent sa rude et loyale main pendant que le gamin de Paris, le regardant avec ses bons yeux clairs, lui disait :

— Allons, môme de Chine, il n'y a donc pas de titis, dans ton pays de potiches ? Nous sommes tous bons enfants comme ça, à Paris, le Pékin de la France; un peu moqueurs dans la forme, mais affectueux et dévoués comme des caniches pour nos amis.

« Encore une bêtise que je dis là. Je vous demande un peu, où j'ai l'idée, de parler de caniches à un particulier dans le pays duquel les chiens n'ont pas un poil, et s'en vont tout nus comme des crânes de pédagogues.

« Et vous, monsieur Pierre le Gall, on va d'ici peu vous procurer des vivres et une variété de pain, qui pour n'être ni cuit, ni biscuit, n'en sera pas moins fort agréable. Je veux parler du sagou.

— Connais pas.

— Vous ferez connaissance. Allons, préparons-nous à débarquer bientôt, car dans quelques heures nous atterrirons à la Nouvelle-Guinée.

— Tu crois que nous y sommes, mon fï, et que notre traversée est terminée?

— Je le crois en effet, à moins que, chose improbable, nous n'ayions fait fausse route.

— Ça, je réponds que non.

— C'est mon avis. D'autant plus que cette haute chaîne de montagnes qui se découpe en bleu foncé sur l'horizon, ne peut appartenir qu'à une grande terre. Il va comme jadis falloir ouvrir l'œil, car si le pays est beau, il est bien mal habité.

— Des anthropophages sans doute.

— En grande partie. Mais nous aurons peut-être
la chance de tomber sur des peuplades qui ne
sont pas exclusivement vouées au cannibalisme.
C'est un hasard à courir. Je crois d'ailleurs que
nous n'aurons pas à redouter la réception qui nous
a été faite à l'île Woodlarck, car les Papous habitant cette partie du continent, ont eu quelques
relations avec les Européens.

— Tu dis continent, mon fi.

— Je puis bien donner ce nom à la Nouvelle-
Guinée, puisque, après l'Australie, c'est la plus
grande île du monde.

— Vraiment !

— Si j'ai bonne mémoire, elle ne mesure pas
moins de quatre cents lieues terrestres de longueur
sur environ cent trente à sa plus grande largeur,
et sa superficie serait d'environ quarante mille
lieues géographiques.

— Ah ! Diable, tu peux bien, en effet, l'appeler
continent ; quelle est sa position ?

— Notre lambeau de carte anglaise la place
entre les 131° et 151° de longitude Est, et en latitude, entre 0° 19' et 10° 40' Sud.

— Joli morceau de terre.

— Malheureusement trop peu connu. La côte
occidentale est un peu plus fréquentée ; il y a.

11

même quelques établissements hollandais, mais, ici, rien.

— J'en reviens aux habitants.

— Dame, certains auteurs prétendent qu'ils serviraient de transition entre la race malaise et la race éthiopienne.

— Pour le peu que j'en ai vu, je trouve qu'ils ne ressemblent ni à l'un ni à l'autre.

— Je suis complètement de ton avis. On a voulu en outre les classer en deux catégories distinctes. Les *Arfaks*, ou montagnards, et les *Papous* proprement dits, ou riverains.

— Papous!... Toujours des Papous, alors.

— Mais le nom véritable de la Nouvelle-Guinée, est la Papouasie ; je croyais que tu le savais. Cette appellation d'Arfak vient sans doute d'une chaîne de montagnes ainsi nommée, et dont la désignation a passé aux habitants. Mais, conclure de là que tous les naturels habitant les montagnes de l'intérieur sont des Arfaks, me semble un peu aventuré.

— Peu nous importe, en somme.

— Au contraire. Les Papous riverains sont, ai-je lu quelque part, moins féroces que les montagnards. Il paraît que, entre autres, ceux du village de Dorey, où il y a un résident hollandais, vivent généralement en bons termes avec les blancs et les Malais.

« La preuve, c'est que quand les voyageurs ou les trafiquants s'écartent du côté des montagnes, les riverains leur crient, avec épouvante : Arfaki ! Arfaki !

— Est-ce que ce village de Dorey est loin ? Il doit posséder des communications avec les pays civilisés.

— Quatre cents lieues environ, c'est-à-dire à la pointe Nord-Ouest, et nous sommes à l'extrémité Sud-Est.

— Ah ! diable. Mais, en somme, quatre cents lieues, on en vient à bout, avec le temps.

— Je crois qu'il vaut mieux rallier le détroit de Torrès, et nous diriger sur l'île Booby.

— Qu'est-ce que c'est encore que cela ?

— Je t'en laisse, t'ai-je déjà dit, la surprise pour plus tard.

— C'est bien.

— Dans tous les cas, il importe d'atterrir, enfin de nous reposer un peu de notre traversée du *Lao-Tseu*, et varier notre ordinaire.

« Voici ce que je propose. Aussitôt débarqués, nous ferons choix d'un lieu sûr pour déposer nos armes, nos provisions, nos outils et nos munitions, tout ce que nous ne pourrons pas emporter.

— Les grottes ne manquent pas, fort heureusement.

— Puis, nous démâterons la pirogue et nous chavirerons les deux coques par cinq ou six brasses de fond, de façon que notre embarcation échappe à tous les regards.

— C'est parfait. Ton projet est **excellent**. Il n'y a plus qu'à l'exécuter dans un moment.

« Accoste en douceur, car voici la terre.

L'atterrissage eut lieu sans incident, et le plan du Parisien reçut séance tenante son exécution. Quand la pirogue eut été submergée, et son contenu habilement dissimulé dans des anfractuosités profondes, quand les naufragés eurent fait les remarques nécessaires pour retrouver leur modeste avoir, ils prirent leurs armes, chacun une hache, leur scie, et s'enfoncèrent dans les terres, guidés par la boussole.

En quelques minutes ils perdirent de vue la côte et se trouvèrent, sans transition aucune, transportés au milieu des splendeurs de la flore équatoriale. Figurez-vous un parterre immense où croissent énormes et fantastiquement beaux, ces végétaux dont les spécimens, bien que rabougris dans nos serres européennes, font pousser cependant des cris d'admiration aux gens les moins impressionnables. Mimosas, hibiscus, tecks, muscadiers, canelliers, casuarinas, pandanus, bancksias, arbres à pain, ficus, palmiers de toute sorte, fougères arborescentes, légumineuses au feuillage délicat, sensitives géantes, reliés par la cime en une voûte épaisse toujours verte, piqués de fleurs éblouissantes, et d'où se déroulent, comme les agrès de milliers de navires, les lianes pavoisées de corolles éclatantes.

Tout en ne restant pas insensible à ce tableau enchanteur, Friquet n'oubliait pas la précaution élémentaire que ne négligent jamais ceux qui parcourent les Forêts-Vierges. Il enlevait prestement d'un coup de hache, et toujours sur sa droite, un copeau, si mince qu'il fût, aux troncs des géants chargés d'opulentes orchidées.

— Ceci pour retrouver notre route.

— Et ceci pour déjeuner, fit Pierre le Gall en épaulant rapidement son fusil et en faisant feu au plus épais du fourré.

Un vol tout entier de pigeons des Moluques s'échappa des hautes branches avec un bruit de tonnerre, pendant que des perroquets, arrachés à leur sieste par ce bruit insolite, protestaient en caquetant à tue-tête.

— Le déjeuner s'envole, mon vieux Pierre.

— Où diable t'écarquilles-tu les yeux là-haut, failli Pantinois.

« Ma bête ne perche pas dans les barres de cacatois, puisqu'elle galopait sur le pont, à preuve qu'on aurait dit une grenouille aussi grosse qu'un mouton, tant elle sautait drôlement.

« Tiens ! Quand je te le disais, reprit Pierre qui s'enfonça dans le taillis, et reparut au bout d'une minute, traînant par une patte un quadrupède singulier, dont la robe soyeuse, gris-de-souris, était trouée d'une balle.

« Ça se mange, pas vrai?

— Té crois, que ça se mange. Pierre, mon vieux, tu as eu la main heureuse pour ton début. C'est un kanguroo superbe et, ce qui n'a jamais rien gâté, le kanguroo est délicieux.

— C'est bon. Je m'en vais te le déshabiller en un tour de main; pendant ce temps-là, fais du feu... pour ne pas perdre de temps.

— Quelle fringale !

— Moi ! Je mangerais des côtelettes d'éléphant, du gigot de tigre, de l'aloyau de chien enragé....

« Ah ! cette bestiole est ce qu'on appelle le kanguroo. J'en suis bien heureux pour lui, pour nous surtout. Drôle d'animal tout de même, avec ses jambes de derrière longues comme six fois celles de devant, sa queue d'une aune, et sa jolie tête de gazelle.

« Allons ! hé! les affamés, la distribution va commencer. Il n'y a ni pain ni vin, mais de la « bidoche » à volonté.

Ça se mange, dit Pierre en montrant le kangouroo.
(Page 136.)

— Si tu voulais attendre, tu aurais l'un et l'autre.

— Attendre ! Quand j'ai dans l'estomac tous les rats de la cambuse... Tu n'y penses pas, mon fi.

Pierre n'attendit pas longtemps fort heureusement. Le brasier flambait déjà et le kanguroo, délicatement embroché dans une mince tige de canellier, crépita bientôt en répandant un arôme délicieux.

Friquet s'était absenté pendant que son ami les yeux ardents, les narines dilatées, surveillait le rôti. Il revint avec Victor, chargés tous deux comme des mulets de contrebandiers.

— Tiens, voici du dessert, affamé que tu es. Des bananes, des mangues et des ananas.

« Es-tu content ?

— Comme un amiral.

— Mangeons donc, car, nous aussi, nous avons l'estomac dans les talons.

Quand ce repas, dont leurs organismes terriblement débilités avaient un impérieux besoin, eut été absorbé, Friquet dont, chose rare, la bouche ne s'était pas ouverte pour parler, prit le premier la parole.

— Et maintenant, que nous sommes bien restaurés, nous allons, mes amis, si vous m'en croyez, nous occuper de notre futur approvisionnement. Les occasions comme celle-ci sont rares, si j'en

crois les récits de voyageurs qui prétendent que la
Papouasie est assez pauvre en gibier.

— Moi, dit Pierre, je ferai tout ce que l'on voudra. Maintenant que ma coque est radoubée, je
suis prêt à courir grand largue. Allons, vas-y de
ton histoire, matelot.

— Voici. Notre embarcation peut contenir plus
de deux mille kilos de provisions.

— Un matelot peut dire deux tonnes.

— Deux tonnes, soit. Nous sommes à la veille
d'entreprendre un voyage bien long. Qui sait si
nous pourrons de sitôt atterrir pour nous ravitailler? Il nous faut donc avoir sous la main les aliments de première nécessité, de façon à n'aborder
qu'en cas d'urgence.

— C'est très bien mon fi, mais en admettant que
nous puissions garnir aussi abondamment notre
soute aux vivres, ce qui avec le temps est possible,
es-tu sûr que ces provisions-là ne s'avarieront pas
bientôt, et qu'avant peu, nous n'aurons plus qu'un
chargement de champignons?

— Je réponds de tout. La farine, ainsi que la
viande et le poisson, si nous jugeons à propos de
nous en approvisionner, se conserveront, ces derniers quinze jours ou trois semaines. Quant à la farine, six mois et plus.

— La viande, ou le poisson, passe encore. On

a la ressource de les fumer ou de les saler, mais la farine, où diable vas-tu trouver de la farine.

— Je te parle du sagou.

— Eh bien !

— Nous allons nous mettre en quête de sagoutiers, et demain au point du jour, la récolte commencera.

— Alors, le sagoutier est comme qui dirait une espèce d'arbre à pain, dont les fruits, au lieu de contenir cette pâte mollasse, pas trop mauvaise pourtant, renferment de la farine.

« Il me semble que j'ai entendu parler de ça.

— Tu n'y es pas du tout, mon vieux. C'est dans le tronc lui-même, que se trouve, à l'état de moëlle, cette substance précieuse qui est aux populations polynésiennes ce que le manioc est aux habitants de l'Amérique intertropicale, qui en un mot remplace le pain.

« De longs discours et des descriptions à perte de vue t'apprendront beaucoup moins qu'une démonstration pratique.

« Le terrain est excellent pour la pousse du sagoutier. Voici des marécages d'eau saumâtre, qui sont, par excellence, le lieu d'élection de ce végétal béni.

« Avançons et nous allons trouver avant peu notre affaire.

11.

« Tiens, vois-tu ce gros tronc incliné presque horizontalement sur le sol. Il est comme enveloppé de feuilles immenses, et son extrémité se termine en un énorme bouquet de fleurs.

— C'est ça le sagoutier ? Il ne nous donnera pas grand mal à abattre ; quelle singulière conformation !

« Est-ce que c'est leur habitude de se coucher de la sorte ?

— Dans les terrains sans consistance comme celui-ci, il n'est pas rare de voir des taillis entiers de sagoutiers complètement allongés sur la terre. C'est une particularité qu'ils ont de commune avec le nipa, un arbre de même espèce. Cela ne porte d'ailleurs aucune atteinte à leur force végétative, non plus qu'à la qualité du produit.

— Allons-nous nous mettre dès à présent à la besogne ?

— A quoi bon. La nuit va bientôt venir. Il vaut mieux nous construire un abri en prévision d'un grain. Quelques gaules légères attachées à deux arbres et huit ou dix feuilles de sagoutier nous procureront une toiture complètement imperméable.

« A demain la récolte.

CHAPITRE IX

Un clan de perroquets jaseurs sonna, du haut des arbres, un réveil bruyant qui arracha nos trois amis à leur profond sommeil.

— Allons, au travail, les enfants, dit Pierre, le premier debout. Le soleil luit, nos haches ont le fil, et il ne faut plus qu'un peu « d'huile de bras » pour mener à bien la récolte.

« De mathurin, je deviens bûcheron avant

d'être meunier. Dans quelques heures, je ne m'ap-
pellerai plus Pierre le Gall, mais Jean Farine.

— Comment, répondit le Parisien en pensant
à la fringale éprouvée la veille par son ami et
à la bombance qui suivit, à jeun comme cela,
sans casser une croûte?

— Mon fì, ce n'est pas toujours fête. Il y avait
hier double ration comme dans les grandes occasions, s'agit de reprendre aujourd'hui le fil de
la manœuvre, puisque nous sommes à peu près
revenus au lof.

— Comme tu voudras. Puisque tu es dans
d'aussi bonnes dispositions, rien ne nous empêche
de nous mettre dare dare à l'ouvrage, d'autant
plus que la chaleur du jour saura bien arrêter notre
travail.

— Fichus pays, tout de même, que ces pays de
l'équateur, où le soleil vous rend un fin matelot
plus mollasse qu'un baril de goudron, lui cuit la
cervelle sous le crâne comme une noix de coco
dans son enveloppe, et vous le jette sur le flanc
avec une fièvre enragée s'il regimbe.

— Le fait est qu'il y a une fière différence entre
ce soleil et celui qui rougit les cerises de Montmo-
rency ou fait tourner au bleu les « chasselas » de
Suresnes.

« D'autre part, soyons justes. Conviens que ces

grands arbres, ces beaux fruits, ces fleurs éblouissantes, sont un fier dédommagement. Etre naufragé ici c'est presque une fête, et je préfère cent
fois être boucané dans le voisinage des caïmans
ou des serpents à sonnettes, que d'attraper des
engelures chez les ours blancs.

— Je ne dis pas non. Mais avoue que ces sem-
piternelles nuits de douze heures sont énervantes
à la longue, avec leur chaleur lourde. Quant aux
journées, comme on ne peut guère travailler que
de six à neuf heures du matin et de trois à six du
soir, les voilà réduites à six heures : total dix-huit
heures par jour à lézarder.

« C'est trop, on deviendrait pour un peu aussi
fainéant que des Napolitains.

— Nous sommes fort heureusement gens à faire
notre journée en six heures.

— Aussi, je te répète les paroles que je pronon-
çais tout à l'heure : Au travail.

— Soit. Récoltons sans plus tarder notre farine. Pour ne pas perdre un temps précieux, je
m'en vais, si tu le permets, distribuer la besogne.

— Vas-y. File ton loch ; moi je fais un tour de
langue au taquet.

— Il faut premièrement abattre ce cocotier
portant une douzaine de noix qui ne sont pas encore à maturité.

— Voilà ! fit Pierre en tranchant de cinq ou six vigoureux coups de hache le stipe élancé qui s'écroula avec fracas.

— Tu vois cette poche fibreuse, aux fines mailles couleur tabac, qui enveloppe à la base la queue de chaque noix ?

— De mes deux yeux.

— Cela nous servira de filtre cette après midi, pour tamiser la moëlle du sagou. Il s'agit de les enlever précieusement sans les déchirer.

— Voilà qui est fait.

— Il faudrait maintenant nous ébrancher à chacun un solide gourdin, une massue, plutôt.

— C'est facile. Cinq minutes suffisent pour chacune, dans un quart d'heure ce sera paré.

— Bon, et maintenant, choisissons notre arbre. En voici un qui me paraît être dans d'excellentes conditions. Ni trop haut ni trop gros ; il a environ six mètres de tronc sur un mètre vingt-cinq de diamètre. Il est en outre plein de farine succulente, si j'en juge par cette légère poussière jaunâtre qui couvre la base des feuilles.

— Il faudrait autant que possible, le tronçonner en billes.

— Tout à l'heure. Nous avons besoin d'un mortier pour broyer la pulpe, puisque nous avons des pilons.

— Ça me paraît juste. Mais où vas-tu le prendre, ton mortier ?

— Il est en place, mais embarrassé pour le moment.

— Comprends pas.

— C'est bien simple. Le bois n'a guère plus de trois centimètres d'épaisseur. Donne un léger trait de scie à l'entour du tronc, et à vingt-cinq centimètres de terre.

— Diable ! que c'est dûr !

— Et heureusement fort mince. Voici notre arbre séparé de son pied. Tu vois apparaître la moëlle qui remplit les deux tronçons.

— Tiens c'est roussâtre comme de la brique.

— En bas seulement ; plus haut elle est d'un blanc mat. Quelques coups de pilons vont réduire en poussière celle qui remplit la culée.

— J'ai deviné. Le pied du sagoutier, une fois vidé, va nous servir de mortier.

« Matelot, tu es un malin.

— Maintenant que nous possédons ce premier ustensile bien fixé au sol par les racines, il faut nous procurer une auge à laver, ainsi que des paniers.

« La confection de l'auge nous regarde ; Victor va s'occuper des paniers. Ces feuilles géantes seront facilement transformées en corbeilles pouvant

contenir chacune vingt kilos de pulpe. Le limbe est
d'une solidité à toute épreuve ; quant à la nervure
du milieu, on pourrait en faire une élingue pour
un mât de charge.

— Allons, Victor, débrouille-toi et fabrique-nous
chacun un panier.

— Ui ! Ui ! mo sé bien.

— Quant à l'auge que nous devrons emporter
à ce ruisseau que j'entends babiller sous bois, nous
allons la prendre à l'autre extrémité du tronc, près
du bouquet de fleurs.

Le Parisien opéra lui-même, et avec beaucoup
de dextérité. S'aidant fort à propos de la hache,
de la scie et de son sabre d'abordage, transformé
en sabre d'abatis, il enleva circulairement une large
bande d'écorce enserrée par la base amplexi-
caule [1] des feuilles, et posséda un large baquet
dont le fond était formé par la cloison du nœud.

— Voici nos instruments terminés et fournis,
sauf le filtre, par le sagoutier lui-même. Eh bien,
Victor, les paniers sont en bonne voie.

— Toutt'suit', Fliké... Toutt'suit' mô sé fait dou
paniers, bientôt tlois.

— Il nous reste à tronçonner notre arbre en

---

[1] Qui embrasse la tige.

billes de un mètre environ, puis à extraire la moëlle.

— Comment il faut tant d'histoires que ça pour arracher cette espèce de pâte ferme qui ressemble à de la pomme séchée ; mais les mains doivent entrer là-dedans comme dans du beurre.

— Essaie, si tu peux.

Le brave matelot releva proprement jusqu'au coude les manches de sa chemise, mettant à nu des bras d'athlète, aux muscles durcis par le contact des lourds engins de la marine.

— Je vais t'élinguer ça de là-dedans, ni plus ni moins qu'une ménagère bretonne qui retire le beurre de sa baratte.

Friquet souriait.

Le maître-canonnier enfonça ses deux mains dans la moëlle compacte, tira fortement, et... fut stupéfait en voyant l'inutilité des plus violents efforts.

— Mitron de malheur, gronda-t-il comique_ ment... La fournée est donc amarrée au pétrin.

— Amarré est le vrai mot, dit Friquet. Tiens, continua-t-il en grattant légèrement avec son sabre la pulpe farineuse, et en mettant à découvert des fibres ligneuses ténues, mais solides, traversant horizontalement la substance médullaire, tu vois ces petites ficelles...

— Ah ! tu m'en diras tant ! Comment veux-tu rompre ces damnés filins qui sont étalingués dans le tronc comme si le plus fin gabier s'était mêlé de la besogne.

— C'est pour cela que nous avons des massues. Nous allons pilonner solidement ce mastic, broyer les fibres, et faire tomber la substance concassée dans le mortier.

— Bien, mais après ?

— Procédons avec méthode. Nous verrons plus tard.

Les deux amis, robustes comme des lutteurs, empoignèrent chacun un gourdin, le plantèrent à tour de bras au beau milieu de la moëlle, qui bientôt déchirée, broyée, arrachée, tomba tout naturellement dans le mortier qui fut bientôt plein.

Le cylindre formé par la section du sagoutier, était parfaitement vide. Il n'avait plus guère que trois centimètres d'épaisseur sur son pourtour, exclusivement formé par la substance ligneuse. On eût dit un de ces gros tuyaux de fonte destinés dans nos villes aux conduites d'eau.

— Continuons en réduisant dans le mortier tous ces morceaux en une farine grossière, puis, nous verrons à la laver.

— Toute cette manutention ne me paraît ni difficile ni fatigante. C'est vraiment plaisir d'assurer aussi rapidement sa subsistance et à si peu de frais.

« Ce qui me surpasse, c'est que les gens du pays qui ont du poisson et du gibier en abondance, pour manger avec ce pain-gâteau, trouvent le moyen d'être anthropophages.

— C'est d'autant plus surprenant, qu'un travailleur médiocre, comme le sont tous ces clampins de sauvages, peut, en six jours, préparer ses vivres de toute une année.

— Pas possible ! Quand dans nos pays, de vaillants pêcheurs, de fins cultivateurs, arrivent à peine, après avoir trimé une année, à joindre les deux bouts.

— Oui, reprit Friquet avec un soupir, quand je pense à ma vie d'enfant abandonné, à mon existence famélique et laborieuse, je ne puis m'empêcher de dire : « Heureux les habitants du pays du soleil ! »

« Juges-en plutôt, continua-t-il tout en pilonnant sa pulpe farineuse.

« Un arbre comme celui-ci, de sept mètres de hauteur, sur un mètre trente de diamètre, peut donner trente « tomans » ou rouleaux de quinze kilos. On fait de chaque toman soixante gâteaux de six au kilogramme. Un homme n'en mange pas plus de deux par repas, et cinq suffisent à sa ration.

quotidienne. Ces dix-sept cents pains, pesant ensemble quatre cent cinquante à cinq cents kilos,
peuvent donc le nourrir une année entière et sans
grand labeur, car deux ouvriers préparent un arbre
en cinq jours, et deux femmes peuvent en même
temps le mettre en gâteaux.

« Comme la fécule se conserve très bien à l'état
brut, notre homme, en moins de dix jours, aura
sa provision d'une année.

— Cristi! je ne m'étonne plus, après cela, qu'ils
aiment tant à lézarder. Mais cette facilité pour la
vie doit engendrer la plus carabinée des paresses.

— Parbleu ! Dans les pays absolument sauvages,
l'inconvénient est moindre que pour les pays relativement civilisés, comme aux Moluques, à Céram,
aux Maldives, à Sumatra, à Amboine, que l'on
appelle « districts à sagou » et d'où se tire la majeure partie de cette précieuse substance qui est
en Europe d'un usage si répandu.

« Ce bas prix de la nourriture, a en effet les résultats les plus fâcheux. Les habitants se contentent d'ajouter un peu de poisson à leur farine,
et n'ayant rien à faire chez eux, errent à la recherche
d'une occasion de trafic, ou vont pêcher dans les
îles environnantes. Ils trouvent inutile de cultiver
la terre, et vivent misérablement en dépit de l'opulence du sol.

— Si tes calculs sont exacts, mon fi, et j'ai tout
lieu de les croire tels, il nous suffira de travailler
une journée et demie au plus, afin d'assurer notre
provende de trois mois.

— C'est parfaitement juste. Aussi, n'avons-nous
aucun besoin de nous courbaturer. D'autant mieux
que le plus dur est terminé.

« Cette après-midi, nous transporterons au
ruisseau toute notre pulpe, au moyen des paniers
que Victor nous a fabriqués. Puis nous la laverons.

— De quelle façon ?

— C'est d'une simplicité enfantine. Nous instal-
lerons notre auge, fabriquée avec la bande d'é-
corce et la base de deux feuilles, dans le lit de la
rivière et à proximité de la rive, naturellement.
Nous la remplirons d'eau, et nous presserons fortement notre farine dans chacun un filtre, en
l'agitant dans cette espèce de baquet, de façon que
la fécule se dissolve et tombe au fond. La pulpe
inutile après un lavage assez rapide, sera mise de
côté.

« La fécule se dépose assez promptement, et
prend de la consistance. Lorsqu'elle sera amassée
en quantité suffisante, il suffira de la décanter,
de la retirer de l'auge, de l'égoutter, puis de la
mettre sécher à l'ombre. Pour nous éviter de la
main-d'œuvre et les difficultés de l'arrimage, nous

la roulerons en pains de dix à douze kilos, dans
des feuilles de sagoutier. Elle pourra se conserver
indéfiniment sans altération.

— Une fière chance, tout de même, d'être venus
aborder ici. Nous courons le risque d'être mangés,
mais au moins nous sommes sûrs de ne pas mourir de faim, ce qui est une compensation.

Pendant que nos trois amis donnent carrière à
leur activité habituelle, un mot encore sur le sagoutier, ce « froment » océanien, plus précieux encore, s'il est possible, que le manioc, cette manne
des peuplades Sud-Américaines, car le tronc, les
feuilles et les branches, sont susceptibles d'usages
aussi utiles que variés.

Les feuilles surtout, sont employées de toutes façons dans les districts à sagou. La nervure médiane
de ces gigantesques organes de végétation remplace le bambou, et lui est même supérieure dans
une foule de circonstances. Longue de trois à cinq
mètres, souvent aussi grosse à la base que la jambe
d'un homme vigoureux, elle est remplie d'une
moelle très ferme, et recouverte d'un mince épiderme extrêmement résistant. On peut en bâtir des
cases entières, ou s'en servir en guise de perches
pour soutenir l'édifice construit avec d'autres ma-
tériaux. Fendues et posées à plat sur des solives,
elles forment des planches. Choisies de grandeur

uniforme et bien appareillées, puis chevillées sur les panneaux des charpentes, elles remplacent avantageusement les planches, car outre qu'elles ne coûtent aucune main-d'œuvre, elles ne gauchissent jamais, ne demandent ni peinture ni vernis, ne moisissent ni pourrissent, et résistent victorieusement aux averses torrentielles des tropiques. Aussi, forment-elles aujourd'hui l'élément indispensable des demeures des résidents européens. Rien de solide, d'élégant et de salubre, comme ces véritables chalets, d'une harmonieuse teinte brune, presque exclusivement construits avec ce végétal qui abrite et nourrit des centaines de mille hommes. N'oublions pas la toiture qui n'est pas la chose la moins intéressante. Les folioles du sagoutier, ployées et fixées sur les petites nervures, forment l' « atap » qui remplace la tuile et l'ardoise d'Europe, et le bardot de wapa de l'Amérique Equinoxiale.

Quant à la farine, elle n'est pas seulement un aliment aussi sain que nourrissant ; on en tire encore des friandises fort appréciées. Sans parler de la pâte brute, qui, bouillie dans l'eau, forme une masse gélatineuse, légèrement astringente, que l'on mange avec du sel, du citron et des piments, les « petits pains chauds » sont exquis, arrangés avec du jus de canne et de la noix de coco râpée.

C'est un « plat doux » des plus engageants. Pour
confectionner ces gâteaux, le cylindre brut est
concassé, puis réduit en poudre fine. Cette poudre
est versée dans un four d'argile, disposé en com-
partiments ou logettes verticales, hautes de quinze
centimètres et larges de trois. Ce four, chauffé
sur des charbons ardents, est recouvert d'une
feuille de palmier. La cuisson est l'affaire de cinq
à six minutes. La farine prend du corps dans les
petites logettes, elle en garde l'empreinte, et l'on
possède des petits pains qui rappellent ceux que
l'on fait ici avec la fleur de froment, mais ils
possèdent une saveur spéciale, très agréable, que
n'a plus le sagou raffiné en Europe.

Séchés au soleil et empaquetés dans des feuilles,
ils deviennent secs, cassants et peuvent se conserver
plusieurs années. Ils ont alors l'aspect et la consistance du biscuit de mer, et ne seraient pas sans in-
convénients pour certains maxillaires des pays civilisés. Mais l'on ignore généralement en Océanie les
bienfaits de la prothèse dentaire et les estomacs ré-
calcitrants. C'est plaisir de voir les marmots écraser
le sagou sous leurs molaires que n'a pas encore
noircies le bétel, et qui feraient honneur aux râte-
liers de jeunes loups. Légèrement humectés d'eau
et présentés au feu, les gâteaux redeviennent d'ailleurs en quelques moments tels qu'ils étaient à la

sortie du four, et les Européens en font leurs délices
dans du café, en guise de rôties. Enfin, bouillis et
accommodés de diverses manières, ils remplacent
avantageusement les légumes.

A ce propos, l'auteur croirait manquer à la reconnaissance de l'estomac, s'il ne rappelait, au
moins pour mémoire, certain dîner qui fait époque
dans sa vie, et dont le sagoutier fit tous les frais.
Le chou-sagoutier — ai-je dit que le sagoutier
porte un bourgeon terminal ou chou analogue à
celui du maripa, du patawa et du palmiste? — fut
enfermé avec du piment, dans une tige de bambou
de la grosseur de la jambe. Le bambou, bien solidement clos aux extrémités, fut mis au feu. Après
carbonisation de cette marmite-suédoise d'un nouveau genre, un quart d'heure environ, la cuisson
était complète. C'était exquis avec un pain de sagou. Un conseil en passant à ce sujet. Il est prudent de s'éloigner pendant la coction, car il arrive
parfois que la marmite éclate comme une bombe.
Double désagrément grâce auquel on dîne par
cœur, avec le risque d'être éborgné.

Quand enfin nous aurons dit que le duvet des
jeunes feuilles sert aux insulaires à tisser des étoffes
curieuses, quand ils veulent rompre avec leur proverbiale paresse, qu'ils tirent des nervures les plus
fines des cordages indestructibles, qu'ils fabriquent

12

avec ses fruits fermentés une boisson vineuse très agréable et une eau-de-vie fort enivrante, la monographie du sagoutier sera complète.

. . . .

Le lavage et la mise en pain de la farine étant terminés, l'importante opération du séchage, confiée aux soins de Victor, touchait à sa fin. Les trois amis, après cette courte et fructueuse escale à la pointe Sud-Est de la Nouvelle-Guinée, allaient bientôt reprendre leur voyage en pirogue. Friquet et Pierre le Gall devisaient, pendant que le jeune Chinois s'occupait, sous bois, à retourner les pains de fécule, déposés à l'ombre. Le Parisien, étendu sur le dos, les jambes relevées en V le long d'un ficus, suivait d'un œil distrait les ébats d'une bande de perroquets, et le marin, étalé de son long, à plat ventre, le menton sur ses poignets croisés, continuait une conversation fort intéressante, panachée comme toujours de pittoresques vocables maritimes.

Le bruit d'une course précipitée, puis le soupir étouffé d'un être hors d'haleine les fit bondir sur leurs pieds. Friquet exécuta une triomphante cabriole en arrière, et se trouva debout, le sabre à la main. Le marin se dressa d'une seule pièce, empoigna le gourdin ayant précédemment servi à broyer la pulpe du sagoutier et se mit en garde.

Victor, suffoqué, verdâtre sous son épiderme jaune, la bouche tordue, les yeux dilatés par l'épouvante, se tenait entre eux, et montrait du doigt l'épais rideau qu'il venait de trouer, et qui frémissait encore sous l'impulsion de sa course folle. Le pauvre enfant, malgré la terreur qui décomposait ses traits, ne poussa pas un cri. Le corps se révoltait, mais la volonté subsistait tout entière.

— Voyons, Victor, demanda enfin Friquet à voix basse, qu'y a-t-il ? Te voilà tout effaré. As-tu mis le pied sur la queue d'un serpent ? Un tigre a-t-il voulu te planter ses griffes dans les mollets ?

— Non, messel, bagaya-t-il... Non... pas bêtes... sauvages... là.

— Des sauvages !... Sont-ils nombreux ?

— Dou sauvages.

— Ils ne sont que deux ? Ce n'est pas la peine de te faire tant de mauvais sang, mon pauvre petit. Te voilà de la couleur d'un citron pas mûr.

— Et où sont-ils tes sauvages ?

— Là !... dans bois.

— Y a quéqu'un, fit à haute voix le Parisien, et d'un ton tout à fait engageant. Donnez-vous donc la peine d'entrer.

Cette cordiale invitation, formulée avec l'inimitable accent du jeune homme qui ne dépouillait jamais complètement l'ancien titi, obtint un succès complet.

Pour la seconde fois les feuillages verts s'en-tr'ouvrirent, mais doucement, posément, et deux êtres étranges firent leur apparition. L'attitude belliqueuse du gamin parut tout d'abord les interloquer, bien qu'ils fussent armés jusqu'aux dents ; mais Friquet, devant leur attitude éminemment conciliatrice, abaissa la formidable lame de sa cuillère à pot (sabre d'abordage) et s'avança vers eux en souriant.

— Mâtin ! dit-il en goguenardant, selon son habitude, ils sont laids comme des singes, et sales comme le contenu d'une hotte de chiffonnier.

— C'est pas pour dire, interrompit Pierre Le Gall, mais ils auraient rudement besoin d'une baille d'eau, d'un briquetage sérieux et d'un bon coup de faubert.

— Comme, en dépit de cet aspect peu flatteur, ils paraissent se présenter sans l'idée préconçue de vouloir nous transformer en rumstecks, qu'ils soient les bienvenus.

Les nouveaux arrivants, ébahis de ce flux de paroles, ne paient pas de mine, en effet. De taille moyenne, un mètre soixante centimètres environ, vêtus de bracelets de cuivre, d'anneaux passés dans la cloison du nez et le lobe inférieur de l'o-

reille, ils ont fait pourtant à la pudeur une légère
concession, en arborant à leur ceinture une draperie de couleur plus que douteuse.

Enveloppés en outre d'une couche épaisse de
malpropreté, les jambes rongées d'excoriations
résultant sans doute d'une alimentation mauvaise
ou insuffisante, ils exhalent une odeur musquée,
susceptible de mettre en liesse tout un clan de
caïmans.

En dépit des plaies qui le rongent et de l'enduit
innommé qui le couvre, leur corps trapu, noir,
jaunâtre, épais, charnu, indique la vigueur. Mais
leurs membres ne possèdent plus cette élégance
qui caractérise les Papous proprements dits. Leurs
genoux sont cagneux, leurs pieds plats, leur cou
enfoncé. Quant aux têtes, elles diffèrent essentiellement de celles des anthropophages de l'île Woodlarck. Cette tête, grosse, ronde, semble à peine
ébauchée par un ouvrier malhabile. Des arcades
sourcilières énormes, proéminentes comme celles
des grands singes anthropomorphes, au fond desquelles brillent des petits yeux féroces, un gros
nez épaté, des mâchoires carrées, puissantes comme
celles d'un dogue, de grosses lèvres, complètent
l'expression peu engageante de ce masque écrasé.

Leurs cheveux légèrement crépus, grossière-
ment tressés en pelotes et en nattes, retombent

12.

sur leur nuque comme des épis de maïs ; de gros bracelets ronds, en cuivre vert-de-grisé, ornent les poignets et les avant-bras. L'un des deux noirs porte au nez un grand anneau formé d'une coquille,⁵ et qui lui entoure bizarrement la bouche ; l'autre se contente d'un long morceau d'os qui relève hideusement ses narines. Des cicatrices bleues et rouges, résultant de tatouages anciens, serpentent bizarrement des épaules aux reins, pour venir se terminer sur la poitrine et le ventre en arabesques capricieuses.

Ils sont armés chacun d'une lance haute de deux mètres, à pointe de bambou, ornée à la hampe d'une grosse houppe en plumes de casoar, et d'arcs grossiers, en bois marron, dont la corde est en rotin. Leurs flèches, très droites, très légères, longues de un mètre cinquante centimètres, sont en bambou, comme les lances, et terminées par une pointe d'os aux nombreuses barbelures. Armes plus terribles en apparence que dangereuses en réalité, eu égard à l'habituelle maladresse des Papous en général, si l'on en croit les explorateurs les plus dignes de foi[1].

Après un examen de quelques secondes, qu'ils supportent en hommes absolument satisfaits d'un

[1] Nous verrons plus tard que cette opinion est erronnée.

physique qui, comme celui de l'ours de la fable,
ne leur a jusqu'alors rien reproché, ils se frappent
piteusement sur le ventre, avec ce geste caractéristique signifiant dans tous les pays du monde :
« J'ai faim ! ».

Friquet comprend cette pantomime expressive et
leur dit :

— Vous tombez au bon moment. Nous eussions
été fort embarrassés hier pour vous inviter à déjeuner ; aujourd'hui, c'est autre chose. Le garde-
manger est bien garni, ou, comme dirait Pierre le
Gall, la soute aux vivres est pleine... Mais comme
vous ne comprenez pas plus le matelot que le
français, et qu'un plus long discours ressemble-
rait à une fumisterie, voici de quoi vous mettre
sous la dent.

Il dit et offre aux deux affamés un cylindre
tout entier de sagou, avec les reliefs d'un kanguroo, un régime de bananes, et un gros morceau
de chou-sagoutier.

Décrire l'expression de béatitude qui se répand,
à la vue de cette largesse, sur les deux faces des insulaires, serait impossible. Un large sourire écarte
leurs lèvres lippues, découvrant une double palissade d'ivoire dont le bétel n'a jamais altéré l'é-
mail. Puis, pour ne pas perdre de temps, les deux
bouches, deux gouffres, se dilatent largement, le

sourire s'efface, et les victuailles disparaissent avec
une prestesse indiquant des maxillaires d'une
puissance inconnue. Cette restauration de bête famélique dure un quart d'heure. Pendant quinze
minutes, c'est un craquement de molaires, accom-
pagné de clignements d'yeux, de grimaces, de dé-
hanchements, et de ces mouvements de déglutition
familiers aux oiseaux de basse-cour, quand un morceau trop volumineux refuse de franchir l'isthme
du gosier. L'être tout entier travaille à se repaître.
Puis, cette gymnastique cesse peu à peu, l'abîme
stomacal est comblé. Les deux compères, gavés à
éclater, poussent simultanément un : « Oh ! » de
satisfaction, et passent doucement la main sur
leur ventre dont la cavité s'est peu à peu transformée en une volumineuse protubérance.

Puis, ils baragouinent quelques mots dans une
langue inconnue, au grand ennui de Friquet, qui
eût bien voulu échanger au moins quelques paroles
avec eux.

A sa grande surprise, Victor, qui s'était dissimulé en voyant leur inconcevable voracité, surmonte ses terreurs, s'approche d'eux, et leur ré-
pond :

— Ah ! ça, est-ce que tu parles le sauvage ? demande le Parisien abasourdi.

— Non, Fliké. Sauvages pallé un peu malais. Mo complends malais.

— Le malais, ils parlent malais, mais alors, il y aurait non loin d'ici quelque établissement un peu civilisé. Diable ! cela changerait notablement nos plans.

Cet espoir fut, hélas ! de courte durée. Les hôtes des naufragés, bien que leurs connaissances de la langue malaise fussent très restreintes, purent cependant donner aux Européens quelques renseignements curieux. Voici ce que leur dit en substance Victor, interprète zélé sans doute, mais dont le langage avait parfois besoin lui-même d'éclaircissements.

Ces deux affamés étaient des Karons[1]. Ils montraient le couchant en disant qu'ils marchaient depuis longtemps... bien longtemps. Ils étaient nombreux au départ, mais leur troupe avait été décimée par des ennemis puissants qui leur faisaient une guerre acharnée. Tous leurs compagnons

---

[1] Les Karons se trouvent à la partie Nord-Ouest de la Nouvelle-Guinée, près d'Amberbaki village situé à environ 75 lieues de Dorey Ils n'appartiennent pas à la race papoue; ce sont des Négritos, qui se rapprochent des sauvages aborigènes des Philippines.

La présence des Négritos avait été soupçonnée en Nouvelle-Guinée. C'est un explorateur français des plus remarquables, M. Achille Raffray, qui, en 1876, a changé en certitude les suppositions des savants.

L. B.

avaient été mangés ; ils restaient seuls, errant à l'aventure comme des maudits.

— J'aurais cru, dit Friquet, après que l'interprète lui eut transmis ces réponses, qu'à la seule inspection de leur physique, on eût pu leur accorder sans examen préalable un diplôme d'anthropophages.

« Demande-leur donc s'ils mangent aussi les hommes ? »

Cette question les fit rire aux éclats. Leur figure terrible et repoussante s'alluma d'un éclair de convoitise, et ils s'empressèrent de répondre par l'affirmative, comme si le cannibalisme était la chose la plus naturelle du monde.

— Ont-ils mangé beaucoup d'hommes ?

L'un deux, étendit modestement ses mains, indiquant qu'il avait participé à dix repas de chair humaine. L'autre montra d'abord ses deux pieds, puis ses deux mains.

— En bonne arithmétique, cela fait vingt. Eh bien ! c'est du propre. Singulière façon de comprendre les rapports sociaux et le peuplement d'un pays.

Victor, après une longue conversation agrémentée d'une pantomime expressive, continua son intéressante traduction, et Friquet crut comprendre que les Karons se défendaient énergiquement de se jeter sur le premier venu. Ils dévorent seulement les cadavres d'ennemis tués à la guerre.

— Cette distinction est bien un peu subtile, mais en somme, qui sait si la faim qui talonne toujours ces malheureux, n'est pas le motif essentiel de cette pratique monstrueuse?

— Et le sagou? interrompit judicieusement Pierre le Gall. Puisqu'il n'y a qu'à se baisser et à en prendre... puisqu'en dix jours, un homme peut assurer sa subsistance.

— Je n'ai pas la prétention de les excuser, mais...

Un sifflement aigu coupa la parole au Parisien, et une longue flèche barbelée, vint s'enfoncer dans le tronc d'un bananier, juste au dessus de la tête d'un Karon.

Le pauvre diable, tremblant d'épouvante, se laissa tomber sur le sol.

Pierre et Friquet saisirent leurs fusils, et se mirent en état de défense.

— Allons, bon, fit le Parisien. Nous étions trop tranquilles depuis quelques jours. La bagarre va recommencer.

Des hurlements farouches retentirent dans l'immense taillis, dont les branches froissées s'agitèrent de tous côtés.

CHAPITRE X

Une douzaine de Papous, armés d'arcs et de flèches, émergèrent en gambadant et entourèrent tout d'abord les deux Karons qui manifestèrent la plus vive terreur. Les Européens, fidèles à leurs habitudes de prudence, et autant que possible de conciliation, confiants d'ailleurs dans leur vigueur corporelle, n'attaquèrent pas. Les nouveaux arrivants, qui peut-être en voulaient seulement aux

Karons, eurent un moment d'hésitation à l'aspect des blancs, dont la présence en pareil lieu et en telle compagnie, sembla les surprendre étrangement.

Ils se consultèrent de la voix et du geste; puis, voyant l'attitude résolue du Parisien et du marin breton, à l'aspect surtout des deux fusils dont ils paraissaient connaître parfaitement l'usage, ils tournèrent toute leur colère contre les pauvres diables de Négritos que l'épouvante avait rendus gris-de-cendre. Semblables à des bêtes prises au piège, ils n'essayèrent même pas de se défendre; la peur les avait paralysés au point de leur empêcher tout mouvement.

Les Papous, sans s'occuper pour l'instant des blancs, resserrèrent leur cercle autour des Karons. Deux d'entre eux les saisirent à pleine main par leurs lourdes tresses de cheveux, et levèrent sur leur cou leur « péda », ce sabre sans lequel les Papous ne sortent jamais et qui leur sert à tous les usages. Ils allaient, sans autre formalité, leur couper la tête, quand Friquet et Pierre intervinrent fort à propos pour empêcher cette scène de massacre. Le marin, toujours méthodique, avait, d'un revers de main, en quelque sorte déraciné un des assassins et attrapé au vol le poing qui tenait le sabre, pendant que Friquet, le fantaisiste, étalait

13

l'autre bonhomme sur le dos, d'un croc-en-jambe aussi élégant qu'irrésistible.

— Il y a longtemps que je n'ai « tiré le chausson », ça va me dégourdir un peu les jambes

Cette attaque soudaine désorienta les noirs, qui, chose difficile à croire, semblaient plus étonnés que furieux. Pendant que les auteurs de la tentative avortée se relevaient tout confus, et que les autres reculaient de quelques pas avec une sorte de déférence craintive, celui qui paraissait le chef abaissa la pointe de sa lance et interpella les Européens dans une langue inconnue.

Le discours fut long et les gestes animés. L'orateur désignait les Karons toujours abrutis par la terreur; il faisait le simulacre de leur couper la tête, puis ouvrait largement la bouche, en montrant alternativement les blancs et les Négritos.

— Le diable m'emporte! dit Friquet moitié riant, moitié fâché, l'imbécile nous prend pour des anthropophages.

— Est-ce qu'il se f...iche de la République, renchérit Pierre le Gall. C'est bien la peine, vraiment, d'être un matelot modèle, d'avoir mangé pendant trente ans des fayots et du lard salé, pour être ainsi arrangé par un mauvais moricaud!

— Voyons, reprit le Parisien, il faut que vous soyez plus bêtes que des calebasses vides. Si nous

mangions des hommes, nous ne nous serions pas
éreintés à fabriquer du sagou. Avec ça qu'ils sont
si engageants... Mettre la dent là-dessus, j'aimerais
mieux manger je ne sais quoi... de la terre, des
feuilles, des semelles de bottes.

Il prit en même temps un morceau de sagou,
le grignotta avec une visible satisfaction ; puis,
montrant alternativement les membres des noirs et
sa propre bouche, il fit des gestes de dégoût, indiquant ainsi son amour pour les aliments végétaux
et son horreur pour la chair humaine.

L'orateur renchérit encore sur cette pantomime,
mais de façon à montrer à Friquet qu'il n'en avait
nullement saisi l'intention, car il crut que le Parisien éprouvait du dégoût pour la chair humaine
combinée au sagou.

— Mais, on n'est pas crétin comme cela ; il croit
maintenant que j'aime la viande sans pain. Comment donc me faire comprendre de ce mulet de
Papou ?

Le discours continuait avec une volubilité qui
semblait de mauvais augure, d'autant plus que les
autres noirs, revenus de leur surprise, apprêtaient
lentement leurs armes, se préparant sans doute à
une attaque soudaine.

Le petit Victor sauva heureusement pour la seconde fois la situation. Voyant que les affaires

allaient tourner au tragique, il s'avança, fort crânement, ma foi, vers le chef, et l'apostropha lon-
guement et vertement d'une voix suraiguë, dont le
timbre n'était pas sans analogie avec celui des perroquets.

Victor parla longtemps ainsi, et avec une abondance que ses amis n'eussent jamais soupçonnée.
Ses arguments durent pourtant être décisifs, car,
ô merveille ! la face renfrognée du chef s'éclaira
d'un vaste sourire ; il laissa tomber ses armes, et
s'en vint serrer, à l'européenne, la main du Parisien
ébahi. Pierre, non moins surpris, participa à cette
politesse inattendue, et les guerriers, qui probablement ne souhaitaient rien tant qu'une entente
cordiale, s'approchèrent avec toutes sortes de dé-
monstrations amicales.

— Ah ça ! reprit Friquet, lorsque ce premier
moment fut passé, tu parles donc toutes les langues,
toi ? demanda-t-il au Chinois radieux.

— Non, Fliké, li pallé aussi malais. Pallé tlès
bien malais. Li connaît beaucoup Eulopéens, li
noi, mais pas bête.

— Mais qu'a-t-il bien pu nous dire tout à l'heure ?

— En vous voyant avec les anthropophages, répondit le petit Chinois, aux vocables duquel nous
substituons, et pour cause, le français, les Papous ont cru que vous étiez leurs alliés, et que

vous participiez à leurs abominables pratiques.
Il vous disait que, là-bas, bien loin, du côté où le
soleil se couche, il avait vu des blancs habillés et
armés comme vous. Ils étaient très bons, très doux,
ne tuaient que les bêtes féroces, et recueillaient
des oiseaux et des insectes. Il leur avait même
servi de guide dans leurs explorations, et avait appris à les aimer. L'erreur commise à votre endroit venait de ce qu'il vous avait vu partager
votre repas avec les Karons, qui sont ici regar-
dés comme des êtres malfaisants et auxquels il faut
toujours couper la tête.

« Quant à eux, ils étaient de braves gens, habitant paisiblement le littoral, qu'ils coupaient volontiers la tête à leurs ennemis, mais que jamais
ils ne s'étaient livrés au cannibalisme.

— Je comprends tout cela, mais que veulent-
ils faire maintenant de nos hôtes qui commencent
à revenir à eux, après cette chaude algarade ?

— Leur couper la tête...

— Ah ! non, par exemple. Si ce brave monsieur... Demande lui donc comment il s'appelle.

— Ousinack.

— ...Si ce brave monsieur Ousinack trouvait si
étrange tout à l'heure que des blancs parussent
manger de la chair humaine, dis lui de ma part
que ces mêmes blancs trouvent révoltante la cou-

tume des noirs qui consiste à faire deux morceaux
de leur semblable.

— Il dit que c'est leur habitude.

— Il faut la changer, car, moi vivant, je ne per-
mettrai pas que deux créatures qui se sont réfugiées
sous mon toit... y a pas de toit, mais ça ne fait
rien, et se sont assis à ma table... la table est
par terre, c'est une manière de parler, soient là-
chement égorgées.

— Il veut bien, mais il demande des perles et
des colliers.

— Dis-lui de repasser. Je suis pour le moment
riche comme un gueux qui a tout perdu.

Ousinack n'en pouvait croire ses oreilles. Comment des blancs se trouvaient sur la terre de Papouasie, et ils n'avaient ni perles, ni étoffes, ni
colliers. Que venaient-ils donc faire si loin ? Ils ne
capturaient pas les insectes, ne chassaient donc pas
les oiseaux du soleil [1] ?

— Dis-lui que nous n'avons plus rien de tous
ces objets-là, mais que s'il consent à laisser partir les Karons je lui ferai un cadeau superbe.

— Tu t'engages beaucoup, mon fi, dit Pierre le
Gall.

— Non. Rappelle-toi que nous avons là-bas

---

[1] Oiseau du Paradis.

une ou deux chemises de laine rouge ; le bonhomme sera enchanté.

Le noir, heureux de la promesse, se tourna vers
les Karons et leur dit, dans son langage empâté de
diphthongues :

— J'ai la parole des hommes blancs. Les hommes blancs n'ont jamais menti... Allez !...

Les deux cannibales, stupéfaits et ravis de ce
dernier incident, se levèrent sans mot dire, tournèrent les talons, et détalèrent comme des kanguroos.

Friquet, non moins satisfait de ce dénouement
pacifique, et toujours hospitalier, offrit à ses nouveaux amis de prendre une collation en attendant
le repas du soir. Cette proposition fut reçue avec
un empressement d'autant plus facile à concevoir
qu'un estomac papou est toujours vide.

Ce « lunch » traîna en longueur jusqu'au sou-
per, dont deux kanguroos abattus fort à propos
par Pierre firent les frais, puis la nuit vint. Un
grand feu fut allumé, et les Papous, heureux
comme de grands enfants, s'accroupirent à l'entour
pour se livrer à ces jeux et à ces conversations
dont ils sont si avides.

La conversation était difficile, car elle devait né-
cessairement passer par les deux organes de Victor
et d'Ousinack. Elle ne languissait pourtant pas,

au contraire, grâce aux commentaires dont les deux interprètes avaient soin d'agrémenter leurs répliques. Les honneurs de la soirée furent en somme pour Friquet. Le Parisien connaissait la passion des sauvages en général pour la musique et des Papous en particulier. Bien qu'il eût une voix déplorablement fausse et que son chant ne fût qu'un effroyable massacre d'innocentes vocalises, il tourna fort habilement la difficulté, et se tira d'affaire en organisant un concert instrumental dont il fit tous les frais.

Un concert instrumental, par 150° de longitude Est, et sous le 10° parallèle ! Mais le gamin de Paris avait vraiment bien d'autres ressources dans son sac. Au moment où les braves insulaires se tenaient accroupis en nasonnant une interminable et plaintive mélopée, une musique tour à tour alerte, vibrante comme un chant de clairon, puis harmonieuse et pénétrante comme un solo de rossignol, s'échappa en une fusée de mélodie, du milieu de la clairière.

L'émotion de ces êtres primitifs fut indescriptible. C'est que l'enragé virtuose déployait un talent véritablement extraordinaire. Possédant à fond son mystérieux instrument, il en tirait des sons aussi variés qu'étendus, passant alternativement d'une mélodie caressante jusqu'à l'énervement, à la joyeuse

ritournelle d'un refrain à la mode, après avoir franchi, sans embardées, disait Pierre, les majestueuses
vocalises d'un grand air. Il aborda tous les genres
avec une maëstria endiablée, et avec un égal succès : l'ouverture de *Guillaume Tell* ou les refrains
de la *Belle Hélène*, la ballade du roi de Thulé
ou les flon-flons effarés de *Chilpéric*, et c'était
merveille de voir les insulaires frémir en entendant
le chœur des Guerriers de *Faust*, pleurer à la ro-
mance de la Rose, ou se livrer aux ébats d'une
gigue macabre, excitée par la polka de Fahrbach.

A bout d'haleine enfin, il dut s'arrêter, bien que
les insatiables spectateurs réclamassent à grands
cris une nouvelle audition. Friquet dut leur pro-
mettre de recommencer le lendemain, après quoi,
il put enfin s'allonger mollement sous un bank-
sia, et essayer de goûter les joies du sommeil.
Pierre vint s'étendre fraternellement à ses côtés,
désireux de savoir le fin mot de cette orgie musicale.

— Etonnant!... Renversant!... on n'a jamais
rien entendu de pareil autour de la mèche. C'est
« suivé » comme au théâtre de Brest. Ah ça! t'as
donc une boîte à musique dans le ventre?

« T'es pas un homme, t'es une pédale.

Friquet se mit à rire.

— On dirait que tu te moques de moi. C'est
comme si tu ne savais pas que deux morceaux

13.

d'écorce bien lisses enserrant un fragment de feuille, produisent une sorte d'anche de clarinette. Il n'y a qu'à souffler dedans et à savoir tout son répertoire. Tout véritable gamin de Paris a entendu les chefs-d'œuvre musicaux plutôt dix fois qu'une... du haut de ce poulailler qui était pour moi un paradis les jours de représentation.

— Mais l'instrument...

— Je viens de t'en donner le secret. Je l'ai assez pratiqué, au temps où je polissonnais sur le bitume parisien. Ai-je fait aboyer les chiens et hurler les passants, les jours où « j'étudiais ».

« Allons, tâchons de dormir. Jusqu'à présent, tout va bien. Notre bonne étoile nous a servis à souhait et nous sommes dédommagés de notre réception à l'île Woodlarck. J'ai mon plan relativement à nos relations futures avec les Papous. Puisqu'ils aiment la musique, on leur en servira à défaut de verroteries.

« Bonne nuit. »

Mais autre chose était d'appeler le sommeil, et de réussir à s'en aller au pays des songes, car les deux amis constatèrent, au prix d'une nuit blanche, combien peu les Papous éprouvent le besoin de dormir. En effet, au lieu de s'allonger sur le sol, ils restèrent accroupis autour du foyer, causant, riant, commentant à perte de vue les événements de la soirée, et recherchant laborieusement les mélodies envolées de l'instrument primitif du gamin de Paris. Ils sommeillèrent deux heures à peine, et se mirent à gambader dans la clairière, au moment où le soleil rougissait les plus hautes cimes.

La journée fut employée au séchage du sagou et à son arrimage dans la pirogue que les noirs, plongeurs intrépides, se firent un plaisir d'aller chercher dans sa cachette sous-marine. Friquet fit présent à Ousinack d'une chemise rouge flambante neuve, dont le brave chef se para séance tenante. Pierre fit le sacrifice de son mouchoir écarlate, le divisa en autant de laisses que la troupe comptait de guerriers, et ceux-ci, non moins enchantés que leur chef, se firent des colliers, tout en admirant l'équité des Européens, qui savaient subordonner à la dignité du récipiendaire, la répartition de leurs largesses.

Comme la région abondait en sagoutiers, les Papous, rompant avec les traditions de leur proverbiale paresse, préparèrent une énorme quantité de la précieuse denrée alimentaire. Les relations continuaient de part et d'autre avec une égale cordialité, grâce à l'enjouement du Parisien, à la rondeur du marin, et aussi à la facilité qu'ils avaient les uns et les autres de converser par l'entremise de Victor.

Friquet apprit sur ces entrefaites, que Ousinack, orginaire de la Nouvelle-Guinée septentrionale, était venu jusqu'à ce point éloigné de quatre cents lieues de son village, poussé par un de ces mysté-rieux besoins de migrations habituels aux hommes des races primitives. Le hasard l'avait amené à une tribu éloignée de huit jours de navigation, et située vers le Sud-Ouest. Grâce à son courage, et à sa force, il en était devenu le chef. Grâce aussi au ru-diment de civilisation appris des Européens et des Malais, il faisait marcher son clan au doigt et à l'œil, et il était ponctuellement obéi. Partis depuis une quinzaine de jours, ils étaient venus pêcher et chasser sur ce cette partie lointaine de l'île. Ils se préparaient à repartir, quand ils avaient aperçu les Négritos, leurs bêtes noires, auxquels ils avaient donné la chasse.

De cette série de renseignements, le Parisien retint un point essentiel. C'est que le village était situé dans le Sud-Ouest.

— Bravo ! C'est notre chemin, nous ferons route ensemble.

— Nous formerons une subdivision navale, ren-chérit Pierre le Gall.

Les préparatifs achevés, la provision de sagou des indigènes fut transportée dans leur barque habilement dissimulée dans une anse, et dont les

Européens n'avaient pu jusqu'à présent soupçonner l'existence.

La vue de ce spécimen de l'art nautique papou, arracha à Pierre le Gall une exclamation de surprise.

— Hein ! matelot, dit Friquet également étonné, que dis-tu du vaisseau amiral ?

— Pas bêtes du tout, nos alliés... mais du tout. C'est proprement ficelé, et je connais pas mal de caboteurs de la Manche qui feraient leur ordinaire d'un chasse-marée de ce gabarit-là.

La pirogue est le prototype par excellence des embarcations de la Nouvelle-Guinée. Les plus grandes, dites pirogues de voyage, ont jusqu'à dix mètres de long, sur un mètre vingt-cinq de large. Telle est celle que Pierre le Gall admire en connaisseur. La coque, creusée dans le tronc d'un cèdre parfaitement sain, est très légère malgré ses dimensions. Elle n'a guère que trois centimètres d'épaisseur ; ce mode de construction nécessite l'emploi d'arcs-boutants intérieurs, pour l'empêcher de s'infléchir, et de gauchir. Elégamment relevée aux deux extremités par un vaste éperon de bois, elle possède une allure hardie et rapide. Son bordage, bas sur l'eau, est exhaussé par un bastingage en nervures de sagoutier, dont nous avons précédemment énuméré les multiples emplois. Ces

nervures naturellement vernies, d'une solidité à
toute épreuve, s'imbriquent admirablement les
unes aux autres, grâce à leur forme concavo-con-
vexe, grâce aussi aux arcs-boutants qui les main-
tiennent et forment une muraille parfaitement
étanche.

De chaque côté de la pirogue, et au-dessus du
bastingage auquel elles sont solidement fixées par
des fibres de rotin, s'étendent latéralement et
jusqu'à deux mètres de la coque, cinq à six tiges
légères. Ces tiges descendent au ras de l'eau en
formant un angle, et elles s'articulent comme des
échelons à un montant d'échelle, à un gros morceau de bois égal au liège en densité, toujours
immergé, et qui sert de balancier. On comprend
que la pirogue ainsi lestée, soit insubmersible, car
sa surface de flottaison étant quadruplée, elle peut
résister à tous les plus brusques déplacements, sans
que sa rapidité soit ralentie. Une toiture de feuilles,
soutenue par une fine charpente, la couvre dans
les deux tiers de sa longueur, et préserve l'équipage des ardentes morsures du soleil. L'éperon de
l'arrière se prolonge en une sorte d'escalier analogue aux affûts des anciens canons de marine ;
quant à celui de l'avant, il est orné de larges plan-
chettes, fixées verticalement, découpées de façons
bizarres, affectant des formes de feuilles, d'hommes,

d'animaux, et dans l'ornementation desquelles le génie décoratif de ces primitifs enfants de la nature s'est largement donné carrière.

Quant à la mâture, c'est une des inventions en apparence les plus naïves, et qui paraît tout d'abord un contre bon sens. Imaginez une de ces grandes chèvres servant aux charpentiers à hisser les poutres, et qui au lieu de n'avoir que deux montants en aurait trois. Remplacez ces lourdes pièces de bois par trois perches de bambou fixées légèrement à l'avant de la pirogue, et vous aurez l'idée de ce mât sans vergues, sans haubans et sans étais. Outre qu'on peut le dresser ou l'amener sans peine, il possède l'incomparable avantage de n'offrir aucune résistance au vent debout, et de paralyser l'effort des rameurs. La brise au contraire est-elle favorable, un gros cylindre placé au pied du mât et amarré par trois cordages, est hissé lentement. Ce cylindre est tout bonnement une vaste natte de sparterie, tressée soit avec le duvet des feuilles de sagoutier, soit avec les plus fines nervures. C'est la voile, enroulée autour d'une tige de bambou. Elle est large de deux mètres, longue de six, et se déroule naturellement en montant. A la partie inférieure, sont crochés deux rotins-lianes servant d'écoutes et permettant de prendre le meilleur vent. La brise fraîchit-elle, il suffit de

larguer l'amarre du milieu qui maintient la vergue
au haut du mât. La voile descend à la hauteur
voulue, manœuvre équivalant à celle qui consiste
sur nos bateaux à amener les hautes voiles et à ne
conserver que les basses. Quant au gouvernail,
c'est une longue rame à large palette fixée à l'arrière par des fibres de rotin, et que des timoniers
couleur de suie manœuvrent à tour de rôle.

La pirogue des Européens fut amarrée à celle
des Papous, puis, nos amis, heureux comme des
naufragés qui s'en vont à la recherche d'une terre
plus hospitalière, prirent place à bord de l'embarcation pompeusement dénommée vaisseau-amiral.

Le Parisien avait jugé à propos de hisser le pavillon français, embarqué, l'on s'en souvient, lors
du départ de *Lao-Tseu*. Bien que les bâtiments des
nations civilisées parcourent rarement ces mers
inexplorées, Friquet espérait attirer par cet insigne
les regards de l'équipage, au cas fort improbable
d'une rencontre bien hasardeuse. C'était une chance
à courir. D'autre part, ces parages foisonnent,
au dire d'Ousinack, de pirates papous, gredins
sans préjugés, qui viennent opérer des razzias sur
les côtes, écument les environs, font main basse
sur les pêcheurs, et ne se privent guère de les
emmener en esclavage. La vue du pavillon, indiquant la présence d'hommes civilisés disposant

d'armes à feu, aurait une salutaire influence sur
les intentions de ces petits rapaces.

Ce mot d'esclavage transmis par Victor avait fait
dresser l'oreille à Friquet.

— Comment? Il y a des esclaves en Papouasie.
Ce n'est donc pas assez de la plaie du cannibalisme ? demanda-t-il à Ousinack.

Celui-ci se mit à rire et transmit la réponse suivante :

— Tous les Papous ne sont pas anthropophages,
loin de là. La preuve, c'est que nous ne le sommes
pas, nous autres riverains. Quant aux montagnards, c'est autre chose.

« Les riverains sont doux, hospitaliers, essentiellement voyageurs, et vivent des hasards de la pêche
ou de la rencontre des sagoutiers. Les montagnards, au contraire, sont sédentaires; ils chassent,
cultivent l'igname, la patate, la canne à sucre, etc.
Ils sont robustes, violents, enragés coupeurs de
têtes, et mangeurs de chair humaine.

— Tiens, interrompit fort à propos Friquet, c'est
ici le contraire de partout. Les agriculteurs sont
ordinairement très doux, tandis que le plus souvent, les riverains de la mer passent pour avoir la
tête près du bonnet.

« Pas vrai, Pierre, dans nos pays du moins, soit
dit sans penser à mal.

— Vrai comme le point de midi, mon fi. Mais, ça n'a rien d'étonnant ici, puisque nous sommes aux antipodes, et que le monde est censément renversé.

— Bravo ! Je ne m'attendais pas à cette réponse qui est vraiment trouvée, repartit en riant Friquet.

— Quant aux esclaves, continua Ousinack par l'organe de Victor, tu verras qu'ils sont bien traités par nous.

— Je n'en doute pas, mon brave Papou, et vous me raccommodez avec une partie de la population de la grande île Océanienne.

Le voyage se continua de la sorte sans incidents, pendant une semaine entière. La navigation était forcément interrompue pendant les nuits que n'éclairait pas la lune. Les pirogues étaient amarrées à la côte, l'on campait à quelques pas de là, pour repartir au point du jour. Si l'on ne rencontra pas de navires appartenant aux pays civilisés, de nombreuses pirogues, aux allures souvent suspectes, croisèrent celle de nos amis et de leurs alliés. Il fut même question un jour que l'une d'elles affectait des allures par trop indiscrètes, de tenter un abordage, car les hommes de son équipage, après s'être approchés à portée de la voix, avaient brusquement enlevé la toiture de feuilles, dont la présence empêche de bander les arcs. Par

cette manœuvre, l'indiscrétion devenait de l'agres-
sion. Friquet fit hisser aussitôt les couleurs, et les
appuya d'un coup de fusil. Cette manœuvre obtint
un succès inespéré, car les noirs agresseurs s'empressèrent de remettre en place leur toiture, ce
qui, disait Pierre, équivalait à fermer les sabords,
puis ils s'enfuirent dans une direction opposée.

Vers le milieu du huitième jour enfin, la pirogue
s'engagea dans une espèce de chenal, aux eaux
basses, et hérissées de pointes coralliennes dont
la présence rendait la navigation à ce point difficile, que plusieurs noirs durent se mettre à l'eau
pour hâler l'embarcation. Puis le chenal devint tout
à coup plus profond et s'élargit en estuaire bordé
des deux côtés d'un épais rideau de palétuviers,
bizarrement perchés sur leurs racines enchevêtrées.

Cet estuaire ne pouvait être que l'embouchure
d'une rivière. La profondeur inusitée de l'eau qui
prit tout à coup une teinte plus foncée, l'indiquait
suffisamment. Il y avait là comme une coupure
dans la roche corallienne, car les polypes tués par
le mélange de l'eau douce et de l'eau salée avaient
laissé le libre accès de la côte.

L'eau saumâtre, mortelle aux coraux, avait en
revanche merveilleusement profité aux palétuviers
— les arbres de la fièvre — comme les appellent

énergiquement les naturels de tous les pays où croît ce produit pestilentiel des marécages.

La pirogue croisait à ce moment de nombreux bâtiments de toutes grandeurs, depuis la grande embarcation de guerre, jusqu'à la « périssoire » pouvant à peine porter un seul rameur. Des cris de joie accueillaient la vue des blancs, et les mots de : « Tabe, Touan ! » (Bonjour, Monsieur) éclataient quand les Européens montraient leur tête.

De nombreux îlots émergeaient comme des bouquets de verdure au milieu du fleuve, dont les berges s'infléchissaient en de capricieux détours. Enfin, le cours d'eau sembla se perdre dans un vaste bassin couvert de plantes marécageuses, au beau milieu duquel s'élevaient une dizaine de maisons d'un aspect véritablement extraordinaire.

Sur une forêt de pilotis, hauts de sept ou huit mètres, entre lesquels circule en bateaux une foule joyeuse et babillarde, reposent à cinquante mètres au moins du rivage, d'énormes constructions de deux catégories bien distinctes, toutes édifiées en bois, naturellement. La plupart affectent la forme d'un vaste quadrilatère, couvert d'une immense toiture en feuilles de bananier ou de cocotier, rappelant assez bien la coque renversée d'une pirogue. Deux maisons seulement, un peu isolées des

autres, et beaucoup plus petites, ressemblent à de
grandes niches, supportées par quatre longues
perches.

Et comme Friquet faisait demander à Ousinack
pourquoi cette différence, le Papou, clignant de
l'œil, lui répondit que ces dernières servaient d'habitation aux jeunes gens en âge d'être mariés.

La moitié à peu près de ces maisons sont réunies
à la côte par une série de troncs d'arbres, placés
bout à bout, supportés en plan incliné par des
chevalets, et que le moindre effort peut jeter à l'eau
pour établir une infranchissable barrière entre la
construction et la terre ferme. Les autres sont complètement isolées sur leurs pieux, auxquels demeurent amarrés les bateaux. Friquet, vivement
intéressé par la nouveauté, l'étrangeté même de
ce spectacle, n'en peut croire ses yeux. C'est bien
là un village lacustre, comme on en a découvert
dans le centre de l'Afrique et, comme le dit si bien
M. Achille Raffray, le courageux et consciencieux
explorateur français de la Nouvelle-Guinée, plus
semblables peut-être encore à ces stations lacustres des temps préhistoriques, dont les imagina-
tions savantes nous ont tracé des tableaux qu'on
dirait copiés d'après nature dans les îles de la Papouasie.

La pirogue **arrêtée**, Ousinack se prépara à escalader sa demeure aérienne. Rien qui ressemblât d'ailleurs à une échelle, encore moins à un escalier. L'ascenseur, comme disait Friquet, se bornait à une série d'entailles profondes pratiquées à un des pilotis. Mais l'emploi de ce moyen primitif de communication était un jeu pour les deux Français. Ils se hissèrent, ainsi que le Chinois, avec une agilité d'écureuils, à la suite du chef, et à la grande joie des Papous, que cette prouesse de gymnastes étonna et ravit.

Les trois naufragés pénétraient dans le « home » papou.

— Paraît, dit Pierre, qui s'avançait le premier, que nous allons habiter une hune. Rien n'y manque, pas même le trou du chat.

— Oh ! la ! la ! dit Friquet, mais il y a un monde fou, dans ta hune. Comment diable ne dégringolent-ils pas tous dans l'eau, à travers ces solives, espacées de plus d'un mètre, formant le plancher.

« Bon Dieu ! que c'est donc drôle. »

Le spectacle est, en effet, extraordinaire. La maison papoue, qui affecte, avons-nous dit, la forme d'un vaste quadrilatère, se compose intérieurement d'un cadre reposant sur les pilotis. Sur ce cadre, des solives, jetées en long et en travers,

forment des claires-voies d'un mètre carré, ou-
vertes comme des puits sur la mer. Tel est le
plancher composant un couloir longitudinal. A
droite et à gauche, de légères cloisons en feuilles
et en nervures de sagoutier, percées de sept ou
huit portes, fermant chacune la chambre de toute
une famille. Enfin, à l'avant, et toujours du côté
de la pleine mer, la maison se termine en une
vaste esplanade, ouverte de tous côtés, mais couverte aussi d'une toiture de feuilles. C'est le belvédère, où tout le clan habitant cette énorme bâtisse,
vient respirer l'air frais. C'est le salon de conversation où se réunissent, pendant le jour, les fa-
milles confinées dans la demeure lacustre. Et par
famille, nous n'entendons pas seulement le père,
la mère et leur lignée, nous prenons ce terme
dans son expression la plus large, signifiant les
proches, les esclaves, les affranchis, et tous ceux
que les besoins communs de la vie ont groupés
sous l'autorité, plutôt nominale qu'effective, d'un
« pater-familias » indigène.

Chacune des chambres est spécialement affectée
à une famille proprement dite, et il n'est pas rare
qu'une maison papoue renferme ainsi cinquante
à soixante individus, hommes, femmes et enfants,
à l'exception, avons-nous dit, des jeunes gens nu-
biles relégués dans des demeures particulières.

Tout ce monde, vêtu de nippes rudimentaires, mais effiloquées, malpropres, et odorantes, se tient d'aplomb sur les solives, faisant aux Européens une réception des plus cordiales.

Si l'extérieur a paru original à Friquet et à Pierre, l'intérieur leur offre le spectacle d'un pandémonium inénarrable, où s'entassent, dans un pêle-mêle inouï, toutes les choses indispensables à la colonie lacustre. Rien de moins confortable, d'ailleurs, que ce mêli-mêlo de branches, de nattes, d'écorces, de bambous, de feuilles, de haillons épars de tous côtés, formant une litière roulante, vacillante, croulante, prête à chaque instant à faire le plongeon. C'est là tout le mobilier, avec quelques planches taillées à l'aide du péda, et qui sont jetées çà et là, sur les claires-voies du plancher, comme des îlôts que l'on ne peut atteindre qu'après une gymnastique désordonnée. Ces planches servent, les unes de lit, les autres de foyer. Une litière de feuilles sur les premières constitue le matelas, et une épaisse couche de terre recouvrant les secondes tient lieu d'âtre. Les aliments, quand ils ne sont pas mangés crus, sont grillés ou cuits sous la cendre. Des lances, des flèches, des pagayes, des rames, des harpons des pirogues suspendues au plafond du couloir, quelques cylindres de bambou, dont l'entre-nœud a été enlevé à un bout, et servant de seau..., c'est tout.

Friquet, après avoir inventorié d'un rapide coup d'œil ce phalanstère primitif, voulut traverser ce long couloir pour gagner le belvédère. Ce n'était vraiment pas chose facile, que de franchir cette espèce de treillage, aux brins de la grosseur du poignet, au-dessous duquel clapotait la mer contre les pilotis. Mais notre Parisien en avait vu bien d'autres. Aussi, ce fut sans la moindre appréhension qu'il se livra à une série de sauts qui le portèrent, de solive en solive, jusqu'au point découvert où il s'arrêta, pour jouir d'un spectacle charmant. Pierre le suivit avec une égale prestesse. Pareille gymnastique était un jeu pour lui qui, tout enfant, avait évolué au milieu des agrès d'un navire. Quant à Victor, il ne put, malgré toute sa bonne volonté, quitter une plate-forme où il s'était réfugié. Il avait bien essayé d'imiter ses amis, mais le vertige l'avait tout d'abord saisi. L'on dut étendre devant lui des nattes sur lesquelles il s'avançait d'un pas mal assuré, à la grande joie d'un clan de gamins de quatre et cinq ans, qui sautillaient de branche en branche avec une précision de singes, en compagnie de petits cochons à museaux roses qui cabriolaient comme sur la terre ferme.

14

Ousinack rejoignait en même temps les deux Français, et leur montrant la maison d'un geste cordial, sembla dire :

— Vous êtes chez vous.

CHAPITRE XI

Friquet et son ami, incapables de demeurer dans
la chambrette hermétiquement close, et disons-le,
superlativement odorante, que le brave Ousinack
avait mise à leur disposition, avaient dû s'accommoder d'une partie du belvédère. Nous continuerons à donner ce nom à cette portion de l'habitation lacustre. Là, du moins, leurs poumons habitués
aux vivifiantes effluves de la brise, n'avaient plus à

redouter les fétides émanations du pandémonium
aérien. La concession de ce nouveau local ne s'était
opérée pourtant qu'après de longs pourparlers,
au cours desquels une singulière superstition de
leurs hôtes leur fut révélée.

Friquet, en pénétrant dans la case, s'était trouvé
dans une complète obscurité. Il avait tout naturellement demandé un peu d'air et de lumière. Comme
sa requête devait, au préalable, passer par l'organe
de Victor, interprète de bonne volonté, mais
forcément très lent et quelquefois inintelligible,
notre ami fit ce que chacun eût fait à sa place, et
se mit en devoir de déranger une feuille de la toiture.

Cette opération, si simple en apparence, souleva
une véritable tempête de protestations. Tous les
habitants de la maison, hommes, femmes, enfants
à gros ventre, s'en vinrent en foule s'opposer à
l'acte du Parisien, et il n'est pas jusqu'aux petits
cochons qui n'ouvrissent désespérément leurs
museaux circulaires, et tordissent rageusement
leur queue en vrille pour témoigner leur indignation.

— Eh bien! qu'est-ce qui les prend? Il paraît
que je commets un crime. Mais on étouffe là-
dedans. Je ne veux pourtant pas l'emporter, votre
case.

« Voyons, Victor, demande-leur donc si je me rends coupable d'un sacrilège. »

L'expression n'avait en effet rien d'exagéré. Le jeune homme apprit que la moindre ouverture pratiquée à la toiture aurait pour résultat l'introduction immédiate des mânes des ancêtres, que ceux-ci apporteraient toutes sortes de maléfices et que la case serait incontinent transformée en une véritable boîte de Pandore.

— Fallait donc le dire tout de suite. Qui diable aurait pu supposer que les anciens étaient de sinistres farceurs et que, au lieu de protéger leurs descendants, ils s'ingéniaient à leur jouer les plus mauvais tours. En tout cas, si ce sont de mauvais plaisants, ils ne sont pas très forts, car les ouver-tures ne manquent pas ici.

« Enfin, il paraît que la toiture est leur lieu d'élection. Respectons donc les croyances de nos hôtes, et changeons de local.

« Eh !... Qu'est-ce que c'est que ça ?... reprit Friquet d'une voix légèrement altérée. »

Il venait de mettre le pied sur quelque chose de mollasse et de résistant tout à la fois, qui rampait sur le plancher couvert d'écorces. Une odeur fade et musquée se répandait en même temps dans le réduit obscur, puis un susurrement d'écailles froissées se fit entendre. Les petits cochons accou-

14.

rurent de toutes parts, se rangèrent en demi-cercle devant la porte, tendant leurs groins roses et expectorant une musique infernale.

— Est-ce que j'aurais mis le pied sur quelque ancêtre? demanda le jeune homme qui franchit la ligne bruyante, suivi de trois ou quatre magnifiques serpents, longs de trois mètres, fort gros, et diaprés des plus chatoyantes couleurs.

— Dis-donc, matelot, fit Pierre, ils voulaient nous donner de singuliers camarades de lit, nos bons Papous.

— Des serpents! Tonnerre! Pas de plaisanteries, c'est le seul animal que je craigne. Ce n'est pas de la peur qu'il m'inspire, mais plutôt une insurmontable horreur contre laquelle tout raisonnement est impuissant.

— Tiens, vois donc, les cochons ne paraissent guère effrayés. Au contraire, ce sont les serpents qui vont battre en retraite. Hardi! les habillés de soie! Mais ils vont les dévorer.

Ousinack ne l'entendait pas ainsi. Il saisit une longue lance dont il se servit comme d'une gaule, et d'un coup vigoureusement cinglé, qui tomba sur toutes les échines symétriquement rangées, mit en fuite le bataillon bruyant. Pendant que les porcs se réfugiaient craintivement entre les bras des femmes et des enfants, avec ces petits gestes ca-

lins et épeurés de king-charles ou de havanais, le
chef fermait bruyamment la porte sur le clan des
reptiles.

— C'est qu'ils les mangeraient si l'on n'y mettait
bon ordre, dit-il en malais, et ils ne sont pas gras.

— Qui ? les serpents ?

—Sans doute. Nous les engraissons ici pour notre
consommation. Ils vivent familièrement et ne sont
aucunement venimeux.

— Tant que voudrez, **mon digne Papou.** Mais
mon ami et moi, nous n'avons aucun goût pour les
anguilles de buisson.

Friquet n'avait malheureusement pas eu le temps
d'étudier cette partie de la zoologie qui traite des
ophidiens. Il n'eût en effet éprouvé nulle appréhension à la vue de ces serpents, les plus beaux
qu'on puisse voir — si toutefois un serpent peut
être beau — et les plus inoffensifs. Il eût reconnu
d'emblée, le « *Condropython pulcher* », un genre
particulier à la Papouasie, qui forme, en quelque
sorte, la transition entre les reptiles de l'Ancien et
du Nouveau-Monde, en ce sens qu'il possède les
caractères particuliers au python d'Afrique et à la
couleuvre d'Amérique.

Les écailles qui bordent ses lèvres sont creusées
de fossettes carrées, qui lui donnent un aspect
hirsute et rébarbatif, quoiqu'il possède le meilleur

naturel, sous sa chatoyante enveloppe. Son corps, long de deux à trois mètres au plus, est, quand le sujet a atteint l'âge adulte, du plus magnifique bleu-d'acier. Tout jeune, il est rouge-brique, plaqué d'hiéroglyphes ; plus tard, il devient jaune-ocreux, et les hiéroglyphes s'effacent. Il passe ensuite au vert foncé, légèrement marbré, avant de subir sa dernière tranformation.

Mais, voilà : bons ou mauvais, beaux ou laids, Friquet n'aimait pas les serpents.

Il se confina avec ses deux compagnons dans la partie ouverte de la demeure aériennne, que Pierre appelait le gaillard d'avant, et où ils passèrent trois jours dans l'attente d'un divertissement que leur avait promis Ousinack. Après quoi, ils rejoindraient, sur leur frêle esquif, la route du détroit de Torrès.

Avant de prendre part à cet fête, et sur les détails de laquelle le grand chef gardait le silence le plus absolu, le Parisien put examiner cette curieuse race Papoue, sur laquelle nous ne possédons en Europe que des documents encore bien incomplets. Les habitants du village ressemblaient, trait pour trait, aux indigènes de l'île Woodlarck ; même couleur de suie, mêmes ornements, mêmes lignes, mais la coiffure différait essentiellement. Il y avait là des édifices capillaires qui eussent fait l'étonnement et le désespoir de nos plus audacieux artistes. Sans compter les monstrueuses « têtes-de-loups », selon l'expression de Pierre, dont la régularité s'obtient à l'aide d'un tison passé sur les mèches folles, on voyait des toisons divisées en dix, quinze et vingt pelotes, serrées à la base par une ficelle, et dressées sur un pied mince, rigide comme ceux des pompons de shakos. D'autres portaient un seul chignon, également serré à la base, et s'épanouissant en un large champignon dans lequel était planté à demeure, le peigne papou, une grande brochette en bambou, à trois ou quatre dents, plus semblable à une fourchette qu'à toute autre chose.

Friquet se rappelait, en outre, avoir entendu parler des esclaves, lors de la première rencontre avec les Papous, quand ceux-ci voulaient faire un mauvais parti aux Karons anthropophages. Bien que les esclaves fussent nombreux en Nouvelle-Guinée, et qu'il y en eût un certain nombre dans la case d'Ousinack, le Parisien n'avait pu les reconnaître sans qu'on les lui eût désignés personnellement. C'est que leurs conditions d'existence sont sensiblement les mêmes que celles de leurs maîtres. Portant le même vêtement, partageant leur nourriture, égaux en intelligence, et représentants de la même race, ils ont des intérêts communs, auxquels ils

collaborent les uns et les autres avec une égale activité. La plupart sont des enfants recueillis ou
enlevés après des batailles. Ils grandissent près du
chef, arrivent à se racheter, et à devenir les égaux
de leur ancien maître.

Leur état s'est d'ailleurs beaucoup amélioré,
depuis les prohibitions rigoureuses des Hollandais.
Sous l'ancienne domination des sultans malais, les
indigènes de la Nouvelle-Guinée étaient, comme
leurs homonymes de la côte africaine, menacés de
razzias. Les flottilles malaises opéraient de fréquentes descentes, et les chefs Papous vendaient,
pour le compte des traitants des Moluques, les
prisonniers qu'ils faisaient au cours de leurs interminables campagnes. Cet état de choses est heureusement terminé, et l'exportation des naturels de la
Nouvelle-Guinée est aussi impossible, sinon plus,
que celle des riverains de la Guinée africaine.

Enfin, le grand jour tant souhaité arriva. Pendant que Pierre, Friquet et Victor sommeillaient
encore sur leurs nattes, les habitants de la maison lacustre, Ousinack en tête, étaient allés à terre
dans le plus grand silence. Ils revinrent en exé-
cutant un charivari démoniaque, et portant en
grande pompe de vastes sacs pleins de mystérieux
objets.

Les sacs hissés sur la plate-forme, les clameurs

redoublèrent, s'il est possible, d'intensité, puis Ousinack et deux notables ouvrirent précieusement les
récipients.

A l'aspect du contenu, Friquet ne put réprimer
un insurmontable mouvement d'horreur. Ils étaient
remplis de crânes humains, secs, luisants et enfilés
par six à des lianes de rotins.

— Voilà donc la surprise, dit-il à Pierre non
moins écœuré.

—Si ce sont là les apprêts de la fête, que sera la
fête elle-même ?

— Diable ! s'ils veulent nous faire assister à quelque régal d'anthropophages, je n'en suis pas ! coûte
que coûte, je déménage !

— En voilà une société. Des serpents à l'engrais,
des sauvages cannibales et des enfants près de jouer
aux boules avec des têtes de morts !

— Mais vois donc la joie mêlée de respect avec
laquelle ils manipulent ces ossements. On dirait
véritablement qu'ils accomplissent une cérémonie
religieuse.

Les cris, modulés sur une sorte de rythme bizarre,
affectaient l'apparence de versets entonnés par les
organes graves des hommes. Les femmes et les enfants répondaient de leurs voix aiguës, puis les trois
officiants secouaient furieusement les chapelets de
boîtes osseuses, qui se heurtaient avec un bruit

sec. La complainte fut longue et les virtuoses, à
bout d'haleine et de salive, durent à plusieurs
reprises humecter leurs cordes vocales avec la sève
fermentée du sagoutier qui produit une boisson
agréable et enivrante.

Les Européens appréhendaient que ce prologue
lugubre n'eût une suite plus lugubre encore. Il
n'en fut rien. L'incantation terminée, les lianes
soutenant les crânes furent amarrées entre les
poteaux soutenant la toiture du belvédère, où ils se
balancèrent comme des lanternes, au souffle de la
brise.

— Nous pouvons maintenant partir pour la
chasse, vint dire Ousinack avec sa cordialité habituelle.

— C'est à la chasse que nous allons? demanda
Friquet. Quelle espèce de chasse, s'il vous plaît,
ami Papou?

— A celle de l'*oiseau du soleil*, répondit-il joyeusement.

— Permettez-moi de vous faire observer que
vos préparatifs sont pour le moins singuliers, reprit
le Parisien en montrant les hideux débris à la
face figée dans leur grimace de squelettes.

Ousinack se montra surpris de la réflexion.

— Les blancs ne savent donc pas que les Papous
ne se mettent jamais en route sans protéger leurs

demeures en exposant les têtes de leurs ennemis tués aux combats.

Friquet fit un geste de dénégation.

— Quand les blancs partent pour la chasse, quand ils s'en vont en guerre, qui donc éloigne les mauvais esprits de leurs maisons ? Qui donc en défend l'approche aux malfaiteurs ?

— Nous avons des procédés beaucoup moins compliqués. Indépendamment des serrures de sûreté, il y a dans les villes des gentlemen habillés de noir que l'on appelle gardiens de la paix et qui vous mettent proprement au violon les particuliers dont les idées relatives à la propriété ne sont pas suffisamment orthodoxes.

e laisse à penser au lecteur l'impression que dut produire au digne sauvage cette phrase transmise par Victor.

Le Papou hocha la tête, comme si le petit Chinois lui eût mis sous les yeux le casse-tête bien connu, son compatriote, et répondit après un moment de réflexion :

— J'ai connu à Dorey et à Amberbaki des blancs qui ne manifestaient pas la même horreur pour les crânes. Il les achetaient et les emportaient dans leur pays. Qu'en voulaient-ils faire, sinon effrayer leurs ennemis?

Friquet pensa, avec raison, que des naturalistes

ayant besoin, pour les études anthropologiques, de crânes océaniens, avaient dû faire de nombreux emprunts aux collectionneurs Papous. Mais, comme Ousinack ne devait pas, à beaucoup près, connaître même de nom la science illustrée par Paul Broca, le Parisien ne jugea pas à propos de rectifier son erreur.

— Mais... avez-vous mangé leurs propriétaires ?

— Non, répondit en souriant le chef. Nous ne *mangeons plus* nos ennemis. Quand nous sommes en guerre et que nous sommes les plus forts, nous emmemons en esclavage les femmes avec les enfants et nous coupons la tête à tous les hommes. Un coup de « péda » et c'est fait. Nous sommes tous très habiles. Le corps est jeté à l'eau, puis nous rapportons les têtes. Jadis, on les faisait cuire pour les manger. Cette coutume est encore suivie dans mon pays, mais ici on a l'habitude de les mettre dans des fourmilières. Les fourmis dévorent la chair et ne laissent que les os.

« Les crânes sont cachés au milieu des bois, dans des troncs d'arbres morts, et l'on va les chercher dans les grandes occasions, quand la maison doit être abandonnée pour un temps plus ou moins long. Jamais un ennemi, quelle que soit son audace, n'oserait en approcher, tant leur vue inspire de terreur.

« Maintenant, nous allons chasser l'*oiseau du soleil*.

— Eh ! que diable veux-tu en faire ?

— Dans cinq lunes, nous irons vers le Nord, au village où il y a des Malais. Nous emporterons les peaux des oiseaux. Les Malais les achètent pour les revendre aux blancs. Ils nous donneront des pointes de fer pour nos lances, des « pédas » bien tranchants, du riz et de l'eau de feu, termina le chef avec une ardente convoitise.

— Soit. Nous ne demandons pas mieux. Cela nous changera un peu d'air, puis, l'expédition terminée, nou snous remettrons en route.

Friquet n'ignorait pas que les peaux d'oiseaux de paradis sont l'objet d'un commerce fort étendu, et que les Malais en font un article très recherché. Quelques noirs dépouillent avec une extrême habileté ces merveilleux oiseaux, rendent les peaux imputrescibles à l'aide d'une préparation fort simple, et les expédient en quantités assez considérables. Cette industrie est d'ailleurs fort ancienne, car, lorsque les premiers voyageurs européens abordèrent aux Moluques, ce pays par excellence de la muscade, du girofle et autres épices vendues alors au poids de l'or, les naturels leur présentèrent des peaux d'oiseaux recouvertes de plumes si admirablement belles, que ces hommes éblouis, fascinés, oublièrent un moment leurs idées de lucre.

Les Malais leur donnaient le nom de « *manouk dewata* », oiseaux de Dieu. Les navigateurs portugais, peu érudits en histoire naturelle, ne leur voyant ni ailes ni pattes, crurent que cette étrange conformation leur était particulière. Ils les appelèrent, en raison de la splendeur de leurs nuances « *passaros do sol* », oiseaux du soleil, — tandis que les Hollandais les baptisèrent « *avis paradiseus* », oiseau de paradis.

Johann van Linschoten leur conserve ce nom en 1598, et leur fait une légende : « Ces admirables « créatures, dit-il, n'ont ni pieds ni ailes, comme « on peut s'en assurer en voyant celles qui sont « transportées dans l'Inde et en Hollande. C'est « une denrée tellement précieuse, qu'elle n'arrive « presque jamais en Europe. Personne ne peut les « contempler vivantes, car elles habitent les airs, « se tournent toujours vers le soleil et ne se posent « sur le sol que pour mourir ! »

Plus de cent ans après le voyage de van Linschoten, W. Funnel, un des compagnons de Dampier, en vit à Amboine quelques échantillons qui l'émerveillèrent. On lui dit, mais à tort, que ces oiseaux, fort friands de muscades, émigraient jusqu'à Banda pour les manger, que ce fruit les enivrait, qu'ils tom-

baient sur le sol et devenaient la proie des fourmis.

En 1760, Linnée, Linnée lui-même, aurait-il été
victime de la même mystification que les navigateurs, puisque l'illustre savant suédois appela
« *paradisea apoda* » *paradisier sans pieds !* la grande
espèce, en dépit des travaux antérieurs de Jean de
Laët, Clusius, Marggraf, Worm et Bontius. L'on
n'en avait d'ailleurs vu jusqu'alors aucun échantillon complet en Europe, et nul ne possédait la
moindre notion sur leur manière de vivre.

Il n'est peut-être pas d'oiseau sur le compte
duquel on ait débité autant d'absurdités. N'a-t-on
pas affirmé sérieusement que, privés des moyens
de se poser à terre ou sur les arbres, ils se suspen-
daient aux branches à l'aide des longues barbes
plumeuses dont ils sont ornés, et que, n'ayant
d'autre lieu d'habitation que l'air, ils dormaient,
s'accouplaient, pondaient, et soignaient leur pro-
géniture en volant ! D'autres, pour rendre le phénomène plus admissible, prétendaient que le mâle
portait dans le dos une cavité où la femelle dépo-
sait ses œufs et les couvait ensuite, grâce à une
cavité correspondante qu'elle avait à l'abdomen.
Quelques auteurs, trouvant cette hypothèse quelque peu hasardée, avancèrent que la femelle du
paradisier plaçait ses œufs sous ses ailes au milieu

des longues barbes de plumes, etc., etc. J'en passe et des meilleures.

Aujourd'hui même, la monographie de ce splendide échantillon de la flore océanienne est bien incomplète, puisque certains naturalistes en chambre prétendent et impriment dans leurs traités d'histoire naturelle que ces oiseaux émigrent annuellement à Ternate, à Banda et à Amboine. Or, les deux auteurs qui ont de nos jours étudié le plus consciencieusement le paradisier sur place, MM. A. Russel Wallace et Achille Raffray, réduisent à néant cette hypothèse, et avec juste raison. Les paradisiers, à l'état vivant du moins, sont aussi inconnus dans ces îles qu'en Europe. La preuve, c'est qu'ils sont appelés, dans l'archipel malais : « *bourong mati* », oiseaux morts. Les trafiquants de cette région ne les ont donc jamais vus en vie.

Comme compensation à ses misères, notre Parisien, toujours désireux de s'instruire, allait pouvoir éclaircir certains points encore bien obscurs relativement aux habitudes de ces magni--fiques oiseaux.

Les chasseurs, au nombre d'une trentaine, armés pour la circonstance, portaient des arcs beaucoup plus petits que ceux dont ils se servent habituellement. Leurs flèches, au lieu d'être garnies de pointes d'os ou de fer, étaient terminées par une boule de la grosseur du pouce, afin d'étourdir les oiseaux sans déchirer leur peau et sans maculer de sang leur plumage délicat.

Friquet et Pierre avaient, à tout hasard, emporté leurs fusils, bien qu'ils ne possédassent pas de plomb de chasse, et que la hauteur à laquelle se tiennent les paradisiers, rendît l'usage de la balle franche à peu près impossible. La troupe se mit en marche pendant la nuit et pénétra dans la forêt vierge un quart d'heure environ avant le lever du soleil. Ousinack avait recommandé aux Européens le silence le plus absolu, car le gibier que l'on allait poursuivre est des plus sauvages.

Les noirs chasseurs s'avançaient lentement, en file indienne, se glissant à travers les lianes humides de rosée, écartant les herbes, contournant les racines tordues, enlacées comme des reptiles géants. Puis, les premières lueurs flamboyèrent aux plus hautes tiges et au milieu du silence majestueux qui planait encore sur la forêt endormie, jaillit un cri rauque, sonore, une note vibrante respirant tout à la fois la joie et l'audace. L'oiseau du soleil saluait le retour de l'astre dont il porte le nom.

La troupe s'arrêta, les Papous se dissimulèrent, se firent petits, retinrent leur souffle et apprêtèrent leurs armes tandis que le chef montrait de son doigt,

dirigé vers la coupole de verdure, les oiseaux
merveilleux auxquels la fée océanienne a prodigué
les couleurs de son opulente palette.

Un faible cri répondit dans le lointain à ce
bruyant appel. C'était la réponse de la femelle. Puis
de tous côtés les notes éclatantes des mâles retentirent à l'envi. Ousinack se frotta les mains et chuchotta :

— La chasse sera bonne. Les *bourong raja* — tel
est le nom que les Papous donnent au paradisier
— vont commencer leur *sacaléli*.

— Qu'est-ce que cela veut dire ? demanda **Friquet**.

— Les « bourong » vont danser.

— Danser ?...

— Regarde et tais-toi.

Le chef disait vrai. A quatre-vingts pieds du sol
s'étendaient horizontalement de vastes rameaux
étalés, appartenant à une espèce d'arbres très
commune en cet endroit. Sur cet écrin de velours
vert s'agitaient, voletaient, s'agaçaient, roulaient,
enveloppés d'un nimbe d'or, lumineux et chan-
geants comme des poussières diamantées, une
trentaine de paradisiers mâles. Rivalisant de
grâces et de séductions, ils balançaient mollement
leurs panaches ondoyants, tendaient leurs ailes
vibrantes, agitaient leurs plumes flexibles, dres-
saient leur col orgueilleux, hérissaient leurs plumes

frémissantes, et se croisaient en tous sens comme les atômes irisés qui scintillent dans un rayon de soleil.

De temps en temps, une fusée multicolore trouait la voûte de verdure, et une nouvelle perle venait s'ajouter à cet opulent écrin. Le « sacaléli » ou assemblée dansante des paradisiers fut bientôt au grand complet.

Friquet contemplait, extasié, ce spectacle, dont bien peu d'yeux intelligents ont pu admirer l'incomparable splendeur. Cette terre lointaine, cette forêt luxuriante et sauvage, au milieu de laquelle il était comme perdu, ces hideux cannibales qui l'environnaient, tout concourait à exalter encore son ravissement. Que de beautés en vain prodiguées ! se disait non sans raison le jeune homme. Et, pourtant, cette sauvagerie, cet isolement, sont l'élément indispensable de leur conservation relative. Car, vienne le jour où ce que nous appelons la civilisation aura revendiqué ces terres inexplorées, la forêt vierge tombera, entraînant dans sa chute ces hôtes dont l'homme civilisé peut seul apprécier la splendeur.

Un sifflement rapide vint brusquement arracher Friquet à ses réflexions. Ce sifflement fut suivi d'un léger bruit mat, comme étouffé. Un paradisier,

15.

frappé par l'infaillible flèche d'un chasseur, tombait assommé en tournant mollement sur lui-même,
au milieu du tourbillon multicolore de ses plumes.
Chose étonnante, ses compagnons, grisés de
soleil, enfiévrés d'orgueil, ne semblèrent pas
s'apercevoir de sa brusque disparition. Ils conti-
nuèrent à s'ébattre bruyamment, à se baigner dans
la zone lumineuse, à rivaliser de grâce et d'éclat,
sans plus s'occuper de ce qui pouvait se passer
dans ce bas-fond où ne pénétraient pas encore les
rayons de l'astre du jour.

Cet oubli devait causer leur perte. Car autant
le paradisier est farouche quand il entend ou voit
l'homme s'approcher sous bois, autant il devient
confiant, imprudent même, lorsque, après avoir
trouvé le lieu favorable à ses ébats, il a commencé
son « sacaléli », sans avoir été préalablement trou-
blé. La première victime était tombée aux pieds du
Parisien, qui put, sans faire aucun mouvement,
l'examiner à l'aise. C'était un spécimen de l'espèce
dite : « paradisier grand-émeraude ». Atteignant
presque la taille d'un pigeon, cet oiseau, d'une belle
couleur de café brûlé, a le cou et la tête jaune-
paille, la gorge d'un beau vert métallique ; il porte
sous les ailes de longues et épaisses houppes de
plumes soyeuses, d'une jolie nuance noisette, frangées de pourpre ou d'orange. Ces touffes flocon-

neuses retombent sous les ailes en élégants fais-
ceaux quand l'oiseau est au repos, mais à la moindre excitation, les ailes se dressent verticalement,
la tête se penche en avant, les deux panaches se
déploient, formant deux éventails ourlés d'or ou de
pourpre, rayés à la base d'incarnat qui passe teinte
par teinte au brun pâle. Le paradisier disparaît
presque tout entier sous cette riche parure. Le corps
se déprime, et le nimbe d'or de ces houppes ondu-
lées, violemment repoussé par le jaune de la tête
et l'émeraude de la gorge éclate en inimitables
reflets.

Le massacre continuait au grand chagrin de Friquet et de Pierre lui-même, qui maudissaient intérieurement l'âpreté des Malais et la coquetterie
des femmes civilisées qui, pour un caprice de toilette, dépeuplaient ainsi la forêt de sa gracieuse
parure. Les femelles, dont le plumage n'offre,
d'ailleurs, rien de bien remarquable comme éclat,
étaient doublement épargnées, car ce tournoi
d'oiseaux était exclusivement donné en leur honneur. Elles devaient servir d'appât à la cupidité
des chasseurs et leur faciliter une véritable hécatombe. Car à peine un paradisier était-il tombé
qu'un autre, appelé par les cris de l'inconsciente
pourvoyeuse, le remplaçait. C'était bien ou jamais
le cas de dire comme le poëte :

..... primo avulso, non deficit alter
aureus.

Parmi les dix-huit espèces aujourd'hui connues,
et dont onze appartiennent exclusivement à la
grande île des Papous, trois tombèrent sous les
coups des chasseurs, qui choisissaient naturellement les plus belles, les plus rares par conséquent.

Une heure s'était à peine écoulée, qu'une cinquantaine d'oiseaux de paradis jonchaient le sol, au
milieu des herbes, comme des fleurs décapitées.
Indépendamment du « grand-émeraude » le Parisien contemplait avec un sentiment d'admiration
et de regret, ce paradisier que Buffon appela le
« *magnifique* ». C'est le « *paradisea regia* » de
Linnée, que l'on désigne aujourd'hui sous le nom
de « *diphyllodes magnificus* ». A peine de la taille
du merle, mais paraissant deux fois plus gros,
en raison des plumes érectiles qui s'échappent de
dessous ses ailes, il semble que la nature ait épuisé
pour l'orner, tous les trésors de son écrin. Comment dépeindre ce corps glacé de vermillon ardent,
possédant le doux éclat du verre filé, et passant
graduellement au jaune orangé sur les petites
plumes veloutées du cou et de la tête ! Et ce blanc
soyeux du ventre, satiné comme un pétale de lys,

qu'une bande d'émeraude sépare du rouge de la
gorge ; et cet œil, profond, caché sous un sourcil
vert métallique, venant se perdre à la base du bec
jaune d'or, fin, effilé, élégant comme un bec de
colibri. La richesse de son plumage, le bleu magnifique de ses pattes et de ses jambes, eussent suffi
à faire de ce bijou la merveille des merveilles,
mais ce n'était pas assez pour satisfaire la prodi-
galité de l'Isis océanienne. Elle a voulu lui donner deux ornements uniques en leur genre. Sur
les côtés de la poitrine se trouvent deux petits
plastrons de plumes noisette, larges de cinq centimètres, bordés d'une bande d'un beau vert, que
l'oiseau dresse à volonté en éventail d'émeraude.
A cette parure dont l'originalité n'a d'égale que
la splendeur, il faut ajouter les deux pennes mé-
dianes de la queue, qui, minces, déliées, comme
un fil de métal, se croisent à l'origine, pour
s'arrondir bientôt en deux arabesques sinueuses,
dont l'extrémité, garnie d'une houppe formée d'un
impalpable duvet, scintille au soleil, comme une
gemme animée.

Le carnage étant terminé, les égorgeurs — le
mot n'a rien d'exagéré — avaient rompu le silence.
Les deux Français pouvaient donner libre cours à
leur admiration, au grand étonnement des sauvages
qui ne voyaient là que des « bourong-raja » aux-

quels ils ne faisaient pas plus attention que nos
paysans à de vulgaires passereaux.

— Pauv' petite bête du bon Dieu ! murmurait
Pierre avec une commisération attendrie, en sou-
levant délicatement un « petit-émeraude » dont le
bec laissait perler une goutte de sang, c'est gracieux, éclatant comme un rayon de soleil dans la
poussière des embruns, et il faut que de vilains
moricauds vous assomment cela brutalement, avant
de les charcuter pour leur enlever la peau !

« Et pourquoi faire, je vous demande un peu !

— Tout simplement pour mettre sur les cha-
peaux des belles dames, et même des laides, qui,
mécontentes de leurs agréments naturels, emprun-
tent leurs parures à ces pauvres oisillons.

— Eh ben ! s'il y avait par le monde une particulière qui s'appelât madame Pierre le Gall, et que
son conjoint ici présent fût millionnaire, madame
Pierre le Gall irait tête nue, plutôt que d'encou-
rager par sa coquetterie un pareil massacre.
Voilà.

— Tu as raison, matelot. Ça me chavire aussi,
de voir dépecer ainsi ces délicieuses créatures. Mais
vois donc comme tout cela est harmonieux. Comme
ces couleurs éclatantes se marient, en se fondant
graduellement ; rien ne détonne, rien n'est criard,
et pourtant les teintes sont d'une incroyable inten-

sité. Et le corps, comme il est gracieux, comme ses lignes sont élégantes.

— Je comprends très bien ce que tu me dis. Ainsi les gros aras des Guyanes et du Brésil portent le « grand pavois » comme ces oiseaux du soleil, ils ont autant de couleurs qu'eux, et pourtant ils sont ridicules.

— Bravo. Et la raison, c'est que le paradisier porte la toilette comme une Parisienne, tandis que l'ara, tout en étant habillé des mêmes nuances, semble affublé d'oripeaux comme une Anglaise folle.

Pendant ce temps, les Papous préparaient les oiseaux de paradis, de façon que leur dépouille devenue inaltérable formât l'article de commerce si avidement recherché. L'opération était toute simple, et ils l'accomplissaient avec beaucoup d'adresse. Après avoir coupé les pattes et les ailes, ils retiraient la chair, passaient dans la peau un bâton qui s'arrêtait dans le bec, enroulaient cette peau autour du bâton après l'avoir enduite d'une préparation aromatique et la mettaient sécher. C'est dans cet état que les paradisiers arrivent en Europe, et généralement sans altération.

Au bout d'une heure, il ne restait plus de l'essaim joyeux des oiseaux du soleil, qu'une série de petits.

cylindres étriqués, et un tas de chair sanglante, déposé sur une large feuille.

— Que vas-tu faire de cela ? demanda le Parisien à Ousinack.

— Les **manger**, répliqua le brave Papou. Les « bourong-raja » sont délicieux en tout temps, mais particulièrement à cette époque. Ils se nourrissent de muscade qui les enivre et les parfume.

« Tu verras. »

— Merci, reprit avec vivacité Friquet. Je ne me sens pas en appétit ce matin. Je me contenterai d'un morceau de sagou. Pouah ! Il me semblerait faire un repas d'empereur romain.

CHAPITRE XII

— Eh bien ! matelot, qu'est-ce que tu dis de ça ?

— Que je voudrais bien m'en aller.

— Pas dégoûté. Et moi donc !

— Décidément nous jouons de malheur.

— Guignon de guignon !

— Ça devient rebutant, à la fin. Bouclés à bord du *Lao-Tseu,* avec la fringale pour dame de compagnie, cernés dans l'île Woodlark et au moment d'être mangés...

— Assiégés ici, à quarante-cinq pieds de hauteur, sur un caillebottis [1] de deux cents mètres carrés...

— Et rien à mettre dans la soute au pain.

— Pas plus qu'à bord d'un voilier pincé par le calme plat, quand on a mangé les chats des caliers et les rats de la cambuse.

« Ça me rappelle mon temps de moussaillon, alors que les anciens ne quittaient jamais leur poste, et restaient pendant toute la traversée, les caliers dans la cale, les gabiers dans les hunes.

— Pas possible.

— Mais oui. T'as dû entendre raconter ça à la gazette de la mèche. Les caliers, après une campagne de deux ans, sortaient de leur trou blêmes comme de la pâte à cuire...

— Quant aux gabiers ?...

— Étalingués au gréement comme des perroquets au perchoir. L'on affalait un cartahu pour avoir sa ration que le mousse allait chercher à la cambuse.

— Et aujourd'hui pas de cambuse, pas de cartahu...

— Et le moussaillon a la peau du ventre collée au dos comme ses anciens.

---

[1] Sorte de panneau à jour formé de petites lattes assemblées à angle droit, servant à fermer les écoutilles et à donner de l'air et du jour aux entre-ponts.

— Çà ne peut pas durer comme ça.

— Mauvais ancrage, tout de même.

— Que fait l'ennemi ?

— Peuh ! Il se cache comme toujours, prêt à nous décocher une de ses lardoires à plume rouge.

Friquet, malgré l'obscurité, s'avança doucement jusqu'à l'extrême rebord de la plate-forme aérienne, cherchant à percer de regards avides les ténèbres environnantes.

— Prends garde, matelot. Tu sais, le caillebottis est large, et il n'y a pas de batayole [1].

— A pas peur ! çà me connaît.

— Rien de nouveau, pas vrai ?

— Rien. Il fait noir sous les arbres comme au fond d'un puits. La lune est impuissante à éclairer ce fouillis de végétaux.

— Tiens ! à propos, et nos amis les Papous, que deviennent-ils donc ? On ne les entend plus.

— Ils font comme nous et se serrent le ventre. Ils sont à l'autre extrémité de la case, accroupis sur les talons autour du brasier dont la lueur est cachée par des feuilles de sagoutier.

— M'est avis, encore une fois, que ça ne va pas continuer longtemps comme ça et que si

[1] Balustrade avec filet qui entoure la hune.

nous ne tentons pas une sortie, on va se manger avant peu.

— C'est que notre rata d'oiseaux de paradis, est diablement loin.

— Oui. L'on faisait pour commencer la petite bouche. A pourtant fallu en passer par là.

— D'autant plus facilement que c'est délicieux. Quel malheur qu'on n'en ait pas encore deux ou trois douzaines.

— Avec seulement deux cents kilogrammes de sagou. Bien que la disette d'eau soit horriblement douloureuse on eût pu attendre.

— Tandis qu'avec cette famine un dénouement fatal est imminent.

— As-tu vu les regards de hideuse convoitise qu'ils lançaient sur ce pauvre petit Victor ?

— Chut !... que l'enfant ne se doute de rien. Ah ! mais, qu'ils ne s'avisent pas d'y toucher, car il grêlerait du plomb. J'ai encore par bonheur le revolver de l'Américain.

— Et nos flingots... attrape à griller le museau du premier qui veut mettre la patte sur le moutard.

— Pierre !...

— Mon fi...

— Je vais essayer de dormir. Pendant ce temps,

ouvre l'œil. Je me défie presque autant des assiégeants que de nos co-assiégés.

« Quand ton quart sera fini, tu m'éveilleras.
Je monterai la garde à ta place. »

Et Friquet, qui depuis trois jours trompait, ainsi
que ses compagnons, la faim avec des feuilles,
s'allongea sur une natte et ferma les yeux.

Que s'est-il donc passé depuis le moment où les
Papous, après avoir terminé leur chasse, et apprêté
la dépouille des paradisiers, se mettaient en devoir
de déjeuner et de rallier la côte?

Voici : Le rôti était cuit à point, les chasseurs
se tenaient accroupis sur les talons, dans cette attitude qui leur est habituelle, quand bien même ils
ont des sièges à leur disposition. Ils devisaient
gaiement. De larges sourires dilataient leurs
faces noires, à la perspective des pédas tout neufs,
des colliers de verroteries, des haches à la couleur
jaspée, et surtout des nombreuses dames-jeannes
de tafia que leur donneraient les trafiquants malais
en échange des dépouilles des oiseaux du soleil;
une véritable réédition du charmant apologue qui
a pour titre : *La Laitière et le Pot au lait.*

Tout à coup retentit sous bois le bruit d'une
course furieuse. Chacun s'arme en un clin d'œil.
Le bruit redouble, on eût dit la trouée d'un fauve
aux abois. Des profondeurs du bois surgit un

homme tout seul. Un noir époumonné, sans haleine, les yeux hors de la tête, le corps blanc d'écume. Ousinack le reconnaît pour un des siens. Il va l'interroger. L'autre, comprime de sa main le sang qui s'échappe d'une blessure qu'il porte à la poitrine, et râle d'une voix étranglée :

— *Houni !... houni !...* (Les pirates !... les pirates !...)

Puis il tombe, comme jadis le soldat de Marathon. Mais, hélas ! il n'apportait pas la nouvelle d'une victoire.

Ces deux mots semblent les glacer de terreur. Si les pirates assiègent le village, il est impossible de regagner la côte. Il faut fuir en pleine forêt, et mettre en sûreté l'opulente capture du matin.

Deux hommes empoignent vigoureusement le blessé l'un par les bras, l'autre par les jambes. Un autre emporte le ragoût, puis leur troupe suivie des deux Européens et du Chinois s'enfonce dans l'intérieur des terres. Après une demi-heure d'une course enragée, ils arrivent à une clairière. Sur une des rives s'élève une énorme maison. Elle est abandonnée. Les fugitifs l'escaladent avec une agilité de quadrumanes. Ils s'approvisionnent à la hâte de quelques cocos, avec un ou deux régimes de bananes. C'est tout, le temps manque, l'ennemi accourt. Il débouche à son tour sur le terrain dé-

La petite troupe s'avança dans l'intérieur des terres.
(Page 291.)

Rien ne saurait donner une idée... (Page 275.)

couvert, mais trop tard. Les chasseurs sont hors de danger. Ils n'ont rien à redouter que de la famine et de la disette d'eau.

Nous avons précédemment décrit les maisons lacustres, avec leurs pilotis qui les isolent de la terre et de l'eau, les mettent en un mot à l'abri d'un coup de main. Les demeures terrestres sont également curieuses et susceptibles aussi de constituer, le cas échéant, de véritables forteresses.

Rien ne saurait donner une idée de la hardiesse de ces constructions, si ce n'est leur légèreté. Perchées à une hauteur qui varie de quatorze à seize mètres — vous avez bien lu, de quarante à cinquante pieds, — on se demande comment le moindre coup de vent ne les enlève pas. Les lourds et solides pilotis, sont remplacés par de longues et minces perches, savamment entrecroisées, reliées par des lianes à chaque entrecroisement, de façon à être solidaires les unes des autres, et à résister comme un bloc plein. Ceux qui ont vu ces viaducs vertigineux, bâtis en bois par les Américains pour faire franchir les ravins à leurs railways, auront une idée du support de la maison papoue. Nul n'a certes enseigné à ces pauvres sauvages ce principe de la composition des forces qu'ils appliquent empiriquement, cela va sans dire, mais avec une incontestable habileté. Un premier plancher formé

de nervures de feuilles de sagoutier, relie à dix
mètres au moins du sol toutes ces perches afin de
donner une plus grande solidité à l'édifice. Le
plancher proprement dit surmonte ce dernier de
cinq ou six mètres. Il forme extérieurement une
large plate-forme qui surplombe tous les pilotis,
et au centre de laquelle s'élève la case.

Le procédé, grâce auquel on pénètre dans cette
demeure qui semble plutôt un repaire de rapaces,
est élémentaire, mais il n'est pas à la portée du premier venu. De la grande plate-forme, et presque
en face la porte, descendent comme les galhaubans d'un mât de hune sur le pont d'un navire,
une demi-douzaine de perches, bien fines et bien
lisses, formant un angle d'environ 65 degrés, et
venant s'arrêter à six mètres du sol, à un palier qu'il
s'agit d'atteindre en se hissant à d'autres perches,
ces dernières verticales. Nous disons à dessein
galhauban parce que l'échelle papoue ne porte pas
trace d'échelons, ou plutôt d'enfléchures, pour laisser à ce vocable maritime toute sa valeur. Il faut
donc, par une manœuvre familière aux gabiers,
enserrer entre chaque jambe un des montants, et
s'enlever d'autre part à la force des poignets. Ce
procédé d'escalade est un jeu pour les Papous
grands et petits, et de tout jeunes enfants s'en tirent
avec une agilité prodigieuse. Que le lecteur veuille

bien ne pas s'étonner outre mesure de cette facilité. Ne voyons-nous pas dans les Landes des enfants de quatre ans, évoluer sans hésiter sur des échasses démesurées, et les petits gauchos du même âge, parcourir au triple galop, la pampa argentine! L'habitude acquise dès le début explique suffisamment l'accomplissement de pareils tours de force ; et, comme le dit si bien le fabuliste :

L'accoutumance enfin nous rend tout familier...

En somme, l'accès de la demeure aérienne n'est praticable que par ce moyen, et sur un seul point. Impossible à un ennemi de tenter l'assaut par les poteaux servant de supports. Il viendrait donner de la tête contre la partie inférieure du plancher, qui, avons-nous dit, dépasse la charpente latéralement et de tous côtés.

Mais, objectera-t-on enfin, l'assaillant possède au moins la ressource d'incendier la case, si les assiégés peuvent empêcher sans peine l'escalade. Nous répondrons que les Papous ne se font la guerre que pour manger leurs prisonniers ou leur couper la tête. Que faire, dans l'un ou l'autre cas, de cadavres carbonisés, dont la chair et les os seraient impropres tant à un festin qu'à la décoration des cases.

Abattre les poteaux, mais les assiégés possèdent

16

aussi des armes, et l'on a vu, à la façon dont ils
abattaient les paradisiers, que le corps d'un homme
serait pour eux un but immanquable.

Les pirates, annoncés par le blessé, ayant trouvé
la maison lacustre défendue par les crânes,
n'avaient eu garde d'en approcher. Mais, ils
s'étaient dit, non sans raison, que les propriétaires
de l'immeuble aquatique seraient de bonne prise,
et ils avaient incontinent enfilé la piste des chasseurs.

Voilà pourquoi Européens et Papous, en proie à
des transes que l'on devine et à une disette que
l'on conçoit, se dépitaient à quinze mètres au-dessus de la terre ferme.

Friquet, tenaillé par la faim, s'éveilla bien avant
que le quart de Pierre ne fût terminé. « Qui dort
dîne », dit le proverbe. Le platonique repas de
notre ami, subordonné à la longueur de son somme,
devait, en conséquence, être peu substantiel. Il
s'étira, bâilla, — le bâillement était devenu l'unique occupation de ses maxillaires—puis il songea.
Il revit le Kampong malais de Sumatra préparé
pour la réception des coulies, massacrés, hélas ! sur
le récif de corail. Son ami, M. André, attendait.
Une sombre inquiétude contractait sa face énergique et pâle. Puis son imagination, surexcitée par
le jeûne, lui montra la figure goguenarde et affec-

tueuse du bon docteur Lamperrière, et ses oreilles crurent percevoir à travers le bourdonnement de la fièvre, les sonores redondances du « langage à l'ail », de l'excellent homme. Entre ces deux êtres si sympathiques, apparaissait le frais visage de miss Magge, sa petite amie, et la bonne tête de son cher gamin noir, Majesté...

Un coup sec, assez intense, qui retentit à la face inférieure du plancher aérien, le fit sursauter.

— Ah! ah! murmura-t-il, est-ce que nos assiégeants essaieraient d'une surprise. Faudrait voir un peu.

Il tâtonna à tout hasard son revolver et s'assura que l'arme était en parfait état. Précaution inutile d'ailleurs, car le bruit ne se reproduisit pas. Pendant une heure encore, le Parisien rêva en regardant tourner les étoiles, quand l'ardente flamme du soleil rougeoya sur l'horizon.

Pierre s'éveillait en même temps. Vieille habitude de marin, qui secoue toujours le sommeil au moment du quart du matin.

— Te voilà déjà en vigie, matelot, demanda-t-il. Et quoi de neuf?

— Rien, hélas ! comme toujours.

Le maître canonnier jeta un rapide coup d'œil sur le sol. Un cri de surprise lui échappa.

— Rien ! Tu appelles ça rien !

— Mais quoi ? reprit-il en s'avançant à l'extrême rebord de la plate-forme.

« Ah ! pardieu, l'aventure est extraordinaire. »

Le spectacle, qu'il contemplait du haut de son observatoire, méritait certes cette exclamation.

Sur le sol, reposaient, solidement amarrés les uns aux autres, quatre ou cinq quadrupèdes, à la robe blanchâtre, tachetée de sang, et qu'une main amie avait seule pu déposer en pareil lieu. En effet, une longue liane-rotin, passée d'un bout dans le câble végétal qui enserrait, comme une élingue, les animaux, montait à pic jusqu'à la plate-forme, au-dessous de laquelle elle était maintenue par une cause inconnue.

Il n'y avait plus qu'à allonger la main, et hâler sur la liane, pour hisser vingt-cinq kilogrammes de viande fraîche.

— Bénis soient, s'écria Friquet d'un ton comiquement emphatique, l'être ou les êtres mystérieux qui, prenant en pitié les souffrances de nos estomacs, nous ont expédié, franco, cette bourriche de gibier !

— Mais, j'y pense, interrompit Pierre, voici le cartahu demandé. Tu sais, celui dont je te parlais hier et qu'on affalait de la grand'hune, à seule fin que le moussaillon s'en aille chercher les rations à la cambuse.

— Avec cette différence pourtant, que le cartahu est venu nous trouver ici. Par quel procédé, je l'ignore encore, mais je ne serai pas long à le trouver.

Le Parisien s'allongea sur la plate-forme et tâcha de découvrir le mystérieux point d'attache de cette liane providentielle. C'était une longue et solide flèche, dont la pointe d'os était profondément enfoncée dans l'épais revêtement de nervures de sagoutier, et soutenait tout le poids de la liane fixée à l'extrémité empennée de jaune.

Le jeune homme se souvint alors de ce choc sonore qui l'avait si fort intrigué une heure auparavant et il ne douta pas qu'il n'eût été produit par l'implantation de la flèche dans le plancher de l'habitation aérienne. Il allongeait le bras et se mettait en devoir de hisser cette provende qui allait être la bienvenue, quand un sifflement aigu se fit entendre tout près de son oreille. Une flèche, décochée du milieu du taillis, vint se planter dans la muraille, à dix centimètres au-dessus de la tête de Friquet. La hampe de roseau oscillait encore, qu'une détonation retentissait, presque aussitôt suivie d'un hurlement de douleur.

16.

Pierre le Gall, son fusil encore fumant à la main, venait de répondre coup pour coup.

— Au plus tôt paré, mauvais négros ! Si t'en as pas assez, les bédouins d'Océanie, faut le dire. Y a encore ici de la poudre et des balles.

« Ça s'appelle en bonne tactique soutenir un mouvement. »

Le « mouvement » de Friquet, appuyé par la mousqueterie de Pierre, s'opéra sans encombre, et cinq magnifiques « *phalangers* » de l'espèce appelée « *couscous* » par les indigènes, faisaient leur apparition aux yeux des Papous ébahis.

— Tenez, honnête Ousinack, dit Friquet au chef radieux, voici de quoi combattre la fringale. C'est le cadeau que des amis inconnus nous envoient pour déjeuner.

« Ayez donc l'obligeance de faire déshabiller, le plus promptement possible, ces excellents quadrupèdes, car il fait très faim dans notre établissement. »

Ousinack n'eut pas besoin, pour cette fois, de son interprète habituel. La pantomime de Friquet était si expressive et le gibier si engageant, que les Papous, sans même attendre les préliminaires indispensables à tout repas, se précipitèrent sur les phalangers, les mirent en lambeaux et les dévorèrent tout crus. C'est à peine si le Parisien put

en mettre un de côté pour sa consommation per-
sonnelle et celle de ses deux compagnons.

— Curieuse bestiole, disait Pierre, pendant que
Friquet enlevait prestement la fourrure blanchâtre,
laineuse, très épaisse et couverte de taches brunes.

— Tu ne vois que sa longue queue « prenante »,
sa tête ronde comme celle des chats, et ses gros
yeux effarés. Mais, regarde donc la grande poche
qu'il porte sur le ventre, et dans laquelle il met ses
petits.

— Connu, mon fi, connu. J'ai déjà entendu parler
de ça. Si je n'en ai pas vu de tout près, je suis
d'autant plus content de faire aujourd'hui une in-
time connaissance avec la bête à portefeuille.

« Cela pèse au moins trois kilos de chair nette.
Nous voilà de quoi mettre sous la dent. Il faut
nous dépêcher de le faire griller, car nos amis ne
tarderont pas avoir avalé leur part. Et il me paraît
urgent de mettre la nôtre en sûreté, si nous ne
voulons pas qu'elle leur fasse envie.

Contre son habitude, Friquet restait songeur,
tout en fractionnant en morceaux de moyenne grosseur le corps du marsupiau.

— Tu ne dis rien, reprit le marin.

— Je n'en pense pas moins. Quand nous aurons
pris ce repas, restauré nos forces, que deviendrons-
nous ? La situation ne semble pas se modifier, et

nos pourvoyeurs ne pourront sans doute pas renouveler leur offrande.

— Tu as raison, mais que veux-tu faire à cela?
A propos, devines-tu à qui nous devons cette
aubaine ?

— Regarde la flèche. As-tu vu un seul des Papous
que nous avons rencontrés jusqu'à présent se
servir de flèches à pointes d'os, et dont la hampe
est ainsi garni de plumes jaunes.

— Non, pas les Papous, mais les mangeurs de
monde auxquels nous avons dernièrement sauvé
la mise.

— Les Karons anthropophages, n'est-ce pas ? J'y
avais pensé, car je reconnais bien là leurs flèches.

— Tiens! tiens! Ces pauvres diables. Ils ne
paient pas de mine; on les regarde ici à peu
près comme les paysans bretons traitent les loups,
et il se trouve encore chez eux, dans le voisinage
de cet estomac qui digère les humains, un cœur
reconnaissant!

« Sais-tu bien, mon fï, que si, jusqu'à présent,
nous avons eu affaire à pas mal de mécréants, nous
sommes aussi tombés sur de bonnes pâtes d'hommes.

— C'est bien heureux, car de la façon dont
marchaient les affaires, je me demande où nous
serions si nous n'avions pas fait la connaissance de

Victor, et des deux pauvres diables qui nous rendent si à propos notre politesse.

« La morale de la chose, vois-tu, Pierre, c'est que l'on rencontre les bons sentiments surtout chez les deshérités.

— Dans tous les cas, merci aux braves gens qui ralongent encore nos existences de deux jours. Quarante-huit heures pour aviser, c'est plus qu'il ne faut à des hommes de notre trempe.

« Puis, qui sait ? Peut-être y aura-t-il du nouveau avant peu. »

Le Parisien ne se trompait pas. La nuit venue, le même bruit sec produit la veille par l'arrivée de la flèche, se renouvela à la même heure. Friquet ne se trompa pas sur la nature de ce choc qui l'avait tant intrigué la veille. Pierre, que l'attente avait jusqu'alors tenu éveillé, l'entendit aussi.

— Le « nouveau » demandé, matelot, dit-il à voix basse. J'ai bon espoir sans savoir pourquoi.

Un faible gémissement, venu d'en bas, monta dans la nuit, mêlé à un indéfinissable froissement. Les deux amis attendirent le jour avec une inquiétude facile à concevoir. Les gémissements continuaient à de longs intervalles, sans augmenter ni diminuer d'intensité. Enfin, après plusieurs heures d'une réelle anxiété, le soleil apparut. Pierre et Friquet étaient déjà allongés à plat ventre sur la plate-forme, et poussaient ensemble un cri de surprise et de désappointement.

Au bas d'une liane aussi ténue qu'une ficelle, et fixée comme la veille avec une flèche, se balançait désespérément un oiseau complètement noir de la grosseur d'un pigeon. Le pauvre volatile, sifflait plaintivement, et se débattait vainement comme un hanneton tenu au bout d'un fil par la main impitoyable d'un enfant.

— Si c'est là tout ce que nos honnêtes pourvoyeurs nous envoient pour notre journée, les indigestions ne seront pas à craindre, dit Pierre avec une résignation comique.

— Ils ont eu certainement une intention, répondit Friquet. Je m'en vais tout d'abord le hisser. Ousinack nous donnera peut-être le mot de ce rébus emplumé.

Il dit et se mit en devoir d'attirer à lui la fibre végétale, à laquelle les soubresauts de l'oiseau imprimaient de violentes oscillations.

— Prends garde, matelot. Tu sais, gare aux flèches qui sortent du taillis ; attends que je prépare mon fusil.

Inutile précaution. Les Papous embusqués ne cherchèrent pas à renouveler leur criminelle ten-

tative de la veille et Friquet put accomplir à loisir
son opération.

Mais, ô prodige ! A peine le jeune homme a-t-il
saisi l'oiseau captif, qui n'est autre qu'un kakatoës
noir [1] comme un corbeau, que les Papous d'Ousinack, Ousinack lui-même, semblent frappés de folie.
Ils bondissent, gesticulent, jettent leurs armes,
s'arrachent les cheveux, et se roulent aux pieds du
Parisien avec des attitudes suppliantes, éplorées.

Le kakatoës gémit toujours ; son bec mons-
trueux, implanté dans des joues d'un rouge incarnat s'entr'ouvre largement comme des tenailles, et
laisse pendre une grosse langue noire, cylindrique,
contractile.

— Paraît, dit Pierre en riant, que tu portes
comme qui dirait un bon Dieu de l'endroit.

La supposition du marin n'a rien d'exagéré,
tant les génuflexions et les salamalecs deviennent
tumultueux. Enfin n'y pouvant plus tenir, Ousinack, le premier en tête, saisit bravement les perches faisant communiquer la case avec le sol et se
laisse glisser à terre suivi de ses guerriers.

Puis, il fait signe au Parisien de prendre la même
voie, en criant d'apporter l'oiseau et d'en avoir
bien soin. Friquet n'a pas besoin d'une nouvelle

---

[1] *Microglossum aterrimum.*

injonction. Il fait d'abord passer Victor, puis Pierre, et descend le dernier, comme un capitaine quittant son navire.

Le perroquet, toujours amarré, trouvant un perchoir à sa convenance sur le canon du fusil que Friquet porte en bandoulière, enserre l'arme dans ses griffes crochues, et se laisse tranquillement porter, comme s'il eût été de longue date apprivoisé. Les Papous se rangent autour d'eux, leur font comme une garde d'honneur, puis s'enfoncent sous bois, sans plus se soucier de leurs ennemis que s'ils n'existaient pas.

Friquet lui en ayant fait la remarque, Ousinack lui répondait les yeux baissés, comme s'il n'eût pu soutenir la vue de l'oiseau sacré :

— Ils sont partis. Ils n'oseraient pas attaquer ceux qui sont protégés par l'*oiseau de la nuit*.

CHAPITRE XIII

Encore et toujours naufragés. — Quelques habitants de la
forêt de pierre. — La lettre de Friquet. — Horrible tem-
pète. — Les feux des Cannibales de la mer de corail. —
Signification du cri : Cooo !... mooo !... hooo !... hééé !...
— Tabou !... — Bienfaisante influence d'un procès-verbal,
dressé jadis fort à propos par un gendarme, pour délit de
cannibalisme. — Après trois ans d'absence. — Indigènes
complètement nus, et pourtant costumés en gendarmes
français. — Pandore canonisé.— L'îlot Booby et le *Postal-
Office.* — L'Asile des naufragés.

Un mois s'est écoulé depuis le jour où les deux
Français naufragés sont, ainsi que leurs sauvages
compagnons, sortis si bizarrement d'une situation
désespérée. Il est à présumer que les aventures ne
leur ont pas fait défaut, à en juger par les incidents étranges ou terribles dont ils ont été les
héros depuis leur départ de Macao.

Pour le moment, la fée maligne qui les poursuit d'une implacable rancune, qui sème sous

17

leurs pas les embûches dont ils ne triomphent qu'à force de bravoure, de force et d'audace, semble avoir cependant perdu leur piste.

Ont-ils enfin lassé la destinée? puisque, comme le dit plaisamment Friquet, le guignon fait relâche.

Notre ami le Parisien semble, aujourd'hui, en veine d'optimisme, car rien, dans la situation présente, ne paraît confirmer tout d'abord cette affirmation. Mais, comme tout est relatif dans la vie, peut-être les événements accomplis depuis trente jours ont été tels, que la position actuelle constitue encore un bonheur inespéré.

Les Papous ont disparu. Friquet, Pierre le Gall et le jeune Victor se trouvent seuls sur un îlot perdu au milieu de l'Océan. De tous côtés, les vagues moutonnent et se brisent sur un inextricable enchevêtrement de dents, de pointes, de bancs et de récifs qu'envahissent de blancs flocons d'écume. Les récifs-barrières et les attoles, avec leur inévitable collerette de palmiers, surabondent en ce lieu, et la mer, à perte de vue, est hérissée d'îles ou d'îlots coralliens. Un courant impétueux gronde à travers ce dédale élevé par les infiniment petits et l'Océan, furieux d'être emprisonné par les atomes que sécrètent ces chétifs ouvriers, se rue, mais en vain, à l'assaut de la forêt de pierre.

Des milliers d'oiseaux de mer s'envolent et tour-

billonnent en essaims tumultueux, décrivent de
grands cercles, puis se laissent tomber au beau
milieu des flots, d'où ils tirent avec adresse le poisson convoité. Le soleil flamboie sur la broussaille
blanche des coraux morts, et ses rayons verticaux
portent la vie au milieu des plantes animées émail-
lant le parterre sous-marin. Lithophytes dont les
milliers de tentacules s'agitent mollement, Astrées
constellées d'étoiles, Flustres enfouies dans d'im-
palpables dentelles, Tisiphones dont le mince pédi-
cule supporte une délicieuse coupole nacrée, Penna-
tules et Virgulaires fines et soyeuses comme des
plumes de paradisiers, Dendrophyllées dont les
bourgeons rappellent ceux de l'arbre de Judée,
Gorgones-Éventails, énormes, lumineuses, offrant
d'admirables nuances violettes, vertes, rouges,
oranges ou carminées, Madrépores-Chars-de-Nep-
tune, Méandrines-Cérébriformes, aux longs tentacules, Millepores-Cornes-d'Élan, aux formes élégantes, aux foliations palmées, Oculines-Vierges,
dont les rameaux tortueux sont d'un blanc de
lait, Actinies-Pourprées, au suc corrosif, Isis des
Moluques, employées par les natifs comme remède
universel, Tubipores-Musique, appelés aussi Orgues-
de-Mer, à cause de leurs tubes pourprés, symétriquement rangés comme des tuyaux d'orgue. Om-
bellulaires, Alcyonnaires, Pantacrines, Holothuries,

Oursins, Comatules, Astérophons, etc. ; en un mot,
les plus admirables échantillons du groupe des
polypes et des échinodermes, s'épanouissent sous
les ardentes caresses de l'astre tropical, pendant
que la troupe mobile des poissons s'ébat dans les
flots tièdes, limpides comme le cristal.

Les trois amis, blasés sur ce spectacle, ou tout au
moins familiarisés avec lui, ne font nulle attention
à cette splendide exhibition devant laquelle se pâme-
rait le moins impressionnable des naturalistes.
Leur refuge, de dimensions assez exiguës, est élevé
de dix à douze mètres au-dessus du niveau de la
mer. Ils sont donc à l'abri des hautes vagues que
le vent d'Est amène du large quand il souffle en
tempête. Leur sécurité est d'ailleurs d'autant plus
complète, que sous le plateau aussi blanc que la
neige formant la couche supérieure du récif,
s'étendent de sombres cavernes qui peuvent défier
les plus terribles coups de mer.

Victor s'occupe prosaïquement de la confection
du déjeuner. Accroupi en plein soleil devant un
brasier, il surveille l'ébullition d'une grande bouil-
lotte de cuivre étamé qui gémit, et du bec de
laquelle sort ce jet de vapeur qui fut une révélation
pour le génie de James Watt. Le petit Chinois,
insensible comme une véritable salamandre à la
chaleur du soleil et du foyer, se lève, disparaît un

moment, et revient portant trois tasses avec une
vaste théière dans laquelle il verse quelques gouttes
d'eau bouillante.

Pierre le Gall, étalé sur le dos, à l'entrée d'une
grotte, fume son inséparable pipe, près du Parisien
qui, accroupi sur un gros fragment de roche,
couvre d'une écriture fine et serrée de nombreuses
feuilles de papier blanc. Tout en faisant courir
prestement sur le papier sa plume, une vraie
plume d'acier, qu'il trempe fréquemment dans un
vaste encrier — l'évaporation est si rapide ! — Friquet aspire, avec un sybaritisme que comprendront
les vrais fumeurs, la fumée qui s'échappe en spi-
rales bleues d'un excellent cigare.

Le jeune homme interrompt un moment sa rédac-
tion, et appelle le celestial.

— Victor, le thé est-il prêt ?

— Toutt' suitt', Fliké. Toutt' suitt'...

— Et le rata de bœuf aux oignons ? demande
Pierre en ouvrant les narines.

— L'est cuit.

— Ah !... Nous allons casser une croûte.

— Toutt' suitt !...

Du thé, des cigares, du bœuf, des oignons !...
Quelle soudaine révolution s'est donc opérée dans
l'existence de nos amis ? Par quel phénomène gastronomique, ces naufragés, réduits il y a si peu de

temps à l'ordinaire des Papous, c'est-à-dire au sagou, se trouvent-ils en pareil lieu, près de faire honneur à un menu emprunté à la civilisation? Comment Friquet se trouvent-il nanti d'encre, de plumes et de papier, alors que nous l'avons laissé sur le chemin du village lacustre, portant pour tout bien ses armes et un kakatoës noir?

Encore quelques moments de patience, et la légitime curiosité du lecteur sera amplement satisfaite.

La première partie du déjeuner fut silencieuse. Les trois Robinsons, — l'on peut bien donner ce nom à des hommes occupant une île déserte, quelque bien approvisionnée qu'elle soit, — firent largement honneur au « rata » qui avait réellement excellente mine, et le silence ne fut interrompu que quand Pierre, bien restauré, huma la dernière goutte de l'odorante infusion, à laquelle il avait préalablement mêlé une dose raisonnable d'excellent rhum.

— Eh bien! matelot, quoi de neuf au journal de bord?

— Rien que tu ne connaisses aussi bien que moi. J'ai terminé la narration de nos aventures depuis le jour où nous avons dit adieu aux habitants de la Nouvelle-Guinée, jusqu'à ce moment.

« Il me reste à mettre ma correspondance sous enveloppe, et à la déposer à la poste.

— Le bureau n'est pas loin, au moins.

— Hélas! non, reprit avec une légère pointe de mélancolie le jeune homme. Mais qui sait quand passera le courrier qui doit nous emmener et emporter ma lettre?

— Patience, mon fi! Patience! nous en avons vu bien d'autres, et je crois que le plus dur est fait.

« Mais, tonnerre, ça n'aura pas été sans peine.

— Qui sait?

— Allons, bon! Te voilà dans une mauvaise lune. Ce n'est pourtant pas la mélancolie qui t'étouffe ordinairement.

— Je m'ennuie.

— Si tu crois que je m'amuse!

— Le mal de l'un ne guérit pas celui de l'autre. Je comprends que tu te fasses vieux ici, bien que nous y soyons comme des coqs en pâte.

« Une idée. Si tu me lisais ton journal de bord. Ça ferait passer le temps.

— Je ne demande pas mieux, mais je crains que cela ne t'intéresse guère.

— Ta! ta! ta! Des bêtises. Tu racontes comme pas un, et je me demande où diable tu vas chercher tout ça. Y en a pas un pour filer comme toi son loch, au premier quart de nuit autour de la mèche. Si tu te trouvais seulement sur un croiseur de deuxième rang et que tu veuilles t'en donner la peine, tu chambarderais tout le gaillard d'avant.

Le Parisien, déridé soudain, sourit, ramassa les feuilles éparses, les classa rapidement, alluma un second cigare, s'assit sur le sol et commença sa lecture.

« Mon vieux Camarade,

Depuis ma dernière lettre, datée de Sumatra, le guignon nous poursuit et....

— Si on peut dire, interrompit brusquement Pierre le Gall scandalisé. Jamais ça n'a si bien marché qu'en ce moment.

— Si tu m'arrêtes à la première ligne, je n'arriverai jamais au bout. Il ne s'agit pas d'ailleurs d'aujourd'hui, puisque je raconte les événements passés depuis près de deux mois.

— Ça, c'est vrai, fit Pierre tout confus. Je jacasse comme un moko, et je dis une bêtise. Suffit. Je me fais autour du museau quatre tours morts avec une bonne surliure, de façon que ma gueuse de langue ne puisse démarrer.

« Envoyez !... »

Friquet continua :

... — Et pour peu que cela continue, nous sommes menacés, Pierre et moi, d'aventures non moins

extraordinaires que celles au cours desquelles j'eus
le plaisir de votre connaissance.

Jugez en plutôt.

Nous sommes, comme vous le savez, partis de
Sumatra à Macao chercher pour notre colonie des
coulies chinois ; comme qui dirait des nègres à
peau jaune. Je me rappelle vous avoir écrit cela à
Paris au moment de l'embarquement. L'affaire marchait à souhait, quand un grand coquin d'Américain,
le capitaine du navire qui transportait nos hommes,
s'aperçoit que notre lot de travailleurs lui plaît. Il
nous colloque aux fers avec une complète absence
de sans gêne, et pour obtenir notre renonciation,
veut nous faire capituler par la famine.

Je vous vois d'ici tortiller furieusement votre
moustache, ébranler d'un solide coup de poing
votre comptoir, et gronder en regardant votre
grand sabre : « Tonnerre ! si j'avais été là ! »

C'eût été tout de même, mon vieil ami.

Vous eussiez été aussi proprement ficelé que
nous, et c'eût été grand dommage pour le prestige
de l'autorité que vous représentâtes naguère avec
tant de majesté. Mais, tout cela n'est rien. Je passe
rapidement sur un naufrage dont les résultats ont
failli être d'autant plus fâcheux pour nous, que
nous étions amarrés dans l'entrepont au moment
où le navire coula. Nous abordâmes sur une île

17.

peuplée de cannibales, et nos trois cents Chinois furent dévorés par les insulaires, quoi que nous eussions fait pour les sauver, vous n'en doutez pas. Il est, vous le voyez, dans ma destinée, de frôler la broche et la lèchefrite, sans pourtant être jusqu'à présent transpercé par la première, et sans tourner au-dessus de la seconde. Nous avons réussi à quitter ce lieu maudit, dans une pirogue enlevée à ces coquins, puis, après avoir fait une centaine de lieues dans cette coquille de noix, nous avons abordé en Nouvelle-Guinée, une grande île que vous connaissez sans doute, et dont les habitants professent pour la chair humaine un goût aussi vif que les Canaques Néo-Calédoniens, vos anciens ennemis.

C'était toujours la même chose pour changer. Ni hommes ni femmes, tous anthropophages. Quoi qu'il en soit, nous sommes revenus de cette expédition forcée, après avoir habité des maisons perchées sur des pieux au beau milieu de l'eau. Nous avons dormi sous des guirlandes de crânes humains qui claquaient en se heurtant comme des calebasses vides, c'est la mode du pays. Après avoir préparé des pains de sagou, chassé l'oiseau de Paradis, sauvé la mise à deux moricauds qu'on allait manger, après avoir été assiégés au milieu de la forêt vierge, nous avons fini par nous tirer les grègues nettes de cet aimable séjour, à la suite d'une série

d'incidents qu'il serait superflu de vous raconter.
J'ai hâte d'arriver aux événements renversants qui
ont terminé cette série, et auxquels vous êtes tout
particulièrement mêlé, bien que vous soyez toujours, j'aime à le croire, dans votre établissement
de la rue Lafayette.

Pour lors, comme dirait Pierre Le Gall, nous
quittions notre nouvel ami Ousinack, un honnête
Papou qui nous avait pris en affection, et nous mettions le cap sur le détroit de Torrès.

Nous montions une pirogue du pays. Les provisions devaient largement nous suffire à tous trois.
Tiens ! J'ai oublié de vous dire que nous avons
recruté en route un petit Chinois qui allait être
égorgé. C'est un beau petit homme, et je crois
que Majesté lui fera un accueil tout particulièrement affectueux. Je continue. La navigation
s'annonçait comme devant être excellente. Quatre
jours s'étaient écoulés déjà sans le moindre incident,
grâce à la précaution que le patron de l'embarcation, notre ami Pierre, prenait de relâcher chaque
soir. La cinquième journée était à moitié écoulée,
quand les indices précurseurs infaillibles d'une tempête, se manifestèrent tout à coup. Nous étions au
large. Impossible de rallier la côte ; mieux valait
laisser courir, d'autant plus que la brise nous éloignait de la terre. Pierre amena le mât, puis nous nous

employâmes tous trois à assujettir fortement notre voile en fibres de sagoutier aux deux lisses de la pirogue, de façon à la recouvrir entièrement, et à rendre cette dernière aussi étanche que le kaïac d'un Esquimau. Nous la perçâmes de trois ouvertures destinées à laisser passer nos corps jusqu'à la ceinture, puis, nous attendîmes l'ouragan.

Ah! pardieu, ce ne fut pas long. La brise carabinée qui soufflait depuis une demi-heure se transforma en coup de vent. Le ciel devint d'un noir de poix. Notre coquille soulevée comme par une trombe, se prit à filer avec la vitesse d'un train express. Le tonnerre se mit de la partie, les éclairs flambèrent de toutes parts, bref, nous étions assourdis et aveuglés comme si l'on nous eût placés à la gueule d'un canon de cent tonnes. La pirogue se comportait parfaitement, en raison de sa légèreté. Elle flottait comme un bouchon, et n'embarquait pas une goutte d'eau, grâce à la précaution que nous avions prise de la ponter avec la voile aussi imperméable qu'un prélart.

Impossible de savoir où nous portait la rafale. Impossible aussi d'échanger une parole, et pour cause. Si nous n'avions pas trop à redouter de la fureur du vent et des flots, il n'en était pas de même relativement à la rencontre possible, probable même d'un récif. C'était miracle que nous n'eus-

sions pas été déjà réduits en bouillie. Bref, la tempête dura deux jours sans trêve ni merci. Pendant
deux interminables journées et deux mortelles
nuits, la pluie, le vent, le tonnerre, la grêle firent
rage. C'est à peine si nous pûmes grignotter un
morceau de sagou arraché en tâtonnant de dessous
notre toile. Nous l'exposions un moment à la pluie
pour le transformer en pâte molle, afin de tromper la soif qui nous dévorait. Entre temps, la
pirogue montait, descendait, virait, culbutait
comme une balançoire russe détraquée, et je vous
assure que votre pauvre estomac, si hospitalier
au mal de mer, eût été retourné comme un gant,
plus de cinquante fois à l'heure.

Il serait superflu de vous dire que nous étions
brisés, assommés, et aux trois quarts asphyxiés,
grâce aux plongeons successifs exécutés à chaque
instant. Mais, tout a une fin en ce monde, même
la souffrance. La couche de poix qui couvrait le
ciel, se craquela par places. Les éclairs devinrent
de plus en plus rares, le tonnerre ne gronda plus
qu'en sourdine, et le vent calmit un peu. Quelques
étoiles apparurent. Où diable pouvions-nous bien
être ? La distance parcourue devait être énorme,
et nous ne pouvions pas de sitôt nous orienter.

J'entendis la voix de Pierre entre deux rafales :
— Matelot ! Un feu par l'avant.

J'écarquillai les yeux, mais comme à ce moment
nous dégringolions au plus profond de la vallée formée par deux vagues, je ne vis rien. La pirogue
remonta comme une flèche. J'ouvris derechef mes
yeux gonflés par le contact perpétuel de l'eau de
mer, et je vis non pas un, mais plus de dix feux
qui piquaient l'horizon de lueurs rougeâtres.

— Diable! me dis-je à part moi. La côte n'est
pas loin, et nous sommes drossés par le vent et
le courant. Quoique nous fassions, nous allons être
écrabouillés.

Pourquoi ne pas l'avouer entre nous, je sentis
une petite moiteur à la racine des cheveux, et le
toc, toc de mon cœur s'accéléra. Je me tournai
vers Pierre placé derrière moi. J'entrevis sa
silhouette noire, et je l'entendis souffler comme si
ses muscles étaient contractés par un violent effort.

— Que fais-tu là? lui criai-je.

— J'essaie de virer avec ma godille.

Peine inutile. Un bruit sec se fit entendre. La rame
venait de se casser en deux. Nous étions plus que
jamais à la merci des éléments. L'abordage n'était
plus qu'une question de minutes, de secondes même.
Je percevais en effet, assez distinctement le gronde-
ment caractéristique de la lame se brisant sur
l'écueil. Ce bruit m'était trop familier pour que je
ne le reconnusse pas aussitôt.

Je n'eus que le temps de tendre la main à Pierre
qui me rendit vigoureusement mon étreinte. Puis,
une vague énorme nous saisit. Pendant un instant, nous demeurâmes immobiles au sommet de
la volute semblable à une arche brisée, au-dessous
de laquelle il n'y a que le vide. Je sentis que la
pirogue se détachait brusquement de la masse
liquide. L'équilibre était rompu. Je me sentis tomber. Un choc d'une violence inouïe se répercuta à
tout mon être, je perdis connaissance. Voyez-vous,
mon vieux camarade, on a beau être bâti en tôle
d'acier, avoir été cuit, recuit, sous tous les soleils,
et trempé dans toutes les eaux salées, il est des
moments où il n'y a plus à dire : « Mon bel ami... »
et où l'on se pâme ni plus ni moins qu'une fillette
de huit ans à qui l'on arrache une dent.

C'est ce qui nous arriva à tous trois. Logique-
ment nous devions être mis en marmelade. Mais
notre étoile n'était pas encore éclipsée. La tempête
qui nous jetait si rudement à la côte, avait pris la
précaution de nous préparer un lit épais d'algues,
de varechs, de goëmons, arrachés des profondeurs
de l'Océan. Nous nous affalâmes sur ce sommier
élastique, grâce auquel la violence du coup fut en
partie atténuée. Combien dura mon sommeil forcé,
je ne saurais le dire. Mais il dut être fort long, car
je m'éveillai, comme un homme stupéfait de se

trouver encore du monde, au moment où le soleil allait apparaître.

J'avais encore à la main mon couteau que j'avais machinalement tiré au dernier moment, afin d'ouvrir la toile qui me serrait aux flancs. Ce qui fait que j'étais à ce moment libre de toute entrave, sur ma litière de plantes marines. Naturellement, je m'occupai tout d'abord de mes compagnons. Un formidable éternuement retentit derrière moi. Je me retournai, et j'aperçus deux godillots sortant d'un monceau de goëmons. Au bout des pieds enfermés dans la chaussure réglementaire, une paire de jambes. Fouiller le tas de plantes marines fut l'affaire d'un moment. Les éternuements recommencèrent de plus belle, et avec une intensité indiquant que les organes essentiels à cet acte physiologique étaient en bon état. Les godillots s'agitèrent, les jambes se replièrent, et Pierre le Gall apparut, la face ébaubie, la barbe limonneuse comme celle d'un dieu marin.

— Matelot, mon fi ! me dit-il tout ému, c'est toi. Rien d'avarié, pas vrai?

— Je suis rompu, mais en entier.

— Et le petit? Où est Victor? demanda-t-il anxieux.

— Cooo !... Mooo !... Hooo !... Hééé !...

Aïe ! ce cri je le connaissais bien, et vous vous

en souvenez. C'est le signal de ralliement des sauvages australiens. Nous étions encore en plein
pays de mangeurs d'hommes. Il y a véritablement d'étranges destinées, et la mienne, je vous le
disais tout à l'heure, me pousse toujours chez les
anthropophages. Il ne peut y avoir sur la terre une
cuisine en plein vent où l'homme popote son semblable, sans que je ne tombe à deux doigts de la
casserole. C'est monotone, à la fin, et je demande
autre chose.

Il n'y avait aucune possibilité de résister avec
avantage, et pour cause, nos armes avaient suivi
nos provisions au fond de l'eau. Devions-nous,
d'autre part, tendre le cou comme du bétail à
l'abattoir ? Jamais de la vie. Il s'agissait de se « pati-
ner » et lestement ; se rappeler les principes de la
boxe française et les mettre en pratique en pana-
chant agréablement les coups de pied de solides
coups de poing. C'était bien le moins que nous
puissions ramasser dans la bagarre une vulgaire
massue ou une simple hache de pierre.

Par bonheur, notre petit Chinois émergeait en
ce moment de la commune litière, pas plus démoli
que nous, et prêt à marcher comme un homme.
Les cris se rapprochaient, peu nombreux à la
vérité, mais poussés avec une intensité faisant le
plus grand honneur aux gosiers des virtuoses. Le

point où nous nous trouvions, beaucoup trop
découvert, ne valait rien pour la défense. Nous
résolûmes de gagner lestement un gommier bleu
dont le tronc énorme pouvait nous empêcher d'être
enveloppés. Aussitôt dit, aussitôt fait. Une et deux.
Nous voici acculés au végétal. Il est temps. Les
Australiens arrivent, le premier groupe se compose d'une douzaine environ d'individus. Ils nous
aperçoivent. Nous allons devancer leur attaque et
nous ruer sur eux, quand, ô merveille ! l'un d'eux,
le plus grand, qui marche en tête, s'arrête à notre
aspect, dépose à terre ses lances avec son boom-
merang, étend les bras et se met à chanter.

Flairant une trahison, nous restons sur la défensive. Inutile précaution. Les compagnons de l'indigène jettent également leurs armes, tendent aussi
les bras et, réglant leur marche sur la sienne,
s'avancent en chantant et en sautillant.

Nous sommes stupéfaits non moins que ravis,
comme bien vous pensez. Mais ma stupéfaction est
bientôt à son comble, en entendant trois syllabes qui
reviennent à satiété, et que les insulaires prononcent avec ravissement :

— Ba-ba-ton !... Oh !... oh !... Ba-ba-ton... Ah !
ah !... Tabou !... Tabou !...

Au mot de *Tabou*, tous se prosternent devant nous
comme devant des idoles, ils osent à peine se rele-

ver, et ne s'avancent plus qu'en se traînant sur
les genoux. Pierre se pince jusqu'au sang pour être
bien sûr qu'il ne dort pas ; quant à moi, j'ai toutes
les peines à comprimer un fou rire qui pourrait
amoindrir mon prestige de divinité improvisée. Le
chef est près de moi. Il se dresse tout à coup,
m'embrasse, me presse, frotte furieusement son
nez sur le mien, me presse de nouveau, me
refrotte le nez à m'en arracher l'épiderme. Pierre
et Victor, fêtés, choyés, à demi étouffés, participent
à cette politesse australienne avec une égale surabondance.

Les cris recommencent avec les mots de « Ba-ba-
ton... Tabou.» La mémoire se fait soudain dans mon
esprit, et le fou rire que je comprimais s'échappe
en une fusée fort irrévérencieuse, ma foi, à la vue
du tatouage. Il fait diablement honneur à l'ingé-
niosité des artistes. Je décris celui du chef. Les jambes, noires comme de l'ébène, rappellent assez bien
une paire de bottes à l'écuyère. Sur les cuisses,
est figurée une draperie bleu-marine, représentant,
si vous le voulez, un pantalon se perdant dans les
bottes. Le dos, la poitrine, les reins et les bras disparaissent sous une épaisse couche de tatouage
offrant la même nuance. C'est une tunique à laquelle ne manquent ni les boutons blancs, ni les
passe-poils, ni même le ruban de la Légion d'hon-

neur, qui pique d'un point rouge le côté gauche.
Une bande noire collée aux flancs rappelle le ceinturon, et un capricieux entrelacement de lignes
jaunes, la poignée d'un sabre de cavalerie. Quant
au visage, c'est une merveille : des moustaches
blondes dont les crocs remontent jusqu'aux yeux,
une barbiche qui s'étale sur le menton, ont la
prétention de représenter une figure bien connue,
car la nuance du nez, au bout légèrement car-
miné, ne peut avoir été inspirée que par celle qui
fleurit au vôtre, mon cher ami, soit dit sans vous
offenser. Bref, telle est la perfection de leur
tatouage, que nos Australiens, nus comme des vers,
n'en sont pas moins vêtus du grand uniforme de la
gendarmerie coloniale de France, le vôtre, mon cher
Barbanton !

— « Ba-ba-ton… Tabou ! » C'est vous ! C'est Barbanton le saint, le puissant, le vénérable !

La lumière est faite, je comprends tout. Pour la
seconde fois, les hasards de la destinée m'ont jeté
sur la côte australienne, non loin du point où j'allais
être massacré avec M. André, le docteur Lamperrière et le matelot Bernard. C'est alors que, naufragé comme nous, vous arrivâtes ainsi qu'un
Dieu sauveur. Je vous vois encore éparpiller d'un
coup de botte le brasier sur lequel nous allions
rissoler, tirer votre sabre, dresser un procès-verbal

à tout le clan des cannibales, puis, charger tout seul le rassemblement, le disperser, tomber sur le sol, empêtré par une racine, et vous relever Tabou [1]. Ainsi que vous le disiez plus tard à vos auditeurs émerveillés, vous devîntes comme qui dirait un bon Dieu chez ces naïfs enfants de la nature. Nous fûmes dès lors couverts de votre toute-puissante protection, et nous bénéficiâmes de votre *Tabou*. C'était justice, car nul autant que vous ne possédait cette haute mine encore relevée par votre brillant uniforme. Bref, nous autres, pauvres loqueteux, nous étions bel et bien dévorés sans votre intervention.

Les insulaires sont demeurés à ce point fidèles à votre souvenir, que, après notre départ pour Cardwel, vous êtes resté un des plus hauts dignitaires du calendrier australien. Les chefs adoptèrent votre tenue, et votre uniforme fut fixé sur leurs épidermes d'une façon aussi indélébile que votre nom dans leur esprit. Vous devîntes inoubliable au dedans et ineffaçable au dehors. Je pense, entre nous, que votre canonisation là-bas fera opérer, dans quelques centaines d'années, de singulières et laborieuses recherches aux étymo-

[1] Cette aventure extraordinaire est racontée en détail dans le *Tour du monde d'un gamin de Paris*. 1 vol. à la Librairie illustrée, 7, rue du Croissant.

logistes qui voudront connaître l'origine de ce culte.

C'est égal, ce fut une fière chance pour nous que, même après trois années écoulées, votre tabou fût aussi bon teint que le premier jour. Car les Australiens habitant cette zone, au lieu de dévorer les naufragés, leur offrent aujourd'hui une hospitalité aussi complète que possible. C'est votre seule influence qui a opéré cette curieuse et excellente métamorphose, n'en doutez pas. Que vous dire de plus. Ces braves sauvages nous bourrèrent de toutes sortes de bonnes choses, et nous donnèrent des fêtes solennelles. L'on offrit des sacrifices en votre honneur, et nous nous associâmes à ces cérémonies en chantant à tue-tête le « Barbanton Tabou », qui est devenu l'hymne national, le « God save the Queen » des N'goâ-tok-ka, tel est le nom de vos adorateurs. Grâce à leur obligeance, nous pûmes atteindre l'îlot où nous sommes en ce moment, et d'où nous serons rapatriés dans un temps plus ou moins long, car notre nouveau séjour se trouve sur la route de l'Australie par le Nord, et les navires qui franchissent le détroit de Torrès ne manquent jamais d'y relâcher. On l'appelle Booby-Island. Nous y sommes comme des coqs en pâte, bien qu'il n'y ait pas un seul habitant, et peut-être à cause de cela. Mais, en revanche, l'amirauté britannique y a fait placer des approvisionnements pour les naufragés de toutes les nations, et une *boîte aux lettres*. Un mât, fort élevé, au haut duquel flotte le pavillon anglais, signale de loin aux navigateurs, la présence de ce pâté de corail qui a sauvé la vie à bien des malheureux. Au pied du mât se trouve un tonneau recouvert d'un capot goudronné sur lequel est écrit en gros caractère : *Postal-Office*. Ce tonneau, c'est la boîte aux lettres. Il contient du papier, des plumes, de l'encre, des livres, et un sac pour renfermer les lettres. L'on y trouve en outre du thé, du sel, du sucre, des cigares, des briquets, du tabac. Tout à côté, est une grotte spacieuse, amplement garnie de provisions de toutes sortes : biscuits, lard et bœuf salé, poisson séché, saindoux, rhum et eau douce. Un gros registre, qui a pour titre : *Registre de l'Asile des naufragés*, est déposé en évidence, avec la mention suivante, écrite en plusieurs langues sur la première page : « Les marins de toutes les nations sont priés d'inscrire toutes les informations nouvelles relatives aux modifications survenues dans la configuration du détroit de Torrès. Les capitaines des navires sont priés d'entretenir les ressources de l'Asile des naufragés. »

Aussi, nul navire ne manque d'atterrir. Il prend les lettres, remplace les provisions consommées ou avariées, et emmène les victimes des sinistres maritimes. Le cas est assez fréquent, et rien n'est plus éloquent que la lecture du registre. Enfin, l'on a planté sur certains points des oignons, des citrouilles et des patates. Une caverne située sous le vent de l'île, près d'une citerne d'eau potable, renferme tout un stock de vêtements. Le lieu où se trouvent la citerne et cette grotte sont indiqués sur un plan renfermé dans le baril.

Vous voyez, mon cher camarade, qu'il est impossible d'être naufragé dans de meilleures conditions. Aussi, nous engraissons en aspirant après le navire qui doit nous ramener en pays civilisé.

En attendant ce moment si ardemment souhaité, présentez mes respects bien affectueux à votre épouse, et croyez-moi toujours votre bien vivement affectionné,

Victor GUYON, dit FRIQUET.

P. S. Pierre le Gall vous envoie une bonne poignée de main.

Booby-Island, par 10° 36' 30" de latitude Sud, et 141° 35' 6" de longitude Est. »

L'adresse portait : A *Monsieur P. Barbanton...* *rue Lafayette, Paris.*

CHAPITRE XIV

Les mystères du « *Postal-Office* ».— Deux lettres.—L'adresse
de l'une d'elles.—Stupeur de Friquet. — Une voile ! — Le
schooner hollandais *Palembang*. — Généreuse hospitalité.
— Réflexions du capitaine Fabricius van Praët relativement à la douane en général et aux douaniers néerlandais en particulier. — Après le pirate, le contrebandier.
— Fantaisie gastronomique de Malais. — Les pêcheurs
d'holothurie. — Le « trépang » est le mets national de
l'archipel Malais. — En route pour Timor.

Les jours succédaient aux jours avec une morne
lenteur, et la mer, depuis longtemps calmée, conservait son implacable uniformité. Çà et là, les
attoles bordés de leur ceinture de cocotiers, ver-
doyaient sur les eaux grises, comme des oasis sur
le sable du désert; mais ce point mouvant, percep-
tible seulement à l'œil du marin, et que seul il
reconnaît pour la pointe des mâts d'un navire,
refusait d'apparaître à l'horizon. Le bâtiment libé-
rateur n'arrivait pas. Aussi, bien qu'une abondance

18

relative régnât sur l'ilot Booby, il est facile de concevoir que les trois naufragés devaient trouver aux
journées une incommensurable longueur.

C'est que si la navigation par le détroit de Torrès
abrège considérablement la distance entre la côte
Est de l'Australie et les grandes îles Malaises, les
périls de la traversée sont en revanche singulièrement augmentés. Ce n'est pas peu de chose, en effet,
que d'évoluer à travers cet inextricable enchevêtrement d'îlots, de pointes, de franges et de récifs qui
hérissent la mer de corail, sur lesquels roule sans
cesse un courant furieux, et qui font du passage
découvert par le compagnon de Quiros, un des
points les plus dangereux du globe. Impossible de
relever exactement les récifs qui émergent de ce
canal long de cent cinquante kilomètres et de tra-
cer rigoureusement la ligne des côtes, grâce à
l'incessant travail des madrépores, qui en modifient
continuellement la configuration. Aussi, les communications sont-elles relativement rares dans ces
parages, en dépit de l'audace des marins anglais
qui, eux du moins, ont sur les Américains l'incomparable avantage de savoir être prudents.

Il serait pourtant injuste de laisser croire que
Booby-Island est fréquentée seulement par des
navires éloignés de leur destination, et que les intré-

pides navigateurs du Royaume-Uni ne prennent
que les grandes routes circulaires pour remonter
au Nord par l'Est et l'Ouest. Un service périodique
a lieu par voiliers quatre fois par année entre Batavia et Sydney. Deux navires, profitant de la mousson de Nord-Ouest qui souffle d'octobre à avril,
partent de Batavia en novembre et en mars, et
vont à Sydney en un temps moyen de vingt-huit
jours. La mousson de Sud-Est, qui souffle pendant
la période d'avril à octobre, permet à ces navires,
qui partent en mai et en septembre, d'accomplir
en un temps égal, le retour de Sydney à Batavia.
Ces bâtiments, qui n'hésitent pas à affronter le passage du détroit de Torrès, relâchent toujours à
l'îlot Booby. Les vapeurs de l'*Eastern and Austra-*
lian Mail Steam Company accomplissent en outre
le même trajet trois fois par an, et vont porter
l'Union-Jack dans ces lieux désolés. L'Asile des
naufragés est donc moins délaissé qu'on serait tenté
de le penser tout d'abord. Mais, en somme, une
période de deux mois au moins peut s'écouler
sans que les hôtes du roc corallien aient vu âme
qui vive, en admettant toutefois que la navigation
n'ait été entravée par aucun incident, et soixante
jours d'attente sont parfois cruellement longs.
Pierre et Friquet, ignorant la périodicité du passage des navires anglais, se dépitaient d'autant plus

qu'ils ne connaissaient pas le moment probable de leur délivrance.

Le Parisien avait déposé sa lettre dans le sac que renfermait le tonneau. Il n'avait pas jusqu'alors inventorié ce sac qui selon toute probabilité devait être vide. Son contenu d'ailleurs, au cas où d'autres naufragés ou des voyageurs y eussent placé leur correspondance, lui importait peu. Entre autres qualités, Friquet possédait une discrétion à toute épreuve. Par une vieille habitude de marin dont le modeste bagage est trop souvent envahi par les cancrelas, il retourna le récipient de toile goudronnée, afin d'en chasser, si besoin en était, les indiscrets orthoptères dont la voracité ne respecte rien. Sa surprise fut extrême en voyant tomber deux lettres.

Il jeta un regard inconscient sur les suscriptions. L'écriture en était ferme et les lettres affectaient cette forme angulaire particulière aux écritures anglaises ou allemandes. La première portait pour adresse : « A Monsieur Vincent Bouscarin, rue Jean-Jacques-Rousseau, n°..., à Paris ».

— Je voudrais bien aller un peu dans les environs du point où cette lettre arrivera tôt ou tard, dit-il avec une légère pointe de mélancolie. Je ne suis pas jaloux, mais je ne puis m'empêcher de

Friquet le vit lancer son béret en l'air. (Page 317.)

porter envie au papier renfermé dans cette enveloppe bulle.

« Allons, missive française, partez de compagnie
avec celle de mon brave gendarme. Quant à
l'autre... »

Il poussa un cri de surprise, presque de stupeur,
à la vue de l'adresse écrite sur la seconde lettre.

— Mille tonnerres !... C'est trop violent... Je rêve
pas. Le cauchemar ne me hante pas...

« Pierre !... Pierre !... »

Le Breton, l'œil rivé à l'horizon, n'écoutait pas.
Friquet le vit tout à coup lancer son béret en
l'air, sans plus se soucier du soleil tropical que
d'un simple clair de lune, et ébaucher une de ces
gigues dont un Italien piqué de la tarentule n'eût
pas désavoué la haute fantaisie.

— Voyons, matelot ! écoute-moi... Pierre... Si tu
savais, cette lettre...

— Il s'agit bien de lettre !... Tonnerre à la toile !
Mets-la à la boîte. Le vaguemestre va faire la levée
tout à l'heure.

— Ah ça ! es-tu fou ?

— Pas plus que toi, mon fi. Mais on gigotterait
à moins.

— Mais, enfin, qu'y a-t-il ?

— Cabillaud de malheur ! On voit bien que tu
n'as jamais torché de toile sur un ancien trois-

18.

ponts, et que ton œil n'a jamais reluqué l'horizon
du haut des barres de perroquet, sans cela...

— Quoi ?

— Eh ! *digue dâou !* Tu apercevrais à moins de
deux milles cette voile qui apparaît là-bas au-dessus d'un récif.

— Une voile !... Tu vois une voile ?

— Pardieu ! Je ne suis pas au « Salon de Flore »
pour pincer ainsi, à propos de rien, un cavalier seul
comme celui-là. Il faut un motif sérieux, pour me
le faire perdre, le mien, de sérieux.

« Tiens, tu la vois, maintenant.

— Oui... C'est vrai, reprit le jeune homme,
dont la physionomie mobile refléta une vive et
passagère émotion.

— A la bonne heure donc, *malhar Doué !* Dans
cinq minutes la coque apparaîtra.

« Tiens ! c'est un schooner. Je parierais que c'est
un hollandais, un de ces gros patachons d'eau salée,
à ventre rond comme ceux des buveurs de bière
qui les montent. »

Le navire, poussé par la brise et le courant,
avançait avec rapidité, en contournant habilement
les pointes coralliennes. Son pavillon fut bientôt
hissé. Pierre le Gall ne s'était pas trompé. Les couleurs hollandaises, bleues, blanches et rouges
comme les couleurs françaises, mais placées hori-

.ontalement, le rouge en haut, se déployèrent à l'arrière.

— Va bien, reprit Pierre. Je suis content de bourlinguer à bord d'un hollandais. Bons marins, braves matelots, on pourra s'entendre.

Le schooner mit en panne à deux encâblures du rivage, une embarcation glissa lestement des porte-manteaux et quatre rameurs nagèrent vigou-reusement vers l'îlot Booby. Le canot n'avait pas encore abordé, que le patron adressait aux trois naufragés la parole dans un idiome inconnu.

— Du diable si nous comprenons son satané auvergnat... Voyons, faudrait pourtant s'entendre. Nous sommes Français, y a-t-il quelqu'un parmi vous qui parle notre langue ?

— Moi, messieurs, répondit le patron, polyglotte comme la plupart de ses compatriotes. Je pense que vous ne demandez pas mieux que de partir.

— Je crois bien, reprirent d'une seule voix Pierre et Friquet.

— Eh bien ! embarque ! Dans quelques minutes la marée va baisser[1] et nous n'avons pas de temps à perdre.

---

[1] Bien que les marées soient en général très peu sensi-bles dans le Pacifique, elles sont particulièrement assez fortes dans le détroit de Torrès, dont les côtes, vu leur faible inclinaison, sont découvertes alternativement, à une distance relativement considérable par le flux et le reflux.

Les trois amis ne se firent pas répéter deux fois cette agréable invitation. Ils étaient arrivés à l'Asile des naufragés dans un complet dénûment, leurs préparatifs ne furent pas longs, ils embarquèrent avec ce qu'ils portaient sur le dos.

Quelques minutes après, ils accostaient le schooner, se hissaient au moyen des tire-veilles en hommes auxquels semblable manœuvre est familière, et prenaient pied sur le pont où les matelots hollandais les reçurent avec cette cordialité que les gens de mer, à chaque instant menacés d'une semblable éventualité, témoignent toujours aux naufragés.

Le capitaine fit aussitôt orienter les voiles, sans avoir autrement communiqué avec le *Postal-Office*. Cette particularité ne laissa pas de tracasser Friquet, tant elle lui sembla en formel désaccord avec les instructions écrites au Registre des naufragés, et résultant de conventions internationales.

La manœuvre terminée, le capitaine fit venir ses passagers dans sa chambre, et leur demanda tout naturellement par quel concours de circonstances ils se trouvaient à Booby-Island. Friquet fit brièvement le récit de leurs aventures. Il glissa prudemment sur les agissements du capitaine américain, raconta l'épisode du naufrage, la traversée de l'île

Woodlarck à la Nouvelle-Guinée, et termina par la dernière station chez les Australiens.

Le capitaine, un bon gros homme rond comme une barrique, aux cheveux ras, à la face boucanée par le soleil, mais fûtée comme celle d'un maquignon bas-normand, ne put s'empêcher, malgré son flegme batave, de manifester tout son étonnement en apprenant un pareil tour de force.

Puis, il ajouta avec toute la cordialité d'un marin :

— Je me réjouis doublement du hasard qui m'a amené à Booby-Island. J'y venais simplement pour rectifier ma position, quand la vigie vous a aperçus. Sans cela, vous eussiez attendu, jusqu'au mois de mars, le voilier qui va de Batavia à Sydney. Comme votre destination est Sumatra, c'eût été près de trois mois encore de perdus, sans revoir vos amis. Je ne vais pas directement à Java, mais j'espère bien avant six semaines être en vue de l'île, lorsque je me serai débarrassé de mon chargement qui est presque complet.

« En attendant ce moment, considérez-vous à mon bord comme chez vous. Vous êtes complètement libres de travailler ou de nous regarder faire.

— Quant à se croiser les pouces devant des camarades occupés à brasser, à serrer ou à larguer la toile, je vous dirai, capitaine, avec votre permission, que ça ne se peut pas, foi de Pierre le Gall. Je vous demande à partager les travaux de l'équipage, avec mon matelot, et à faire partie de la même bordée que lui, sans vous commander.

« Il s'entend peut-être mieux à passer le ringard dans les fourneaux de chauffe, qu'à prendre un ris, ou bien encore, il connaît mieux les soutes à charbon d'**un** cuirassé que le gréement d'un trois-mâts carré, ou même d'une simple goëlette, mais il est leste comme un écureuil, fort comme un cheval-vapeur et il saura bien gagner sa pitance.

— Comme vous voudrez, mes enfants. C'est votre affaire. Je vous le répète, vous êtes libres. Vous donnerez un coup de main à la manœuvre quand bon vous semblera.

— Merci, capitaine, vous êtes bien honnête.

— A mon tour, capitaine, interrogea Friquet ; voulez-vous me permettre de vous demander un simple renseignement?

— Demandez toujours.

— Comment se fait-il que vous ne soyez pas allé à terre, tant pour notifier votre passage sur le registre, que pour prendre les lettres du *Postal-Office*?

A cette question tout à fait imprévue, un large rire dilata la face de brique du Hollandais.

— Je ne vous en ferai aucun mystère, dit-il. La

raison est bien simple. Je ne navigue pas pour la gloire, moi ; je suis un simple capitaine marchand, propriétaire de mon schooner, libre d'aller où bon me semble, et de prendre n'importe quel charge-ment pour n'importe quel endroit. Or, les fonction-naires néerlandais, appelés en français douaniers, ont l'habitude, ici, comme chez vous, d'inven-torier avec une inqualifiable indiscrétion les frets des navires, et de les frapper de contributions que je taxerai d'arbitraires.

« Si j'avais fait la levée du courrier du *Postal-Office*, j'eusse été contraint d'en opérer la remise aux agents consulaires ou à d'autres encore, et ceux-ci n'eussent pas manqué de me demander d'où je venais, ce que je portais, etc., etc. Ma com-plaisance eût pu m'être fort préjudiciable, et la seule récompense que j'en eusse obtenu, eût été de voir mes marchandises frappées de droits de toute sorte. Je préfère m'en aller tranquillement débar-quer ma cargaison dans des lieux connus de moi, seul et de mes correspondants, reprendre un char-gement, le transporter sans le visa préalable de la douane, et faire mon petit commerce sans l'inter-vention de messieurs les fonctionnaires.

« Vous comprenez, n'est-ce pas ?

— Parfaitement, dirent en riant les deux Français que le capitaine congédia d'un geste cordial.

— Allons, dit en aparté Pierre à Friquet, notre capitaine n'est pas une rosière, mais nous sommes incomparablement mieux lotis qu'en partant de Macao. L'Américain était un ignoble pirate. Le Hollandais est un simple contrebandier. Il y a progrès.

« A propos, qu'est-ce donc que cette histoire de lettre qui te tracasse avec tant d'opiniâtreté. Je me rappelle que, au moment où j'aperçus le schooner, tu tenais à la main le sac à dépêches.... Tu avais l'air tout chaviré.

— Il y avait de quoi, je t'assure. Tiens, je te le donne en mille. Devine à qui était adressée une des deux lettres renfermées dans le sac.

— Il doit y avoir un chat dans la cale ; je préfère lui donner ma langue tout de suite.

— Eh bien! mon cher, l'enveloppe portait : « Senhor Bartholomeo do Monte, à Macao ! »

Pierre fit un soubresaut comme s'il eût reçu une balle en plein cœur.

— L'homme à la rapière.... Le pantin de pain d'épice.... Le marchand d'hommes.... Le complice du pirate !

— Lui-même.

— Mais alors!... Qui diable a pu déposer la lettre dans le tonneau? Il faut donc que l'Américain se soit échappé dans sa chaloupe, qu'il soit venu jusqu'ici.... Mais non, c'est impossible. Je perds le Nord.

— Lui ou un autre, je l'ignore. Toujours est-il que le hasard opère de singuliers rapprochements.

— Tonnerre! Il fallait « étouffer » la lettre.

— Quant à cela, non !

— Pourquoi pas ? La lettre d'un bandit adressée à un coquin.

— Adressée à un coquin, d'accord. Mais qui te prouve que l'expéditeur soit un scélérat?

— Tout. C'est l'Américain, te dis-je. Ce cachalot de malheur est certainement venu ici dans sa mauvaise péniche. Nous y sommes bien arrivés, nous aussi. Pour moi, cela ne fait pas l'ombre d'un doute.

— Soit. J'eusse quand même respecté le secret de la lettre.

— Peuh! De la délicatesse avec ces faillis païens, c'est donner des confitures aux descendants du compagnon de saint Antoine.

Le schooner *Palembang*, dont le capitaine meinherr Fabricius van Praët était en même temps l'armateur, tenait en ce moment la mer pour obéir aux singulières exigences gastronomiques des Malais, ces gourmets aussi fantaisistes que les Chinois.

Les huit matelots du bord s'occupaient, du matin au soir, à pêcher l'*holothurie*.

Nous n'avons pas à nous appesantir sur la passion que professent pour cet échinoderme les habitants des îles de la Malaisie. C'est un goût bizarre pour la satisfaction duquel ils savent s'imposer les plus durs sacrifices, et nous eussions à peine parlé de ces « *purgamenta maris* », comme disaient les anciens naturalistes, s'ils n'étaient l'objet d'un commerce immense, comparable à celui de la morue à Terre-Neuve. C'est que le Malais raffole de son « *trépang* » (tel est le nom que l'on donne ici à l'holothurie) comme l'Anglais du pudding, comme l'Allemand de sa choucroute, comme l'Esquimau de l'huile de phoque, ou l'Italien de son macaroni. C'est par excellence le mets national, non seulement pour les grandes îles Indiennes, mais encore pour le Cambodge, la Chine, la Cochinchine, l'Annam, etc. A ce point, que des milliers de jonques sont armées pour la pêche de ce zoophyte, et qu'aussi d'innombrables navires anglais, américains ou hollandais, trouvent le moyen de réaliser des bénéfices considérables.

Qu'est-ce donc que l'holothurie? Genre d'échinodermes, type de l'ordre des holothurides, répondra le premier volume venu d'histoire naturelle, ... etc. Soyons un peu moins savant, et un peu plus

pratique. Figurez-vous un tube cylindrique de
moyenne grosseur, dont la longueur varie de quinze
à vingt-cinq centimètres, formé d'une peau épaisse,
contractile, remplie d'eau, dans laquelle flotte un
intestin assez rudimentaire. Au fond de l'extrémité
antérieure, qui rappelle un entonnoir, se trouve
une ouverture ronde. C'est la bouche, garnie
d'agiles tentacules agissant à la façon de ventouses.
Le corps est garni extérieurement de cyrrhes ou
suçoirs servant à la locomotion, ou à la préhension
des aliments.

L'holothurie vit en quantités innombrables sur
les rochers ou les sables des côtes, où elle rampe à
l'aide de ses tentacules. Très facile à satisfaire
sous le rapport de la nourriture, elle avale tout ce
qui se présente à elle. Sa fonction essentielle est
d'absorber continuellement. Aussi, les dix ou douze
tentacules de sa bouche, sont-ils incessamment
occupés à saisir des animalcules, des fragments de
plantes marines, des œufs de poisson, jusqu'à des
grains de sable, et à les porter sans cesse à la bouche, toujours béante comme une tirelire.

Par un phénomène physiologique assez singulier,
son appareil intestinal est d'une excessive délicatesse, et semble mal s'accommoder d'une alimentation aussi variée. Aussi, l'holothurie éprouve-t-elle
de fréquents embarras gastriques. Comme il serait

peut-être difficile de débarrasser son estomac de
toute la série des aliments ingérés, elle s'empresse
de vomir le contenant avec le contenu, et se sépare
à l'amiable d'un viscère qui fonctionne mal, comme
nous pourrions le faire d'un gant ou d'une chaussure. Ce sacrifice d'une partie de sa personne ne
paraît d'ailleurs la gêner en aucune façon, car elle
se met incontinent à fabriquer un autre intestin
qui, dans un temps plus ou moins long, aura le sort
de son devancier.

Ce n'est pas tout : elle donne volontiers asile à
de petits crustacés et, chose plus étonnante encore,
à de petits poissons du genre « fiérasfer ». Ces derniers, amis de l'obscurité et myopes comme des
taupes, apercevant vaguement l'ouverture en entonnoir placée devant la bouche de l'holothurie, s'y
précipitent pour fuir la lumière, pénètrent dans
l'œsophage trop petit pour leur taille, le déchirent,
puis s'en vont se loger entre les viscères et l'enveloppe extérieure, où ils vivent tranquilles, sans que
leur obligeante hôtesse paraisse incommodée de
cette invasion.

Le « trépang » est assez coriace, mais les Malais
ont pour le rendre moins dur un procédé immanquable. C'est de le soumettre à une fermentation,
à une putréfaction plutôt, devant laquelle recule-
raient les amateurs les plus endurcis de chairs

faisandées. C'est une simple accommodation du
palais que comprendront nos gourmets qui se
délectent avec cette substance putride, connue
sous le nom de Roquefort, si éloignée du lait origi-
nel. Bien plus, le « *trépang* », accommodé avec les
épices, les piments et autres substances incen-
diaires chères aux Malais, finit par plaire, dit-on,
à certains estomacs européens.

Les procédés employés pour la capture sont des
plus élémentaires. Il suffit de posséder avec de bons
yeux, une certaine quantité de bambous pouvant
s'adapter les uns au bout des autres, selon que la
profondeur de l'eau est plus ou moins considérable.
Le dernier de ces bambous est muni d'un crochet
acéré à l'aide duquel le pêcheur retire adroitement
les échinodermes. Pour les conserver, il suffit de
les vider, de les échauder quelques minutes à l'eau
bouillante, et de les faire sécher au soleil.

Cette pêche qui, avons-nous dit, rapporte des
bénéfices considérables, exige autant de patience
que d'adresse. Aussi, les capitaines européens ou
américains ne manquent-ils pas d'embarquer avec
eux quelques bons harponneurs qui savent bien
découvrir le zoophyte à plus de vingt mètres
de profondeur, et le percer avec une sûreté ini-
maginable. A cette méthode un peu longue, mais
infaillible, les grands entrepreneurs de pêcheries

joignent un procédé infiniment plus expéditif qui n'est pas à la portée de tous, car il faut s'en aller au loin avec un équipage relativement nombreux et plusieurs embarcations. Ces entrepreneurs, de véritables armateurs, partent pour des terres lointaines où l'holothurie est rarement exploitée ; ils pêchent à marée basse, ramassant tous les échinodermes laissés par le flot, et attendant les grandes tourmentes qui les jettent à la côte en quantités tellement innombrables, qu'il suffit de deux ou trois aubaines pareilles pour emplir un navire.

Ainsi pratiquait le capitaine du *Palembang* dont le schooner de deux cents tonneaux était à peu près chargé lorsqu'il recueillit les naufragés de Booby-Island.

L'arrivée à bord des trois amis sembla porter bonheur aux pêcheurs, car l'holothurie devint tout à coup tellement abondante, que le schooner, bourré à couler, prenait au bout de huit jours la route de Timor. Pierre, Friquet et Victor pouvaient alors se considérer comme sauvés, car ils allaient arriver aux établissements européens. Cette première étape franchie, le retour à Sumatra ne souffrirait aucune difficulté.

CHAPITRE XV

Les traités de geographie s'accordent volontiers à placer l'île de Timor par 120° et 125° de longitude Est, et par 8° 30' et 10° 30' de latitude Sud, entre la mer des Moluques et l'océan Indien. C'est à peu près tout ce que les ouvrages spéciaux nous enseignent de positif. L'on conviendra que c'est peu, et les personnes qui ne bornent pas exclusivement l'étude de la géographie à la nomenclature des sous-préfectures de France, la Corse comprise, réclameront, avec raison, des documents plus détaillés, une relation plus substantielle. Peine inutile d'ailleurs, car certains auteurs donneront à l'île une longueur de 500 kilomètres, pendant que d'autres en rogneront d'un trait de plume cinquante, sans se préoccuper du sort des habitants qu'ils suppriment arbitrairement du nombre des vivants. La supputation de la largeur subira des variations analogues, et oscillera entre 105 et 125 kilomètres. Passons, et arrivons au chiffre de la population. Les fantaisies arithmétiques de nos auteurs atteindront les limites extrêmes de l'invraisemblance; un comble, comme on dit aujourd'hui. Imaginez un professeur de la Sorbonne, ou d'une faculté départementale, adressant cette simple question à un candidat au baccalauréat ès lettres :

— Pourriez-vous me dire, monsieur, le nombre des habitants de l'île de Timor ?

— Un million deux cent mille, répondra, d'une voix assurée, le récipiendaire, qui à grands renforts de procédés mnémotechniques aura incrusté ce chiffre dans un des casiers de son cerveau.

Je vois d'ici le haut-le-corps de l'honorable examinateur qui ne pourra s'empêcher de riposter iro-

niquement ou avec aigreur, selon son tempérament :

— Mais, monsieur, vous n'y êtes pas. Timor
ne compte que quatre cent quatre-vingt-onze mille
habitants.

Stupeur du candidat qui maudira sa mémoire,
les géographes avec les Timoriens, et que cet écart
de sept cent neuf mille fera « retoquer », comme
nous disions à l'époque déjà lointaine où nous
obtenions nos diplômes de savants libellés sur des
peaux d'âne, ô ironie !

Le bachelier *in partibus* aura raison pourtant,
et son docte inquisiteur n'aura pas tort. Car les
auteurs affirment gravement l'authenticité de l'une
et l'autre quantité. Ajoutons, pour clore ce débat,
qu'ils se trompent également, et qu'il est absurde
de vouloir établir comme en pays civilisé, la sta-
tistique d'une contrée à peine explorée. Ne serait-il
pas infiniment plus logique, plutôt que de jongler
avec des chiffres qui ne signifient rien, d'avouer
loyalement une ignorance dont nul ne saurait
rougir, et pour cause, jugez-en plutôt.

Timor est habitée par trois races d'hommes complètement distinctes, et qui, depuis des époques
fort reculées dont la légende ne conserve aucun
souvenir, se sont perpétuées avec leurs caractères
originels. Ce sont d'abord, — à tout seigneur tout

19.

honneur, — les *autochtones*, ou indigènes, qui se
rattachent à la race noire par la couleur de suie de
leur épiderme, leurs cheveux courts, laineux, frisés
comme ceux des Papous. Repoussés par les Malais
dans les impénétrables forêts de l'intérieur, ils mè-
nent la vie sauvage, ont pour armes la lance, l'arc
et le casse-tête, sont d'une incroyable férocité, et
se livrent à l'anthropophagie.

La seconde race comprend les *Malais* aux cheveux longs, lisses, au teint cuivré, aux pommettes
saillantes. Ils descendent des anciens conquérants
de l'archipel Indien, et ils en ont conservé l'audace,
l'indépendance, la duplicité.

La troisième race se compose de *Chinois*, ces juifs
de l'Extrême-Orient, que l'on rencontre partout,
qui, grâce à une merveilleuse entente du trafic et à
une incomparable souplesse de l'échine, ont pros-
péré depuis plusieurs siècles, et monopolisé tout
le commerce.

Je le demande, en toute franchise, au statis-
ticien le plus convaincu, au recenseur le plus
endurci, est-il possible d'aller, au milieu des marais,
des torrents, des montagnes ou des forêts, sup-
puter le nombre des bimanes couleur de suie qui
mangent leur semblable? Qui dira également combien de pirates malais écument les mers de la

Sonde, et combien de Chinois recèlent le fruit de leurs rapines?

Depuis longtemps déjà, la civilisation a cependant revendiqué cette opulente contrée océanienne. L'île de Timor appartient virtuellement aux Hollandais et aux Portugais. Bataves et Lusitaniens en possèdent chacun la moitié, et font, paraît-il, depuis longtemps assez bon ménage. C'est en 1613 que fut opéré ce partage, alors que les Portugais, d'abord maîtres de toutes les mers de l'Indo-Chine, grâce aux conquêtes de d'Albuquerque, furent contraints de céder aux Hollandais leurs plus riches possessions. Il ne leur resta plus que l'île de Solor et la partie orientale de Timor qu'ils ont encore en ce moment [1].

Aujourd'hui, le drapeau hollandais flotte sur le fort Concordia, la citadelle de Coupang, capitale

---

[1] L'origine de la prise de possession de l'empire des Indes est assez singulière. Au xv⁰ siècle, alors que la chrétienté ne reconnaissait qu'un arbitre, le pape, Alexandre VI traçait en 1493 d'un pôle à l'autre une ligne imaginaire passant par les Açores et les îles du cap Vert. Le Portugal pouvait revendiquer le domaine placé à l'Ouest de ce méridien, les Espagnols les terres et les mers situées à l'Est. L'année suivante, cette ligne fut reculée de 370 lieues dans l'Ouest. Le Portugal pouvait donc s'adjuger l'espace compris entre le 48⁰ degré de longitude Ouest, et le 132⁰ de longitude Est. Pernambouc, Rio-de-Janeiro, les Moluques, les Philippines, la moitié de la Papouasie, lui appartenaient à son insu, car on ne soupçonnait pas encore l'existence des contrées que la convention de Tordesillas venait de concéder à la maison du Portugal.

de la possession néerlandaise, qui est située à la
partie Ouest de l'île. Les Hollandais, en gens habiles,
ont rendu inexpugnable cette forteresse déjà défendue par les rocs inaccessibles qui la supportent, et
nul ne saurait désormais les débusquer de cette
position formidable qui est la clé de l'île. A l'abri
du fort Concordia, s'étale gracieusement la ville
de Coupang, séparée en deux par une rivière, et
sur les bords de laquelle s'élèvent de jolies maisons
en pierre, à toitures de briques. On y compte 5,000
habitants, au dire des Hollandais qui sont d'infaillibles calculateurs. Partout règne cette méticuleuse propreté si chère aux sujets du royaume des
Pays-Bas, et cet air de prospérité spécial à leurs
colonies. L'on y voit des églises, des maisons de
banque, un théâtre, des cafés et des douaniers en
habit vert, en casquettes blanches, qui se promènent gravement prêts à pontifier.

Le souvenir de ces dignes fonctionnaires et
l'expérience acquise de leur incorruptibilité ont
décidé le capitaine Fabricius van Praët à les éviter
avec le plus grand soin. Aussi, bien que son schooner eût arboré le drapeau national dès que la vigie
eut signalé la terre, le cap ne fut pas mis sur
Coupang. Le bâtiment obliqua vers le Nord, reconnut le cap Jacki situé à la pointe Est, non loin du
125°, et reprit sa route vers l'Ouest. Il rangea

la côte portugaise, franchit le 124° méridien, continua sa course jusqu'à environ 15' du 123° et mit en panne à trois milles au large.

La nuit est complètement noire, circonstance qui semble faire le bonheur du capitaine. Au loin, dans les ténèbres, tremblottent de vagues lueurs, indiquant un lieu habité. C'est, en effet, Dilli ou Dhelli, la capitale de la colonie portugaise, la rivale malheureuse de Coupang. S'il faisait jour, et si au lieu de se tenir au loin, le *Palembang* pénétrait dans la rade, une fort belle rade, ma foi, les passagers, nos amis, verraient un misérable taudis, comparé aux plus infimes bourgades hollandaises. Des cases de boue couvertes en chaume ou en feuilles à demi-pourries, un fort qui n'est qu'un simple enclos en terre durcie, une église construite à l'aide de procédés aussi primitifs, et une douane, naturellement. Tout cela malpropre, boueux ou poussiéreux, suivant le temps, encombré de détritus, coupé de fondrières, où s'ébattent des essaims répugnants d'animaux faméliques. Mais qui douterait que cet amas de cases minables, comparable à un pauvre village indigène, ne soit un point civilisé, à la vue de tout un monde d'employés en costume de ville blanc et noir, tirés à quatre épingles, le tromblon vissé sur la tête, et des officiers chamarrés, resplendissants, qui évoluent dans ce cloaque, en nombre tout à fait disproportionné avec l'aspect misérable de la « cité » lusitanienne.

Mais les ténèbres sont plus épaisses que jamais. Les douaniers dorment comme de bienheureux. Peut-être ont-ils d'excellentes raisons pour cela. Pierre le Gall, Friquet et leur inséparable Victor, que la proximité d'une terre civilisée tient éveillés, sont accroupis à l'arrière, sur le caillebottis du gouvernail. Ils causent à voix basse, et tirent des plans en vue de leur prochain rapatriement.

Une vive clarté leur **fait** dresser la tête. Un immense serpent de feu surgit dans les ténèbres, monte à perte de vue et se tord en laissant derrière lui une longue traînée d'étincelles.

— Paraît, dit Pierre à voix basse, que nous allons avoir du nouveau. Ce feu d'artifice n'est pas tiré seulement en l'honneur des négros et des magots qui habitent la côte.

Une seconde, puis une troisième fusée montèrent en râlant, projetèrent leur semis d'étoiles sur le fond noir du ciel, puis l'obscurité se fit soudain.

Trois quarts d'heure environ s'écoulèrent sans nouvel incident, quand un léger clapotis de rames se fit entendre dans la direction de la terre. Le bruit se rapprocha, puis un coup de sifflet strident déchira l'air. Un falot apparut à l'avant du navire, pour disparaître aussitôt. Cette lueur fugitive était suffisante cependant pour indiquer la position du *Palembang* qui, en raison des sentiments particuliers de son capitaine à l'endroit des autorités, ne portait pas ses feux réglementaires.

Une barque accosta, heurtant le bordage qui résonna sourdement. Un épouvantable juron, expectoré en anglais par une voix rauque, sembla sortir des flots.

— Doucement, enfants, doucement, fit le capitaine accoudé à la lisse.

— Eh ! vieux marsouin ! cachalot de malheur ! reprit la voix de son accent éraillé, vous ne pourriez pas nous donner un peu de lumière ? Il fait plus noir, ici, qu'au fin fond de la marmite de Lucifer, notre commun patron...

— Tiens ! repartit joyeusement le capitaine, et avec une intonation indiquant une profonde surprise, c'est master Holliday.

— Lui-même, en chair et en os. Surtout en os. Je suis maigre à faire peur. Mais, vous n'allez pas, j'espère, me faire faire quarantaine, et me recevoir à longueur de gaffe, comme un pestiféré. Allons, dépêchons. Faites-moi jeter un bout d'amarre... N'oubliez pas une pinte de votre meilleur wisky.

« Vous, garçons, dit-il à ses rameurs, amarrez votre pirogue en attendant mon retour.

— Mais, souffla Friquet tout interdit à l'oreille de Pierre le Gall, le diable m'emporte, je connais cette voix-là !

— Que la drisse du pavillon serve de cravate au fichu païen qui s'affale en ce moment, si comme toi je n'ai pas entendu quelque part les braillements au rogomme qui sortent de son gosier.

— Tonnerre ! si c'était...

— Hein ?...

— Nous serions dans de jolis draps.

« Une idée.

— Dis voir, et patine-toi.

— Dans cinq minutes, cet homme, sur l'identité duquel nous ne pouvons nous tromper, va connaître notre présence ici. Le navire sera fouillé de la cale aux hunes ; si l'on nous trouve, nous sommes fichus.

— Que faire ?

— Je connais une cachette où nul ne songera à nous dénicher avant le jour. Nous allons grimper lestement sur la toile de tente au-dessous de laquelle nous nous trouvons en ce moment, et que le capitaine a eu l'heureuse idée de ne pas faire serrer pour la nuit. Nous serons là comme dans des hamacs, et nous aviserons au plus pressé.

« Allons, passe le premier. Je ferai la courte-échelle à Victor. »

L'escalade s'opéra en quelques secondes. Il était
temps. Le capitaine hollandais et le nouveau venu,
après s'être énergiquement serré la main, arrivaient
à l'arrière, et s'arrêtaient à la place occupée un
instant auparavant par les trois amis.

— Ah ça! voyons, reprit l'homme à la voix rauque, que veut dire cet excès de prudence. Craignez-
vous donc si fort les douaniers portugais, que vous
accueillez ainsi vos amis comme des hiboux. Ces
honorables fonctionnaires dorment sans doute à
poings fermés. Leur sommeil doit être d'autant
plus lourd que vous avez eu, je pense, la précaution
de leur boucher les yeux avec quelques bonnes piastres fortes.

— Hé! non. Je n'ai encore communiqué avec
personne. Ce n'est pas vous que j'attendais d'ailleurs, mais bien l'agent général dont l'absence
m'inquiète.

L'inconnu se mit à rire bruyamment.

— Je ne vous croyais pas si facile à effaroucher,
mon vieux camarade. Vous n'êtes donc plus l'intrépide écumeur de mer en compagnie duquel j'ai
tant et si bien travaillé jadis. By God! En avons-
nous enlevé de ces convois de chair jaune! Avons-
nous aussi sabordé des jonques, rançonné des marchands et pillé des comptoirs!

— Plus bas! master Holliday, plus bas! Si l'on

vous entendait ! Sommes-nous bien seuls, au moins ?
Il est, vous le savez, certaines histoires qu'il ne fait
pas bon rappeler.

Cette prudente réflexion sembla porter à son
comble l'hilarité du nouveau venu.

— Vos hommes sont-ils devenus aussi des poules
mouillées. Et vos deux canons de vingt-quatre, vos
bijoux, comme vous les appeliez quand vous disiez :
Stop ! aux pauvres diables dont vous subtilisiez si
élégamment la cargaison, les chargez-vous maintenant avec du poivre ?

— Hélas ! gémit le capitaine, le malheureux est
ivre comme un prédicant.

— Pourquoi dites-vous que je suis ivre ? Est-ce
parce que je vous rappelle notre bon vieux temps ?
Rougissez-vous devant moi d'avoir été, et d'être
encore, je l'espère, un vrai pirate étoilé de l'océan
Indien ?

— Je suis un simple pêcheur de trépang.

— Farceur ! Combien de bateaux avez-vous déva-
lisé en route ?

— Voyons, master Holliday, combien vous faut-
il ?

— Meinherr Fabricius van Praët, vous outragez
notre vieille amitié. Moi non plus, je ne m'attendais pas à la joie de vous voir cette nuit. J'ai
aperçu votre signal. J'ai compris tout naturellement

qu'un bâtiment ayant de bonnes raisons pour ne pas atterrir à Dilli, se trouvait au large. Je venais tout naturellement lui offrir mes services. Car j'ai besoin de me refaire un peu.

— Ah! je comprends. Vos lascars auraient pris à l'abordage le navire, et vous vous seriez approprié le chargement.

— Sans doute. Je suis complètement à sec en ce moment. Le diable, notre cher patron, a voulu que vous arrivassiez à point nommé. C'est un grand dommage pour moi, puisque, en raison de nos statuts, je ne puis rien entreprendre contre vous.

« A moins, toutefois, que vous n'ayez rompu avec l'association, termina l'inconnu, dont la voix railleuse devint tout à coup menaçante. »

— N'en croyez rien, riposta vivement le Hollandais. Je suis toujours le même, et plus dévoué que jamais à ceux que vous savez.

« Mais, je vous en prie, parlez moins haut. Je ne suis pas sûr de tous nos hommes. Cette pêche de... fantaisie, n'était qu'une épreuve pour m'assurer du bon vouloir de mes nouvelles recrues. Je compte reprendre sous peu le cours de nos anciennes expéditions.

« Ce n'est pas tout. La présence de passagers à bord m'engage à la plus grande circonspection.

— Des passagers, mauvaise cargaison dont il faut vous débarrasser le plus tôt possible.

— J'aurais préféré les enrôler avec nous. Ils me paraissent de rudes compagnons.

— Qu'à cela ne tienne. Nous pouvons converser en français. Cet idiome est à peu près inconnu ici.

— Mais, ce sont positivement des Français !

Les trois amis, allongés sur la tente de l'arrière et juste au-dessus des deux interlocuteurs, n'avaient pas perdu un mot de cette conversation, l'anglais leur étant suffisamment familier pour que ces intéressantes confidences échangées entre les deux complices leur parvinssent dans toute leur crudité.

— Des Français ! repartit l'inconnu surpris. Où diable les avez-vous dénichés ?

— A Booby-Island.

— Mais, j'y étais il y a moins d'un mois.

— Vous !

— Moi-même. Après avoir perdu aux Louisiades mon navire avec un fret de chair jaune de premier choix.

— Voilà qui est merveilleux.

— D'avoir éventré mon bâtiment sur un roc de corail, et éprouvé une perte sèche de près de cent mille dollars... Vous êtes bien bon.

— Non, ce n'est pas ce que je veux dire, mais cette rencontre de mes Français. Ils montaient un navire qui s'est échoué au lieu que vous m'indiquez.

— Ah ! pardieu, si c'étaient les mêmes, l'histoire serait réjouissante !

« Il y a un vieux matelot, n'est-ce pas ? Un vrai type de goudronné.

— C'est cela.

— Puis un jeune homme... Deux rudes gaillards.

— Ce sont eux, à n'en pas douter. Vous oubliez le Chinois.

— Tiens ! ils ont un celestial. C'est sans doute un de mes coulies. Je remettrai bien volontiers la main dessus. Ce sera toujours trois cents dollars de gagnés.

« Avouez que le hasard fait bien les choses.

— Sans doute, si vous y trouvez votre profit.

— Le mien et le *nôtre*, ou plutôt celui de l'association.

— Comment cela ?

— Ces deux hommes sont spécialement désignés par le maître.

« Il faut, vous entendez-bien, il faut qu'ils soient dans l'impossibilité absolue de nuire jamais à l'association.

— Rien de plus facile. Une cravate de chanvre ou un boulet au pied...

— Ils ne doivent pas mourir encore. Nous pou-

vons, nous devons même les séquestrer, les empêcher de tenter quoi que ce soit, mais non les tuer,
pour le moment du moins.

— Pourquoi ?

— C'est le secret du maître.

— Cela suffit.

— Quoi qu'il en soit, j'étais loin de m'attendre,
alors que le packet de l'*Eastern and Australian
Mail Steam Company* me recueillait à l'îlot Booby,
où j'étais arrivé dans ma chaloupe, après une
traversée sur les incidents de laquelle il est inutile
de m'appesantir, à retrouver mes deux gaillards
si à propos.

« Je leur avais, comme ils disent, un peu serré
la vis, en raison d'ordres formels, mais je ne leur
en voulais pas autrement et je craignais véritablement pour eux un enterrement de dernière classe
dans les estomacs des Papous. Cette fin préma-
turée eût sans doute contrarié le maître, qui semble avoir sur eux des vues particulières.

« Où sont-ils ?

— Probablement dans leurs hamacs, où ils dorment comme des bienheureux.

— C'est parfait. Nous allons les faire crocher lestement. Surtout, ne ménagez pas le bitord : ce sont
des véritables démons.

— Entendu.

Le capitaine porta son sifflet à ses lèvres. Il allait donner le signal d'opérer l'arrestation des trois amis, quand une soudaine clarté, produite sans doute par une fusée, flamboya à la côte.

— Oh! les paresseux, ils ont vraiment mis le temps à me répondre.

— Il est trop tard, répondit master Holliday, puisque je suis près de vous. Je me charge de votre affaire. Je vais envoyer mon canot à terre, vous allez mettre le cap sur Batou-Guidé. Nous trouverons là une véritable flottille de pêcheurs de trépang, les mêmes sans doute que vous avez précédemment dévalisés. Vous leur vendrez quarante-cinq dollars le « pesoul » les holothuries que vous leur avez enlevées ; ils feront en somme une affaire passable qui sera excellente pour nous.

L'Américain, suivi du capitaine, se dirigea vers l'avant, puis, se penchant au-dessus de la lisse, donna en malais un ordre aux rameurs dont l'obscurité empêchait de reconnaître la présence.

— Et maintenant en route. Aussitôt que les voiles seront orientées, nous verrons, si vous le voulez bien, à faire empoigner nos deux Français.

« Ah! Pardieu, je ris d'avance à la pensée de leur ébahissement en apercevant ma barbe de bouc. »

Mais Friquet n'avait pas attendu la fin du cyni-

que entretien des deux gredins pour combiner et
exécuter un plan audacieux, presque désespéré,
mais qui devait réussir en raison peut-être de son
apparente impossibilité.

Il chuchotta quelques mots à l'oreille de Pierre
le Gall qui répondit par une énergique pression de
la main. Puis lentement, posément, avec une force
et une agilité de quadrumane, le Parisien saisit
le rebord de la tente, se laissa glisser le long d'une
des colonnettes de fer servant de support, s'accro-
cha à la lisse, tâtonna du bout de ses pieds nus les
moindres anfructuosités, s'y incrusta en quelque
sorte, rencontra la chaîne du gouvernail, s'en servit
pour atteindre sans bruit les flots, puis attendit,
cramponné d'une main et immergé jusqu'aux ais-
selles.

Nul bruit n'était venu révéler aux oreilles des
deux bandits l'exécution de cette manœuvre de
félin.

Pierre semblait n'avoir pas bougé. Il s'était cependant livré sur la personne de Victor à une singulière opération, que la docilité de celui-ci avait
d'ailleurs simplifiée.

— Tu n'a pas peur? avait-il demandé au petit
Chinois.

— Non.

— As-tu confiance en moi?

— Ui.

— Bon. Donne-moi tes poignets.

L'enfant obéit, et le maître canonnier les lui lia solidement avec son mouchoir.

Saisissant ensuite dans ses mains robustes le celestial, il le mit sur son dos, passa sa tête dans l'anse formée par les deux bras amarrés, assujettit le corps à ses flancs avec sa cravate, et prit la voie que Friquet venait de parcourir si heureusement.

Les difficultés qu'avait surmontées le Parisien se trouvaient doublées par l'adjonction de Victor, mais une heureuse circonstance vint en aide au marin breton. Meinherr Fabricius van Praët et l'Américain Holliday, un instant distraits par le signal parti de la côte, quittèrent précipitamment l'arrière. Cet incident, futile en apparence, fut aussitôt mis à profit par Pierre, qui déroulant lestement sa longue ceinture de laine, put s'affaler en deux temps près de Friquet, en dépit du fardeau que ses épaules d'athlète supportaient, il est vrai, sans fléchir.

— Nageons maintenant en douceur vers le canot.

— Va bien, mon fi.

— Suivons les flancs du navire afin de ne pas nous écarter.

20

— Entendu. Eh ! Victor, tu n'as pas peur ?

— Oh ! non.

— Bien. Ferme la bouche, et tache de ne pas avaler d'eau si une vague nous tombe dessus.

Master Holliday donnait à ce moment à ses rameurs l'ordre de rallier la côte. L'un d'eux largua aussitôt l'amarre, et l'autre, après avoir répondu qu'il avait compris, saisissait une rame, quand soudain Pierre et Friquet, surgirent à l'avant et à l'arrière du canot, empoignèrent avec un ensemble parfait les deux canotiers, et arrêtèrent d'une irrésistible étreinte le cri de terreur qui allait jaillir de leur gorge. Ils résistèrent faiblement, en quelque sorte pour la forme. Du reste les mains des Français étaient de fiers bâillons, et cette velléité de révolte fut bientôt apaisée.

La pirogue séparée du navire s'en allait à la dérive. Mais Pierre, après s'être dédoublé, c'est-à-dire après avoir démarré Victor et lui avoir rendu la liberté de ses mouvements, remit le canot dans sa voie d'un agile coup de rame, et se dirigea vers les feux qui brillaient à la côte.

Les deux Malais, aux trois quarts étranglés, gisaient immobiles sur le plancher du fond. Cette syncope permit à Friquet de joindre ses efforts à ceux de son compagnon, et l'embarcation poussée vigoureusement atteignit bientôt la jetée sur laquelle se tenait un groupe d'hommes munis d'un falot.

— Enfin, dit Friquet en poussant un profond soupir de soulagement, nous voici en pays civilisé !

— Ce n'est vraiment pas dommage, matelot, reprit Pierre, ce ne sont pas encore les parages de la mère Bigorneau de Lorient, mais enfin, nous devons trouver ici les moyens d'y arriver en passant par Sumatra.

— Sans doute. Nous pouvons au moins compter sur un accueil différent de celui que nous avons reçu en Sauvagie.

— Qui êtes-vous ? cria d'une voix rude en portugais un des hommes debout près du falot.

— Allons, bon, en voilà un qui parle moko, à présent. Du diable si nous allons pouvoir nous entendre.

— Nous sommes, dit en anglais Friquet, des naufragés recueillis à Booby-Island, et amenés ici par un navire hollandais.

— Quel est ce navire ? fut-il demandé dans la même langue, mais avec un atroce accent portugais.

— Le schooner *Palembang*.

Les hommes, en uniforme sombre et armés de sabres recourbés, s'approchèrent avec empressement.

— Le capitaine Fabricius van Praët vous envoie vers nous ? demanda l'un d'eux.

— Jamais de la vie, riposta étourdiment Friquet. Que diable voulez-vous que nous ayons de commun avec ce vieux sacripant ? Nous ne sommes pas des écumeurs de mer, mais bien d'honnêtes marins français demandant à être rapatriés.

Il y eut un rapide conciliabule en portugais, puis celui qui semblait le chef prit la parole :

— C'est bien, messieurs, dit-il assez courtoisement. Veuillez nous accompagner.

Les trois amis ne se firent pas répéter cette cordiale invitation, et, tout ruisselants, suivirent leurs obligeants conducteurs. Ils arrivèrent bientôt à une maison basse, de chétive apparence, aux murailles trapues, aux fenêtres grillées. Une porte s'ouvrit toute grande. Mais les formules de politesse firent soudain place à une incroyable brutalité. Pierre et Friquet, poussés, culbutés rudement, roulèrent au milieu d'une pièce où régnait une complète obscurité. La porte se ferma violemment, ils entendirent un bruit lugubre de verrous et de serrures, puis une voix moqueuse leur cria :

— Bonne nuit, messieurs. Meinherr Fabricius van Praët est un honnête marin dont la douane n'a jamais eu à se plaindre. Si vous n'êtes pas de

ses amis, vous devez nourrir de mauvais des-
seins.

« Nous verrons ce que nous devrons faire de vous
quand nous aurons pris son avis. »

Puis la troupe s'éloigna.

— Tonnerre ! gronda Pierre, nous voici encore
une fois bouclés !

Friquet, en proie à une colère furieuse, grinçait
des dents.

— Et Victor ! reprit le maître canonnier, est-il avec
nous, au moins ? Victor !...

Pas de réponse. L'enfant avait disparu.

CHAPITRE XVI

Fureur de Friquet. — Inutiles consolations. — Étonnements d'un homme qui habituellement ne s'étonne de rien. — Au secours ! — Grille arrachée, sentinelle assommée. — Deux maîtres coups de poing. — Un souvenir au Guignol des Champs-Elysées. — Polichinelle en prison rosse le commissaire, assomme les gendarmes et les enferme à sa place. — A quel usage deux marins français peuvent-ils bien avoir l'intention d'affecter la défroque de deux douaniers portugais ? — Les indigènes de Timor. — Dans la montagne. — Incurie des blancs. — Un champ de blé. — Le *Pomali* est le *Tabou* des Timoriens. — Friquet annonce que l'on part dans vingt-quatre heures pour Sumatra.

Friquet, avec sa joyeuse insouciance parisienne, possédait ordinairement un calme imperturbable qui ne l'abandonnait pour ainsi dire jamais, même dans les circonstances les plus désespérées. Le terrible accès de colère qu'il ressentit en se voyant séquestré par les douaniers portugais dans leur espèce de geôle, effraya Pierre le Gall. Devant cette fureur tellement opposée aux manifestations habituelles du caractère de son ami, le maître canonnier ne savait plus quelle contenance garder.

Il essaya, mais en vain, de le calmer par quelques paroles affectueuses. Son intervention ne servit qu'à amener une nouvelle explosion.

— Les gredins !... Les misérables !... Que leur avions-nous fait ? Que leur avait fait ce pauvre petit, pour le séparer aussi inhumainement de nous, ses uniques protecteurs ?

Le jeune homme, généreux comme toujours, oubliait ses propres misères, pour ne penser qu'à l'infortune du petit Chinois, dont le sort lui causait de mortelles angoisses.

— Malar Doué ! malar Doué !... grondait Pierre le Gall.

Le digne matelot, quoique Breton bretonnant, ne jurait presque jamais en gaélique. Cette dérogation à ses habitudes impliquait une poignante préoccupation. Du moment que les tonnerres de tous les pays n'intervenaient pas dans ses exclamations, c'est que tout allait au plus mal.

Friquet reprit de sa voix stridente :

— Bouclés une fois de plus ou de moins, que nous importe, à nous qui avons assez rôti de balais pour faire bouillir toutes les marmites de l'enfer !

Mais, lui, le pauvre enfant, sans ressources, sans défense, au milieu de ces pirates sans entrailles, de ces fonctionnaires infâmes, leurs complices... que va-t-il devenir. Et pardieu ! ça crève les yeux. Ils vont trafiquer de sa chair, le vendre comme un bétail. Et nous sommes là, impuissants, désarmés, nous rongeant les poings.

« Oh ! mais non, ça ne se passera pas comme ça. Quand je devrais m'arracher les ongles sur ces pierres, ou enfoncer les murailles à coups de tête, je veux sortir de cette cahute maudite, et assommer ces misérables gredins avec les morceaux.

— Bien causé, matelot, et j'en suis. Nous allons saborder proprement cette carcasse qui ne doit pas tenir debout. Peuh ! de la boue et du crachat.

— Oh ! continua Friquet avec un redoublement de colère qui faisait trembler sa voix, ça ne leur portera pas bonheur, d'avoir osé lever la main sur notre enfant d'adoption. Les autres, jadis, nous avaient pris Majesté, tu te rappelles les représailles.

« Les lâches !... ça s'attaque à des enfants. Pauvres petits êtres sans défense dont les bêtes fauves auraient pitié peut-être, il faut que des hommes les martyrisent. J'ai trop souffert, dans ma vie d'abandonné, pour ne pas compâtir à leurs infortunes. D'abord, moi, j'aime les faibles, et mon

cœur me pousse tout de suite vers les opprimés.
Puisque la nature m'a donné des muscles de lut-
teur, ce n'était pas sans motif.

« Eh bien ! nous allons les faire travailler, nos
muscles, pas vrai, Pierre, et tailler une rude besogne à cette race de forbans.

— A la bonne heure, mon fî. J'aime à te voir
comme ça. Sais-tu que tu as de fichues colères, et
que je ne voudrais pas être dans la peau de ces
mokos de Portugais... Ah ! mais non.

« Moi, je comprends ça. On éclaterait à moins..
Tu sais bien que tes enfants d'adoption sont aussi
les miens, et que nous ne faisons qu'une seule
famille de matelots, et une crâne famille, v'là mon
opinion.

« Pour lors, si le sang n'est pas aussi vite monté
à mes oreilles qu'aux tiennes, je n'en suis pas
moins dans une rage carabinée, la peau me fume
sur le torse, et les poings me démangent.

« Je me sens d'humeur à faire la besogne d'une
compagnie de débarquement.

« Mais, assez causé. Le meilleur moyen de crocher le moussaillon, est d'amarrer sa langue, au lieu
de bavarder comme des perruches. Faudrait d'abord
voir à faire un trou dans la muraille de la case.

« As-tu ton couteau ?

— Oui, mais je ne veux pas l'ébrécher, je le garde

pour le planter, si besoin en est, jusqu'au manche dans le ventre du premier qui me tombe sous la patte.

« J'ai même encore le revolver de l'Américain. Mais les cartouches doivent être trempées, après tous nos plongeons.

« N'importe. Pratiquer une ouverture serait bien long. Nous devons chercher un procédé plus expéditif pour sortir. Je le veux. Il faut qu'avant deux heures nous ayons décampé, ou je ne suis plus Friquet, le Petit-Parisien.

— Dis donc, si nous inspections, pour commencer, ces grilles.

— Tu as pardieu raison. De deux choses l'une. Ou elles sont en mauvais état, et il sera facile de les arracher. Ou elles sont bien scellées ; dans ce dernier cas, nous en ferons des tire-bouchons, quand nous devrions nous faire éclater le fil des reins.

« Colle-toi le long du mur. Bien. Fais-moi la courte-échelle. Une et deux. Diable ! ça tient. Les gredins connaissent le ciment.

— Hardi, matelot... Hardi !... Hisse ! oh ! oh ! Hisse ahoué !

— Cré tonnerre, ça remue. Allons, nous en viendrons à bout, si seulement tu pouvais t'affaler jusqu'ici...

Une voix rude, venant du dehors, imposa bruta-

lement silence au jeune homme. Il aperçut dans
l'ombre une silhouette noire, et vit scintiller le
canon d'un fusil. Il descendit sans bruit et dit à son
compagnon :

—Ça, c'est un comble. Ils ont mis un factionnaire
à notre porte. Ces coquins trouvent le temps
d'emprisonner et de garder les honnêtes gens,
pendant que les écumeurs d'eau salée font non seulement la contrebande et le reste à leur nez, à
leur barbe, mais encore s'entendent avec eux comme
larrons en foire.

« Je me soucie d'ailleurs autant de ce pantin
mal habillé, qu'un Papou de l'obélisque. Je vais
remonter là-haut, mais avant d'en finir, enten-
dons-nous bien sur ce que nous avons à faire, afin
de ne pas commettre « de gaffe ». La grille sera
arrachée avant une demi-heure. Aussitôt l'ouverture libre, je m'élance, la sentinelle m'ajuste, tire,
me manque. Je lui saute au collet, je l'étrangle
peu ou beaucoup, mais de mon mieux. Tu me suis.
Si l'on s'oppose à ton passage, tu assommes tout ce
qui te tombe sous la main. Une fois dehors, nous
verrons.

— C'est aussi simple que d'allumer une pipe.

Friquet recommençait son ascension, quand des
cris perçants se firent entendre dans la direction
de l'endroit où se tenait la sentinelle. Une voix

d'enfant appelait au secours d'un accent si déchi-
rant, que le jeune homme se sentit frémir.

— Mille tonnerres ! c'est Victor ! Malheur à qui
le touche !

L'angoisse et la fureur décuplèrent sa vigueur
et lui donnèrent une puissance irrésistible. S'arc-
boutant des genoux, de la tête, des épaules, il
étreignit la grille dans ses mains robustes, et opéra
un de ces efforts qui brisent un organisme quand
l'obstacle résiste.

L'épais réseau de fer plia lentement, puis les
tenons s'arrachèrent tout à coup, pendant qu'une
grêle de platras tombait dans le cachot. L'ouverture était à peine suffisante pour passer. Peu
importait à l'intrépide Parisien. Il ne sentit même
pas les pointes aiguës qui mordaient sa chair. Un
groupe s'agitait dans l'ombre, à dix pas. Il franchit
cette distance d'un bond de tigre et tomba de tout
son poids sur un homme qui se relevait à ce
moment. Un corps inerte gisait sur le sol. L'homme
n'eut pas le temps de faire usage de son arme, le
poing de Friquet, ce poing aussi dur qu'une massue
de bois de fer, s'abattit sur le visage de la brute qui
roula sans proférer un cri.

Victor, c'était bien lui qui était étendu à terre,
s'agita et poussa un cri plaintif. Il reconnut son
ami.

— Fliké ! oh ! Fliké. Moi content !

— Te voilà donc enfin, mon pauvre petit... Tu n'es pas blessé, au moins, dis ?....

— No. Le mauvais, avait battu, passe que voulais venil plès toi.

Pierre arrivait à ce moment, portant à bras tendu un fardeau dont l'obscurité ne permit pas tout d'abord de déterminer la nature.

— Tu es là, n'est-ce pas, mon fi ? demanda-t-il à voix basse.

— Présent.

— Et le gamin ?

— Le voici.

— Bon. Et maintenant, que vais-je faire de ce pantin que je tiens à bout de bras et dont je viens de rompre les ficelles ?

— Tu l'as tué ?

— Ça pourrait bien se faire. Un coup de poing sur la guibre, on ne sait jamais ce que çà pèse. Si sa calebasse n'est pas solide, il est possible qu'elle porte quelques félures.

« S'agit de prendre la chasse en deux temps... hein... au plus tôt paré.

— Attends un moment. Je crois que nous sommes seuls. Les acolytes de ces dignes gabelous doivent ronfler quelque part à poings fermés, à moins

21

qu'ils ne fassent ripaille avec les pirates. Profitons
de ce moment de répit.

« Déshabille-moi ce particulier là en un tour de
main. J'en vais faire autant du mien. Fais un paquet
des nippes. N'oublie ni la coiffure, ni le sabre, ni
le fusil. Bon. Les cartouches. C'est ça.

« Et maintenant, au trot. Emportons les deux
défroques. Nous les utiliserons avant peu.

— Dis donc, mon fi, une idée. Si je colloquais
bien proprement ces deux urubus en notre lieu
et place dans la case que nous venons de quitter ?

— Je n'y vois pas d'inconvénient. Au contraire.

— A la bonne heure. Le temps de leur brider le
museau avec un morceau de leur chemise, afin
qu'ils ne se mettent pas à hurler trop tôt, au cas
où ils s'éveilleraient.

« A présent, en douceur. S'agit de les faire passer par la fenêtre.

— Ils vont se briser les os en tombant.

— Ça, c'est leur affaire. Ils ne sont pas trop
grands seigneurs pour prendre la même voie que
nous, pas vrai. Et d'ailleurs il est bien plus facile
de descendre que de monter.

Sur cette belle raison, le brave matelot intro-
duisit, avec sa gravité ordinaire, les deux douaniers, inertes comme des cadavres, à travers l'espace laissé libre entre la grille et le mur, les poussa

vigoureusement, remit la grille en place, mit sous
son bras l'uniforme de drap et dit à son ami :

— Quand tu voudras. Si tu m'en crois, nous
allons éviter les villes et mettre le cap sur la
forêt.

— Victor, peux-tu marcher ? demanda Friquet
au celestial.

— Ui, Fliké. Moi malcelai bien avec toi.

— Eh bien ! en avant.

Un éclat de rire étouffé échappa soudain au Parisien.

— Tu ris, mon fî ; peut-on savoir pourquoi ?

— Il y a de quoi, je t'en réponds. Je pense à nos
deux gabelous. Cela me rappelle les scènes du Guignol des Champs-Elysées, le théâtre favori de mon
enfance. Polichinelle en prison, rossant les gendarmes, assommant le commissaire, s'évadant
après ce beau coup, et les laissant à sa place.

Victor ne connaissait ni Guignol, ni Polichinelle ;
mais voyant l'hilarité de son ami, il la partagea
de confiance, et se prit à rire aussi à plein gosier.

Le trois compagnons marchèrent pendant une
heure environ, et se trouvèrent bientôt au milieu
d'impénétrables taillis où ils pouvaient à loisir
défier toute poursuite. Ils s'allongèrent prosaïquement sur le sol et campèrent au pied d'un arbre en
attendant le jour. La faim commençait à se faire

vivement sentir, et je vous laisse à penser s'ils
durent souhaiter ardemment le retour du soleil.
Les provisions brillaient naturellement par leur
absence, et ils pensaient à se mettre en quête d'une
habitation, afin de se procurer un déjeuner quelque
sommaire qu'il fût.

Friquet avait suffisamment étudié jadis toute
la région océanienne, pour savoir que la chasse ne
pourrait offrir que des ressources bien aléatoires,
car Timor est d'une excessive pauvreté en gibier.
Par un phénomène inexplicable, cette grande terre
montagneuse, couverte d'admirables forêts, et
dont la majeure partie est à peine habitée, renferme
seulement quelques espèces de mammifères. L'on
n'y rencontre guère que le singe commun, et
le macaque à museau de chien (*Macacus cynomo-
logus*) particulier aux îles malaises et qui se tient
de préférence aux bords des cours d'eau ; un chat-
tigre (*Felis megalotis*) très rare, que l'on prétend
spécial à l'île ; une espèce de civette appelée genette
(*Parádosorus fasciatus*), le cerf de Timor (*Cervus
Timoriensis*), l'opossum d'Orient (*Cuscus Orientalis*),
et le cochon sauvage (*Sus Timoriensis*). Encore,
les représentants de cette faune si peu variée sont-
ils fort peu nombreux, et confinés dans des points
presque inaccessibles.

Par bonheur, les fugitifs rencontrèrent au

moment où les arbres s'empourpraient aux premières lueurs du soleil, deux noirs chargés de provisions qu'ils allaient vendre sans doute aux résidents portugais. Les Timoriens, voleurs endurcis,
toujours en guerre entre eux, ne sont guère
féroces qu'envers leurs ennemis qu'ils réduisent en
esclavage et accablent de mauvais traitements. Ils
respectent volontiers les Européens, et ceux-ci
peuvent circuler dans l'île avec une sécurité presque absolue.

Les deux compères offraient le type bien caractéristique de la famille papoue, avec leurs cheveux
frisés, emmêlés, broussailleux, leur peau noirâtre,
et leur nez à bout tombant, cordiforme qui est le
signe distinctif de leur race. Un peu plus vêtus que
leurs congénères de la Nouvelle-Guinée, ils s'en
allaient dolents, couverts d'une grande pièce
d'étoffe serrée par une ceinture et tombant aux
genoux. Tous deux étaient nantis du fameux para-
pluie national, sans lequel un Timorien ne saurait
faire un pas. Cet ustensile se compose d'une feuille
entière de palmier éventail dont les folioles sont
finement cousues avec le plus grand soin, pour
l'empêcher de se fendre. Il se replie à volonté et
affecte une forme quadrangulaire. Quand arrive
l'averse, cas fréquent ici, l'insulaire le déplie vivement et le tient appuyé sur son épaule.

Les deux noirs, paresseux à loisir, ne se sou-
ciaient que médiocrement d'une longue course. Ils
n'avaient quitté leur village que contraints par le
manque absolu d'alcool. L'un portait une grande
besace aux flancs rebondis, faite d'un tissu gros-
sier, très solide, amarrée aux quatre coins par des
cordelettes, et curieusement ornée de coquilles et
de plumes. L'autre pliait sous une hotte de bambou pleine de miel sauvage.

La rencontre des fugitifs constituait pour eux
une bonne fortune, en ce sens qu'elle allait rompre
la monotomie de la route, et, qui sait, amener
peut-être une transaction. Ils s'approchèrent d'eux
avec la plus grande cordialité, et leur offrirent,
le premier, de belles galettes dorées du plus appé-
tissant aspect; le second, du miel qu'il déposa proprement sur de larges feuilles en guise de plat.
La générosité de ces êtres primitifs émut profondément les Européens que la destinée avait si peu
favorisés depuis longtemps, et pour lesquels les
hommes civilisés avaient particulièrement été si
cruels.

Les Timoriens, enchantés du bon accueil fait à
leurs victuailles, riaient à se tordre, et pronon-
çaient dans leur idiome guttural des phrases incom-
préhensibles. Heureusement qu'ils possédaient
quelques bribes de malais, et que Victor, comme

truchement, put sauver la situation. Ils apprirent
que leurs obligeants pourvoyeurs demeuraient dans
la montagne, qu'ils habitaient un petit village que
l'on atteindrait quand le soleil serait à pic — après
environ six heures de marche — et que les étran-
gers seraient les bienvenus s'ils voulaient s'y
rendre.

— Mais, vous êtes bons tout plein, mes dignes
insulaires, ne cessait de répéter Friquet. Quel dommage que nous ne possédions pas un rouge liard
pour vous dédommager quelque peu de tant de
complaisance.

« Si seulement j'avais quelques-uns de ces bibe-
lots de fantaisie qui font ouvrir de si grands yeux
aux bonnes gens habitant tous ces pays du soleil.
Mais, rien !

« Sais-tu bien que ce gâteau est exquis; on dirait,
ma parole, de la vraie farine de froment. Je serais
curieux de connaître la substance qu'ils emploient.

— C'est ma foi vrai ; et je souhaiterais, de tout
cœur, des biscuits de ce calibre-là à tous les mathurins du monde.

Le maître canonnier avait, en prononçant ces
mots, machinalement déployé la défroque lui ayant
servi d'oreiller pendant la nuit. A sa profonde surprise, de nombreuses pièces de monnaies d'argent

et de cuivre s'en échappèrent et roulèrent dans les herbes avec un tintement métallique.

A cette vue, les yeux des Timoriens brillèrent de convoitise. Ils connaissaient la valeur des espèces monnayées, et savaient bien qu'elles représentaient, sous forme de tafia, quelques heures de plaisir. Friquet saisit au vol ce regard et partit d'un éclat de rire.

— C'est probablement de l'argent très malhonnêtement gagné, mais vous n'y regardez pas de si près. Tenez, mes braves gens, veuillez empocher — avez-vous au moins des poches — ces médailles à l'effigie du monarque des Pays-Bas.

« Vois-tu, Pierre, cela doit être de la monnaie de pirate, et je suis doublement satisfait de l'usage auquel je l'affecte. Que ce bien mal acquis fasse mentir le proverbe, et profite à ces bons Timoriens ».

Les deux noirs, ravis de l'incident, serrèrent précieusement les florins, et jugeant sans doute leur journée suffisamment remplie, décidèrent qu'ils resteraient avec leurs nouveaux amis. Ils iraient plus tard à la ville. Quant aux provisions, on les consommerait en retournant lentement au village, comme des écoliers en vacances.

Les Européens acquiescèrent de grand cœur à cet arrangement qui assurait leur subsistance, et leur procurait quelques jours de répit. Après une

longue sieste, ils reprirent leur marche en avant,
guidés par les insulaires. Ils enfilèrent un petit
sentier à peine frayé qui les conduisit, après de
nombreux détours, au pied d'une montagne fort
élevée dont ils commencèrent l'escalade. Ce fut
une rude besogne, mais aussi quel dédommagement à tant de fatigues! Indépendamment de
l'admirable point de vue qu'ils découvraient peu
à peu, leurs poumons, saturés de l'air humide et
pestilentiel des régions inférieures, se dilataient en
aspirant la brise fraîche et salubre des zones supé-
rieures. Ils dépassèrent ces brumes flottant lourdement dans les parties basses pendant une grande
partie de la journée, et que le soleil peut à peine
percer de midi jusqu'à trois heures. Débarrassés
enfin de ce brouillard opaque, chaud, suffocant,
ils planaient sur ces riants plateaux où s'épanouissent de splendides caféiers dont la présence
atteste l'inconcevable incurie des colons.

Il est à remarquer, en effet, que les Portugais,
habitant la partie orientale de Timor depuis trois
siècles, bien que rongés presque tous par les fièvres paludéennes, n'ont même pas pensé à bâtir
quelques maisons sur les hauteurs. Leur paresse est
à ce point invétérée, qu'ils laissent improductive
toute la zone immense, située à trois cents mètres,
où le caféier végète spontanément. Bien plus, ils

21.

se privent volontairement d'une autre denrée, la
plus précieuse qui existe au monde, et dont la présence en pareil lieu est un sujet de stupéfaction
pour le voyageur. Je veux parler du blé, qui croît
admirablement à douze cents mètres à peine d'alti-
tude. Il faut que le climat de Timor possède quelque chose de particulier, pour que le blé, ce
végétal par excellence des climats tempérés, puisse
croître, sous le tropique, à une hauteur si faible.
Cette île est le seul point peut-être de l'Océanie
où semblable phénomène se produise. Chose étonnante, le grain est d'excellente qualité et donne un
pain aussi bon que celui que l'on fait en Europe
avec le meilleur froment, en dépit des procédés
primitifs usités pour la fabrication de la farine.
Les Portugais laissent dédaigneusement cette culture aux insulaires, et leur achètent, à un prix
exorbitant, le blé qu'ils apportent à la ville par des
chemins affreux. Confinés dans leur incroyable
paresse, ils n'encouragent ni ne protègent les agriculteurs, ne s'occupent ni de déboiser ni de percer
les routes, et aiment mieux faire venir d'Europe
les farines en barils, quand ils possèdent à leurs
portes un sol inépuisable et des bras en abondance.

Cet inqualifiable laisser aller, explique surabon-
damment l'aridité et l'apparente pauvreté de Timor,

eu égard à l'opulence des autres terres tropicales.
Il suffirait d'un peu d'énergie et de bon vouloir,
choses, paraît-il, incompatibles avec le tempérament des descendants dégénérés des anciens maîtres des îles indo-malaises, pour transformer cette
misérable colonie en un véritable grenier d'abondance.

Telles étaient les réflexions qui échappaient à
Friquet à la vue d'un petit champ de froment, aux
lourds épis dorés, retombant sur leurs tiges ténues
et pourtant robustes.

— Quels clampins! disait-il. Au lieu de ran-
çonner les navires marchands, de fermer les yeux
sur les gredineries des écumeurs d'eau salée, ou de
fourrer au violon d'inoffensifs voyageurs comme
nous, je vous demande un peu s'ils ne feraient pas
mieux de défricher ces plateaux, et d'y laisser
tomber un beau grain qui vient sans culture.

« Pas besoin de pioche ni de charrue, la preuve
en est. Il suffit de confier la semence à la terre, qui
généreusement la nourrit, sans même réclamer
comme partout ailleurs les engrais réparateurs.

« Quand je pense à nos paysans beaucerons
attendant la pluie, craignant la sécheresse, appréhendant les gelées tardives après avoir trimé
pendant six mois à labourer, herser, fumer, ense-
mencer, et que je vois ce terrain béni fécondé par

le soleil, arrosé par les pluies périodiques, toujours fertile, toujours inépuisable, je ne puis m'empêcher d'exprimer tout mon mépris pour ceux qui méconnaissent et gâchent de pareilles splendeurs.

—Feignants ! grommelait Pierre, resumant avec non moins d'énergie que de prosaïsme la longue tirade de son ami.

« A propos, tu sais, c'est très bien d'admirer la nature et de blâmer les indignes possesseurs de ce beau pays, mais, est-ce que nous allons nous y éterniser ? Je ne vois guère la possibilité de retourner à Sumatra. D'étape, en étape, le temps passe. Pour peu que cela continue, nous verrons arriver l'an 1900 et nous serons encore à bourlinguer comme les matelots du Voltigeur hollandais.

— Patience, ami Pierre, patience. Je te demande huit jours. Le temps de faire oublier notre algarade de la nuit dernière. Nous reviendrons inspecter avec précaution la ville et surtout la rade ; et... j'ai mon plan. Un fameux, tu verras.

En dépit de la lenteur de leur allure, les trois compagnons qui décidément faisaient excellente société avec leurs nouveaux amis, arrivèrent le lendemain à un joli petit village situé à mi-côte, et d'où l'on avait une vue splendide sur la mer. Ce village est composé d'une douzaine de cases, assez originales, ne ressemblant aucunement aux habitations indigènes des autres îles. Les murailles, construites en palissades serrées, affectent une forme ovale, et sont recouvertes d'une toiture conique en chaume. Elles sont hautes de deux mètres, et ont pour unique ouverture une porte d'un mètre à peine. Ces habitations, superlativement agrestes, sont irrégulièrement espacées sur un vaste périmètre, entourées chacune du petit enclos où croissent, grâce à un rudiment de culture, des arbres splendides couverts de fruits savoureux. Chacun des propriétaires a eu grand soin de rendre « *Pomali* », c'est-à-dire sacré, inviolable, son modeste avoir. Le « *Pomali* » de Timor est le « *Tabou* » des peuplades polynésiennes et le respect mêlé de terreur qu'il inspire est identique. Eu égard à la propension au vol des indigènes, il est appliqué avec une surabondance qui, chose étonnante, ne lui enlève aucune de ses vertus. Quelques folioles de palmier tressées, une peau de bête, un morceau de poterie, un os, fixés aux palissades, sont des épouvantails dont les voleurs s'éloignent avec terreur. Quelque platoniques que soient ses prohibitions, elles ne manquent jamais leur effet et produisent une impression autrement salutaire que les procès-verbaux de nos gardes champêtres, ces « tabous » inoffensifs des communes suburbaines.

C'est dans ce site adorable, situé à mi-côte, au

milieu des splendeurs de la nature tropicale, que les trois amis, victimes des hommes civilisés, reçurent de pauvres sauvages une généreuse et touchante hospitalité.

L'on découvrait, avons-nous dit, la mer à une distance immense, et nul bâtiment ne pouvait entrer dans la rade ou en sortir, sans échapper aux regards de Pierre ou de Friquet.

Le matin du huitième jour, un navire, toutes voiles dehors, tirait une dernière bordée pour pénétrer dans l'avant-port. Il était naturellement impossible de voir ses couleurs, mais l'œil infaillible du vieux marin l'avait déjà reconnu.

— C'est lui, n'est-ce pas? demanda Friquet.

— Le schooner hollandais, parbleu. Je l'aurais deviné au milieu d'une flotte. Le capitaine s'est débarrassé de sa cargaison, et il vient sans doute s'approvisionner ici.

— Bravo! répondit le Parisien. Nous allons faire sans plus tarder nos adieux à nos hôtes et rallier la côte avec précaution.

— Ah! ah! Il y a du nouveau.

—Peu de chose. Sinon que nous partons demain soir pour Sumatra!...

CHAPITRE XVII

Qui semblerait, mais à tort, une gasconnade de Parisien. — Mascarade réussie. —Où chacun partage, relativement aux omelettes, l'avis de la mère Bigorneau de Lorient. — Navire au large. — Un homme en vigie qui a le tort de s'endormir. — Vaisseau pris à l'abordage par deux douaniers portugais qui ne sont ni Portugais, ni douaniers. — La poigne du Parisien est décidément une formidable poigne. —Friquet qui rit toujours ne rit plus, et les affaires se gâtent. — Terrible coup de sabre. — Appareillage pour Sumatra.—Simple traversée de vingt-cinq degrés.—Quand un voleur en vole un autre, le diable en rit. — Affreuse nouvelle.

Bien que Friquet, véritable Parisien de Paris, ne possédât, parmi ses ascendants directs, nul riverain de la Garonne, son affirmation, pour qui ne le connaissait pas, eût pu passer pour une incommensurable gasconnade. Pierre le Gall, quoique familiarisé avec les prodigieux moyens d'action de son ami, resta tout interdit en entendant cette simple phrase : « nous partons demain pour Sumatra. »

Le digne marin tourna et retourna, avant de s'endormir, ces cinq mots dont la signification n'était pourtant nullement ambiguë :

« Nous partons... demain... pour Sumatra ! »

— Ce n'est ni dans huit jours ni dans un mois, c'est demain. Nous n'allons ni en Chine, ni au Cap, mais bien à Sumatra. Friquet l'a dit ! Puisqu'il l'a dit, c'est que ça se fera. Et pourtant, nous sommes dans une hutte de sauvages, à mille mètres au-dessus du niveau de la mer. Nous possédons, comme fortune, douze francs et quelques sous en monnaie hollandaise, et notre équipement se compose de deux défroques de gabelous. Enfin, nous sommes au plus mal avec les autorités du pays, et si nous avons le malheur de mettre le pied sur le quai, nous allons être empoignés par la première patrouille venue.

« Mais, puisque Friquet l'a dit ! Ce crapaud là a le diable au corps. Bien sûr qu'il va jouer à ces mokos un tour de son métier... Ça leur pend au nez plutôt que des rentes...

« Enfin, qui vivra verra. Inutile de me casser plus longtemps la tête. C'est comme si une demi-douzaine de calfats me « patarassaient » le crâne avec leur maillet-chanteur. J'en deviendrais bête.

« Dormons. »

La plupart des gens de mer, habitués à repren-

dre leur sommeil coupé par les quarts et interrompu
par les multiples bruits du navire, s'endorment
pour ainsi dire à volonté. Pierre ferma les yeux, ne
pensa plus, et bientôt un ronflement sonore annonça
que le maître canonnier était parti pour le pays
des songes.

Sa préoccupation avait été si violente, qu'elle
survivait à l'engourdissement de son corps. Il rêva
de ballons dirigeables, de vaisseaux sous-marins, et
de baleines apprivoisées sur le dos desquelles il
naviguait en palanquin.

La voix de Friquet l'éveilla.

— Allons! En haut le monde! criait-il à tue-tête.
Voyons, patine-toi, les babordais. Il fait jour. Tiens,
vois plutôt.

La claie servant de porte s'ouvrit toute grande,
et un rayon de soleil pénétra gaiement dans
l'humble réduit.

La baleine que chevauchait Pierre disparut sous
une lame. Il ouvrit les yeux, poussa un juron formidable, se dressa comme mu par un ressort et prit
une irréprochable attitude de boxe française.

— Cré tonnerre! Le pays n'est donc peuplé que
de gabelous! Attends un peu, je vais te « suiver »
tes manœuvres courantes.

Le gabelou éclata d'un vaste éclat de rire et exécuta un pas de haute fantaisie que n'eût pas désavoué

feu Clodoche lui-même. A cette gigue indescriptible, à cette fusée de joie folle, Pierre reconnut Friquet; mais Friquet métamorphosé à se mécon-
naître lui-même. Sanglé dans une tunique de drap
olive à passe-poils jonquille, la tête coiffée d'une
casquette à couvre-nuque, les flancs serrés dans un
ceinturon de cuir verni qui soutenait un sabre-
bancal à poignée de cuivre, notre ami était, comme
on dit vulgairement, entré complètement dans la
peau du fonctionnaire dont il portait la défroque.
D'autant mieux qu'il s'était fait, avec quelques couleurs empruntées à ses hôtes, une tête qu'eût enviée
le meilleur comédien.

— Eh bien! matelot, qu'en penses-tu? La trans-
formation est-elle complète? Si j'ai pu te faire illu-
sion à toi-même, crois-tu que je puisse me promener
sans encombre au bord de la mer?

— C'est à n'y rien comprendre. Non! jamais je
n'ai rien vu de pareil. Oh! malin des malins.

— Allons, à ton tour. Endosse-moi l'autre défroque et presto. Nous n'avons pas de temps à perdre.

— Tu n'y penses pas. Ainsi attifé, je vais ressembler au gendarme dans la fête du passage de
la ligne, ou encore à un musicien de pompiers.

— Non pas. Tu auras tout à fait bon air avec
ta barbe de trois mois. Tu représenteras le doua-

nier de l'ancien régime, le vieux dogue hérissé, har-
gneux, soit dit sans t'offenser.

— Alors, il faut que je me mette ça sur la peau.

— C'est indispensable. Notre salut dépend de
cette mascarade.

—Mais si nous en rencontrons d'autres... des gabelous pour de vrai ?

— As pas peur. Nous ne circulerons que la nuit
dans les lieux habités. Puis, une fois arrivés en
rade, nous n'avons rien à craindre.

— Ah ! nous allons en rade.

— Parbleu ! Tu ne t'imagines sans doute pas
que nous irons par terre à Sumatra.

Pendant ce colloque, Pierre le Gall, tout en
rechignant, avait endossé l'autre uniforme. Sous
ce harnachement hétéroclite, l'excellent homme
avait réellement l'air formidable, et Friquet eut à
peine besoin de le maquiller pour le rendre méconnaissable.

— Heu ! grommela-t-il, si les anciens de l'*Eclair*
me rencontraient, y me traiteraient de perroquet,
et les moutards de la mère Bigorneau crieraient :
« A la chienlit ! »

— Eh ! tant mieux ! Cela prouverait que ta métamorphose est parfaite. Là... c'est très bien. Il
nous reste à prendre congé de nos hôtes, puis à
mettre le cap sur la rade. Il suffit de nous orienter

à vol d'oiseau. Nous n'avons pas à nous tromper.

Les deux amis, suivis de Victor, serrèrent une dernière fois la main des bons Timoriens, et quittèrent lentement le village. Ils portaient des vivres pour deux jours seulement, quelques bonnes galettes de blé formant un fardeau peu encombrant, et qui devaient largement suffire à leurs besoins jusqu'au moment où ils allaient jouer leur grande partie finale.

L'instant décisif approchait, et Friquet ne crut pas devoir faire plus longtemps mystère des périls de l'entreprise que l'on allait tenter.

— Tu penses bien, lui dit-il, que nous courons un danger mortel.

— Parbleu, répondit Pierre avec son incomparable assurance, si tu crois m'apprendre quelque chose de nouveau. C'est un peu notre habitude, depuis le moment où nous avons quitté Macao.

— Je te dis cela par acquit de conscience, au cas où l'un de nous y laisserait ses os.

— La mère Bigorneau, une fine cuisnière, prétend que l'on ne fait pas d'omelettes sans casser d'œufs.

— Je suis assez de son avis.

— Moi aussi. S'agit seulement pour nous de ne pas être les œufs.

« Une fois de plus ou de moins, qu'est-ce que

c'est que ça? Nous avons traversé pas mal de situations désespérées, et je crois que nous en.verrons bien d'autres.

— Et d'ailleurs l'on se fait généralement des idées exagérées relativement aux périls menaçant ceux qui, comme nous, courent les aventures.

— Ça, c'est vrai comme le point de midi. Ainsi, les bons bourgeois qui habitent les grandes villes, Paris par exemple, ne peuvent songer, sans claquer des dents, aux risques de la navigation. Aller de Calais à Douvres leur paraît un acte héroïque, et l'idée de la traversée de Marseille à Alger leur fait faire leur testament.

« Ils ne pensent pas que la mort les menace à chaque moment et de toutes façons. Il y a les explosions de gaz et les accidents de voitures, les écroulements de maisons compliqués des chutes de tuyaux de cheminées ou de pots de fleurs,..

— Et les attaques nocturnes... et les épidémies... les incendies... les déraillements de chemins de fer...

— Parbleu ! si l'on additionnait tout cela, et si l'on comparait le total aux risques de mer, on trouverait que c'est kif-kif, comme dit l'Arabe.

— En somme, il est plus facile de prendre à nous deux un navire à l'abordage, que de traverser une épidémie de choléra.

— Ah ! malin, je devine ton plan. Il est fameux, mon fi. Je partage ta confiance, maintenant. Du moment qu'il ne s'agit plus que de crocher une de ces péniches, l'affaire est faite, et nous allons bien sûr faire route pour Sumatra.

— N'est-ce pas ?

— Ça ne fait pas pour moi l'ombre d'un doute. Une fois la chose dans le sac, tu verras comme je vais te commander le « Pare à virer ! »

Il était environ trois heures de l'après-midi, quand les deux Européens, accompagnés du celestial, aperçurent les misérables cases pompeusement dénommées Dilli. Tous les résidents, allongés dans des hamacs, savouraient en sybarites les joies de la sieste quotidienne. Seuls, quelques Malais, insensibles aux morsures du soleil, évoluaient dans l'atmosphère embrasée, comme de véritables salamandres. D'autres, accroupis sur le quai en ruines bordant une partie de la rade, jouaient avec cet acharnement qui est le propre de leur race.

Friquet, d'un rapide coup d'œil, inventoria le port et fit un geste de désappointement. Une demi-douzaine de navires seulement étaient à l'ancre, des baleiniers américains ou des trafiquants malais. Puis venait la série des « *praos* » des Célèbes,

qui font incessamment la traversée de Coupang et
de Dilli à Macassar.

— C'est jouer de malheur ! Il n'y est pas.

— Qui donc ?

— Celui que nous devons crocher, parbleu. Le
Palembang.

Pierre sourit d'un air protecteur et étendit le
doigt vers la haute mer.

— Le vieux requin qui le commande a décidément de bonnes raisons pour ne pas venir bord-à-
quai, dit-il en goguenardant. Il s'est prudemment
amarré à deux milles au large, au « corps-mort »
qui indique la passe.

— Tu crois que c'est le hollandais ?

— Mon fi, quand un vieux de la cale comme moi
a eu celui de bourlinguer sur un bateau, quel qu'il
soit, il le reconnaît toujours et quand même. Aussi,
je veux perdre mes galons de maître canonnier, si
ce n'est pas notre cachalot de malheur qui se ba-
lance là-bas.

— Suffit. Les canots ne manquent pas, et les
bonnes gens qui flânent ici vont se faire un plaisir
de nous conduire à bord.

« Tu vas voir le prestige de l'uniforme. »

Friquet, à ces mots, prit l'attitude hautaine et
fatiguée familière aux Portugais des colonies et,
du bout des dents, avec un geste très noble, ma foi,

chargea Victor de lui trouver une barque et deux
rameurs. Un groupe de Malais stationnait à deux
pas. Ils virent ce geste de commandement et s'empressèrent d'obéir à l'injonction formulée dans leur
langue par le celestial.

Cinq minutes après, nos deux amis, commodément assis à l'arrière d'une embarcation indigène,
glissaient sur les flots grisâtres de la rade. Les
rameurs, croyant conduire deux représentants de
l'autorité métropolitaine, se courbaient sur leurs
avirons avec une vigueur montrant qu'en temps
ordinaire messieurs les Portugais savent se faire
obéir.

Le navire grossissait à vue d'œil. Pierre ne s'était
pas trompé. C'était bien le schooner hollandais. Le
moment approchait. Un seul homme, accoudé à
l'avant, sur la lisse, veillait, ou du moins semblait
veiller. Friquet s'assura que son sabre jouait bien
dans son fourreau, il arma son fusil et le passa en
bandoulière. Pierre l'imita sans mot dire.

Le canot stoppa bientôt au-dessous des tire-veilles
sans que l'homme en vigie ait fait un mouvement.

— Laisse-moi passer le premier, dit le Parisien.
Monte derrière moi ; Victor nous suivra dès que
nous serons à bord.

Quoique passablement gênés par le fusil qui se
profilait en diagonale sur leur dos de la hanche

au-dessus de l'épaule et non moins empêtrés par le
bancal qui leur battait les jambes, les deux compagnons exécutèrent cette ascension avec leur prestesse habituelle. Ils enjambèrent lestement la lisse
de tribord par l'avant, et s'affermirent sur le pont
avec une incomparable dignité.

Pierre frappa du pied deux appels retentissants
et, de sa plus belle voix de commandant, poussa
un formidable :

— Ohé du navire ! ohé !

A cet accent stentoréen, l'homme de vigie, qui
veillait en dormant, indice d'une conscience momen-
tanément tranquille, se leva en s'étirant.

Friquet pouffa de rire.

— Pour un douanier portugais, dit-il à son matelot, il faut convenir que tu as furieusement l'accent
ponantais.

— Eh ! malar' Doué ! J'aurais dû lui parler bas-
breton ou seulement moko. Tant pis, il est trop
tard, le païen à l'éveil.

« Attrape à le crocher !

— Laisse-moi faire.

Le « païen » en question était le second du *Palembang*. Il s'avança, interdit, en dépit de son
aplomb habituel, ne sachant s'il devait répondre
en français ou interpeller en portugais. La situation embarrassante allait devenir épineuse.

22

Friquet, avec son à-propos habituel, la dénoua d'un mot. Il fit un pas, la bouche entr'ouverte par le plus engageant des sourires.

— Ça va bien ? demanda-t-il avec une amabilité parfaite.

Puis sans attendre la réponse du Hollandais stupéfait :

— Et nous aussi, pas mal, merci ! Et ce cher capitaine, meinherr Fabricius van Praët, jouit toujours d'une excellente santé ?

« … Allons, tant mieux.

« Vous voyez, nous avons changé de costume. Une simple fantaisie. Habillement incommode, difficile à conserver sur le dos, surtout en voyage. Ce pauvre Pierre transpire comme une gargoulette, et moi je suis comme une éponge.

La stupéfaction de l'homme se compliquait d'ahurissement. Il avait machinalement mis sa main dans celle de Friquet, et celui-ci mettait une telle cordialité dans son compliment d'arrivée, qu'il semblait ne plus pouvoir abandonner cette main.

— Mais, senhor Français… monsieur le douanier…

— Allons, mon brave, ne vous troublez pas. L'habit ne fait pas le moine, et nous ne sommes pas le moins du monde gabelous. Reconnaissez

donc vos anciens passagers toujours pleins de gra-
titude.

« Bien que nous semblions tomber de la lune,
nous sommes pétris des intentions les plus louables.

— Je vous reconnais, en effet... Mais comment
êtes-vous ici ?... sous cet habit.

— Nous vous raconterons cela demain ou un
autre jour, quand nous serons au large, répondit
Friquet sans lâcher la main qu'il tenait avec une
cordialité de plus en plus pressante, sans calem-
bour.

— Mais, messieurs, nous ne devons pas prendre
de passagers. Tel est, du moins l'avis du capitaine. Son intention, vous le savez, était en vous
recueillant à Booby-Island, de vous offrir un engagement avec nous. Et sans votre brusque départ lors de l'arrivée de master Holliday...

— Une fière canaille, interrompit Pierre. Si jamais sa coque navigue dans nos eaux, elle aura
bon besoin de passer en cale sèche après l'abordage que je compte lui offrir.

— Enfin, que voulez-vous? demanda le second
sérieusement alarmé.

— Que vous mettiez toute votre toile dehors, que
vous fassiez route à l'Ouest sans trop vous écarter
du dixième parallèle Sud. Nous vous donnerons
plus tard des détails. Si cela vous chagrine, voici

mon ami Pierre le Gall qui se chargera de la conduite du bâtiment en votre lieu et place.

— Peuh ! un simple cabotage. Je m'en tirerai sans même avoir besoin de « fusiller le soleil[1] ».

— Messieurs, riposta résolument le second, vous ferez de moi ce que vous voudrez, mais je refuse absolument de vous obéir. Le capitaine est à terre, je suis presque seul à bord...

— Bravo ! répondit Friquet. La besogne sera d'autant plus simple. Allons ! pas tant de façon, commandez l'appareillage, il le faut, je le veux.

Ce petit homme, ordinairement si gai, ce boute-en-train incomparable, avait une telle façon d'articuler en trois mots : « Je le veux », que l'homme le plus brave en eût frémi.

Le Hollandais résista pourtant avec crânerie.

— Non ! gronda-t-il en essayant de s'arracher à l'étreinte du Parisien.

Friquet pâlit et ses yeux bleu-clair étincelèrent comme deux lames d'acier. Il serra les doigts. La main du second, enfermée comme dans un étau, craqua.

— Ecoutez-moi bien, reprit-il, et regardez-moi bien en face. Je ne vous veux pas de mal. Vous

---

[1] Expression plaisante par laquelle les marins désignent l'opération qui consiste à prendre la hauteur du soleil avec le sextant.

nous avez retiré de là-bas, après tout, et j'appartiens à une race d'hommes pour qui la reconnaissance n'est pas un vain mot. Mais le temps presse. Des motifs sacrés nous appellent, obéissez. Je vous le répète, il ne vous sera pas fait de mal, au contraire. Vous serez payé, je vous en donne ma parole. Mais, n'essayez pas de résister, car, je vous le jure sur mon honneur de Français, je vous fracasse la tête sur l'échelle du faux-pont.

Telle fut l'intensité de la pression qui accompagna cette menace, que les ongles du Hollandais bleuirent. Il poussa un cri d'angoisse, porta son sifflet à ses lèvres et en tira un son strident. Quatre Malais, armés de piques et de sabres, s'élancèrent du grand panneau, et bondirent sur Pierre, le plus rapproché d'eux.

— Vermines, cria-t-il en dégaînant, bas les armes où je vous fends en deux comme des navets !

Trois d'entre eux hésitèrent une seconde. Le quatrième se rua sur le maître canonnier qui se couvrit d'un moulinet rapide. Le sabre tournoya en sifflant et retomba sur le front de l'assaillant qui fut comme foudroyé. Mais aussi, quel coup ! De mémoire de maître de contre-pointe on n'en vit de pareil.

La lame s'abattit avec un horrible bruit de couperet et le pauvre diable, le crâne fendu jusqu'à

la bouche, roula sur le pont que rougit une large
coulée de sang. Ses compagnons, atterrés à la vue
de cette terrible exécution, jetèrent leurs armes
et tendirent les mains comme pour demander
grâce.

Pierre, d'un geste impérieux, les fit ranger au
bord de l'écoutille. Pendant ce temps, Friquet
n'avait pas lâché le second qui défaillait sous la formidable puissance de son étreinte.

— Je pourrais vous tuer, dit-il avec son calme
effrayant et en le couvrant de son regard aigu.
Mais je vous pardonne pour cette fois, en souvenir
du passé. A la première tentative, j'oublie que j'ai
mangé votre pain, et vous êtes mort.

« Combien avez-vous d'hommes à bord ?

— Vous en avez tué un... il n'en reste que trois.

— Il n'y a pas d'Européens ?

— Ils sont tous à terre.

— Tant mieux. Quatre hommes suffisent à la
manœuvre, et nous sommes six. Commandez l'appareillage. Je vais couper l'amarre qui nous tient au
corps-mort, puis... adieu vat !

« Vous me remettrez toutes vos armes ; je les
déposerai en lieu sûr. N'essayez pas de nous
tromper, nous veillerons à tour de rôle, et vous
avez dû vous apercevoir que nous ne sommes pas
gens à nous laisser saigner comme des poulets.

« Allez ! » termina-t-il en desserrant les doigts.

Le Hollandais dompté obéit sans plus tarder et fit opérer les manœuvres demandées. Le schooner des Anglais et des Hollandais est tout simplement notre goëlette. Il ne porte que deux mâts verticaux inclinés vers l'arrière, et qui lui donnent l'air de plier gracieusement sous le vent. Sa voilure, très élémentaire, se compose de deux basses voiles trapézoïdales qui semblent démesurées par rapport au volume de la coque, et qui impriment au navire une allure très rapide. Leur manœuvre ne demande qu'un nombre de bras très restreint, ainsi que celle des hautes voiles qui sont carrées et plus souvent triangulaires. Ces bâtiments, d'une marche supérieure, mais dont les qualités de vitesse sont compensées par le danger qu'offre aux sautes de vent ou aux rafales une pareille surface de toile, ont naturellement été inventés par les Américains, ces téméraires entre tous, qui veulent quand même économiser le temps et la main-d'œuvre.

L'appareillage du *Palembang* s'opéra donc avec d'autant plus de célérité, que les deux Français brassèrent comme de vrais mangeurs d'écoute, faisant éclater aux entournures leurs uniformes de drap, et sauter les boutons de métal.

Le second avait pris la barre et Pierre, quand les

deux voiles eurent été amurées, s'en vint, tout ruisselant de sueur, jeter un coup d'œil sur le compas de route.

— Allons, tout va bien, murmura-t-il en aparté. Nous avons enfin le cap sur Sumatra.

. . . .

Vingt jours après cette audacieuse prise de possession, le schooner jetait l'ancre par 5° de latitude Sud, et 105° 35' de longitude Est du méridien de Greenwich, entre les villages de Kawur et de Krofie, dans la résidence de Passumah, située au Sud de Sumatra. Il avait suivi constamment la ligne de l'Ouest, en passant au large des îles Ombaï, Pantar, Lomblem, Solor, Floris, Sumbawa, Lombock, Bali, et longé Java de bout en bout. Cette traversée de vingt-trois degrés s'opéra, sinon avec rapidité, du moins avec un rare bonheur. La brise modérée, qui ne fit jamais défaut, permit au bâtiment de franchir en moyenne six milles à l'heure, ce qui, en somme, était suffisant, même pour des gens pressés. Nos amis avaient d'autant plus de hâte d'arriver à destination, que les provisions de vivres et d'eau allaient être complètement épuisées. On se rappelle que le *Palembang*, après sa pêche dans le détroit de Torrès, était revenu directement à Timor sans s'approvisionner. En conséquence, l'équipage dut, pendant ce voyage forcé, faire appel aux extrêmes ressources, et se rationner vers la fin.

Aussi, l'on peut penser quelle fut la joie de chacun, lorsque le schooner s'arrêta dans une petite anse déserte, d'où l'on apercevait à l'aide de la lorgnette une vaste plantation en plein rapport, et une vingtaine de cases capricieusement accrochées aux flancs d'une colline verdoyante.

— C'est là, dit Friquet ému en serrant la main de Pierre. Monsieur André... Le docteur... Les planteurs-voyageurs... Je tremble comme un enfant... Un peu plus, je sauterais à la mer pour arriver plus vite.

— C'est inutile, messieurs, dit le Hollandais qui s'était humanisé à la longue pendant la traversée. Je vais faire armer un canot qui va immédiatement vous conduire à terre.

— Monsieur, répondit avec dignité Friquet, vous nous avez rendu, un peu malgré vous tout d'abord, un service immense. Venez avec nous. Bien que l'ami, le complice plutôt de votre capitaine nous ait ruinés tous, nous pourrons encore vous payer notre passage, sinon en argent, du moins en nature.

— Je ne veux rien, et n'ai besoin de rien. Vos exigences ne sauraient aller jusqu'à me faire débarquer.

— Non certes. Bien au contraire. Restez chez vous puisque vous ne voulez rien accepter.

« Adieu ! »

Cinq minutes après, les deux amis prenaient enfin pied sur cette terre qu'ils avaient eu tant de peine à atteindre. Ils enfilèrent incontinent un sentier battu conduisant aux habitations. Pierre se retourna machinalement et vit le schooner toutes voiles dehors regagner la haute mer.

— Sais-tu bien que le second du *Palembang* a fait, grâce à nous, une riche affaire ?

— Comment cela ?

— T'imagines-tu qu'il rendra le bâtiment à son possesseur ? Allons donc, à forban, forban et demi. Il va aller se ravitailler non loin d'ici dans quelque nid à pirates, et écumera la mer pour son compte.

« C'est meinherr Fabricius van Praët qui doit faire une tête !

— Un voleur qui vole l'autre, le diable en rit.

La porte massive, percée dans une énorme palissade en bois de teck entourant une grande case, tourna lentement, et deux hommes de haute taille se précipitèrent, les bras ouverts, au devant des deux arrivants.

— Friquet !... mon cher gamin !... Pierre !... mon brave ami.

— Monsieur André !... mon bon docteur !...

—Pauvres chers amis ! Vous nous êtes donc enfin
rendus ! Et dans quel état ! Ah ! nous n'espérions
plus vous revoir.

Friquet, ému, la voix frémissante, pouvait à peine
articuler un mot. Pierre, pâle sous son épaisse
couche de bistre, étreignait à les broyer, les mains
des nouveaux venus.

— Nous revenons seuls ! Dépouillés par un bandit...

— Ruinés ! Nous sommes ruinés. Mais, il n'y a
pas de notre faute, allez, monsieur André !

— Eh ! qu'importe un dommage matériel devant
l'épouvantable malheur qui nous frappe, reprit ce
dernier.

— Qu'y a-t-il donc encore ? demandèrent-ils
anxieux.

— ... Magge, votre petite amie, mon enfant
d'adoption...

— Magge où est-elle ? balbutia Friquet dont les
jambes fléchirent.

— Disparue ! Enlevée par nos mortels ennemis,
les *Bandits de la Mer !*... (1)

(1) L'épisode qui fait suite aux *Aventures d'un Gamin de
Paris,* porte pour titre : *Le Sultan de Bornéo.*

TABLE DES MATIÈRES

CHAPITRE PREMIER

CHAPITRE II

23

CHAPITRE III

CHAPITRE IV

CHAPITRE V

CHAPITRE VI

CHAPITRE VII

CHAPITRE VIII

CHAPITRE IX

CHAPITRE X

CHAPITRE XVII

F. Aureau. — Imprimerie de Lagny

www.ingramcontent.com/pod-product-compliance
Lightning Source LLC
Chambersburg PA
CBHW050733030726
47505CB00002B/239